ゴーストハント7
扉を開けて

小野不由美

角川文庫
22706

目次

プロローグ

真っ青な夏空に入道雲が背伸びをしている。水平線を見せて横たわった海の色は明るい。対するに、海岸間近まで迫った山の緑は深かった。滴《したた》るような緑がこんもりと折り重なっている。

海と山を切り分けるように続くアスファルト道路は照り返しで眩《まぶ》しい。道の片端に白く延びたガードレールのすぐ下にまで、透明な波が打ち寄せていた。あそこに飛び込んだら、さぞかし気持ちがいいのだろうけど、とりあえずあたしは、それを横目で見るだけで我慢して、熱気で蒸すような電話ボックスの中で受話器を握っている。

『暑いよぉ』

「そっち、どう？」

泣きそうな声を受話器の向こうで上げているのは、バイト先の同僚だ。

『クーラーがあっても、利くまでは地獄だわね。——そっちは？』

「北陸なんだから、もう少し涼しいだろうと思ったのに、ぜーんぜん」

能登《のと》半島の夏は、やっぱり夏だった。

　受話器からは、周囲の陽光のように明るい笑い声がする。

『残念でしたー』

『かえって東京より暑かったりするでしょ？』

「するする」

『でも、海があるんだから、泳げるじゃない。プールと違ってタダだもんねえ』

「んー。そうなんだけどねえ。やっぱ悪いじゃない。泳げないのが四人もいると」

　あたしたち総勢八人のうち、一人は入院加療中、三人は怪我人で海水浴は厳しい。

『ノリオ、そんなに悪いの？　真っ先に泳ぎそうなのに』

「疲れてるのかなあ。傷の抜糸はしたんだけどね。泳ぐ、って訊《き》いても、やめとくって言うし。腕が痺《しび》れるって、仕事もキャンセルしたみたいだもんね。ジョンは、もうだいぶいいみたいなんだけど」

『可哀想。お見舞いに行ってあげたーい』

「来れば？」

『バイト代をポイポイ使わなきゃよかったよお』

　本当に情けなさそうな声に、あたしは思わず声を上げて笑った。

『浪費家の己が情けないっ。ノリオへのお見舞いを服やケーキにしたのかと思うと、自分が憎いわ』

「ま、いわゆる後悔先に立たず、っつーやつね」

『煩《うるさ》いっ。――所長は？』

「もう二、三日で退院できるみたいだよ。今日の検査ではっきりするはず」

『まあ……入院してなくても、あんまり所長が水着姿で泳ぐとも思えんわな』

「うん、そうなんだけどね」

『麻衣《まい》はいいよねー。べったり看病できて』

「なんのなんの、綾子《あやこ》と真砂子《まさこ》がべったりでんがな、だんさん」

『ほんじゃあんたは、毎日何してまんのや』

「ぼーさんの看病」

言ったとたん、「ずるーい！」と特大の声がして耳に刺さった。あたしは思わず受話器を遠ざける。

「なんつー声を出すだ。冗談だって。宿題してるってばさ」

『なに？　宿題、持っていったの？』

「下宿のお婆ちゃんに送ってもらった。正解だったぞお。安原《やすはら》さん、いるし」

『安原さん、肋骨《ろっこつ》を折ったんだっけ。じゃあ、海水浴は無理だよねえ』

「無理無理。まだコルセットしてるもん。おかげで無料奉仕の家庭教師」

『どこまでも美味《おい》しい奴。帰ってきたら奢《おご》ってねー』

「んー。パフェぐらいいなら」

『戯《たわ》け者。ケーキバイキングじゃ』

「げげ。そんな殺生な」

『ならん。特別手当が入るであろう。格別のお慈悲によって、振り込みがあるまでは待ってつかわす』

「はは、お代官様。ありがたきお言葉」

『苦しゅうない。その日が来るのを楽しみにしておるぞ。——つーことで、またね。夏バテすんなよ』

「だーいじょおぶ。タカも元気でね」

『任せときなっ。皆様によろしく』

「うん。じゃあねえ」

笑って言って、受話器を置くと、カードを吐き出して公衆電話がぴーぴー鳴く。それよりも大きな声で蟬《せみ》が鳴いていた。

——あたし、谷山《たにやま》麻衣は高校二年生である。

東京在住の高校生が、なんで能登などにいるかというと、それはバイトの事情が半分。あたしは、「渋谷サイキックリサーチ」なる事務所で心霊現象の調査員をやっている（調査員を名乗るほど大したことはできないんだけど）。

夏休みに入って、はるばる能登まで調査に来たのは良かったのだけど、その現場で負傷者が続出。所長に至っては長々と入院あそばす破目になって、それで調査も終わったというのに未《いま》だ能登に居坐っている、というわけ。

調査に来たのが高級料亭で、そこが宿を提供してくれたおかげで居心地が良かった、というのもある。当の依頼者が不安がり、心細がってケアを必要とした、というのもある。全員の消耗が激しくて、誰もがはるばる東京に戻るのを億劫《おっくう》がってしまった、というのもあったりするのだが、とにかく、そんなこんなの事情で、ついだらだらと所長の退院を待って半月近く居着いている。――長い夏休みになってしまった。

電話ボックスを出て山際の日陰を選びながら歩いていると、車のクラクションが鳴った。陽射を避けて伏せていた顔を上げる。見慣れた白いセダンが徐行してくるのが眼に入った。

「あれー？　お見舞い？」

車内には男一人、女二人、計三人の人影が見える。運転席から顔を出したのは男一人のほうだった。――これがタカ御《ご》贔屓《ひいき》の、ノリオこと、ぼーさん。滝川《たきがわ》法生《ほうしょう》という。もとは高野山のお坊さんだ。本業はすたじおみゅーじしゃんとかいうものらしいけど、あたしには良く分からない。楽器を弾《ひ》いてるとこもスタジオに入ってるとこも、見たことないしね。「Bass. Norio Takigawa」と書かれたＣＤは何枚かタカに見せられたけど、どうもぼーさんとは結びつかない。

ぼーさんは車線越しに声を上げた。

「ナル坊、退院できるってよ。荷物を纏《まと》めに行くけど、麻衣も行くか？」

「行くーっ」

退院の準備に女三人は必要ないだろうけど、ぼーさんの車にはクーラーがある。暑い道路を歩いて戻るより、クーラーの入った車でクーラーの入った病院に行って、クーラーの入った車で帰るほうが断然お得だ。

「暑かったあ」

後ろの座席に乗り込んで言うと、隣の女が呆《あき》れたような声を出した。

「馬鹿じゃないの。この暑いのにわざわざ電話ボックスまで来て」

「だってタカに電話したかったんだもん。お店には公衆電話、ないしさー」

「きっと高級な料亭には、そういう無粋なものは置かないのよ。お店の電話を使ってください、って言ってくれてたじゃない」

「あたし、綾子と違って小心者だから、よその電話で長距離はかけにくいわけさ。んでも、はるばるこんなとこまで歩かないと、電話ボックスがないんだもんなー」

海岸沿いをてくてくと、十分以上は歩いたぞ。

「あたしが厚かましいような口振りねえ？」

「とんでもない。綾子が厚かましいとか心臓に毛が生えてるとか、ツラの皮厚いとか、ぜんぜん思ってませーん」

「……麻衣。今晩ゆっくりお話ししましょうねえ」

「やだもん」

軽く拳が飛んできた。綾子は、松崎綾子《まつざきあやこ》という。自称、巫女《みこ》。巫女さんとは思えないほど派手な恰好《かっこう》で、性格もきつい。けど、お父さんもお母さんもいないあたしに、もう着られなくなったからと言って、たくさん高そうな服をくれたりするんだな。だから、ひょっとしたら単に口の悪い、世話好きのおねーさんなのかもしれない。「あたしに似合ってたものが、あんたに似合うとも思えないけど」なんて、一言つけるあたりが、綾子の綾子たるゆえんだろう、うん。

その綾子の横で、くすくす笑っているのが、真砂子。原《はら》真砂子という。ワイドショーや心霊特番なんかにしばしば出演しているメジャー霊媒師。あたしが一介の女子高生にすぎないってのに、同い年のくせして差をつけてくれちゃうよ、まったく。入院中の我が「渋谷サイキックリサーチ」の所長に、ことのほか御執心。収録があると言って東京に帰っては、その日のうちに飛行機で戻ってくるんだから泣かせるねえ。

「でもナル、退院できるのか。良かったね」

これで真砂子も落ち着いて生活できようというものだ。東京と能登を往復してれば当然なんだろうが、ちょっくら痩《や》せたみたいだもんな。ほんと、健気《けなげ》なんだから。

だが、真砂子は気落ちしたような溜息をついた。

「……自主退院らしいですわよ」

「自主退院？」

「ええ。ナルが退院するって宣言して、お医者様も止めなかった、というのが本当らしいんですの」

「ありゃりゃ」

何を考えてるんだろうな、あの坊ちゃんは。

古今稀《まれ》なるナルシストであるところから、「ナルちゃん」と呼び親しまれている我が所長は、ふざけるな、と言いたくなるくらい若い。十七で渋谷にオフィスを構える所長ってんだから、世間のサラリーマンのおじさんたちに申し訳ない話だ。なにしろ若いし、顔もいい。ただし素晴らしく性格は悪い。とにかく我が強くて強くて手に負えない。

「どうして、そう我《わ》が儘《まま》なんだろうねえ。早死にするぞ」

「ですわよねえ……」

「まあ、ナルの我が儘は今に始まったことじゃないから」そう言ったのは綾子だ。「他人に迷惑がかかるわけじゃなし、自分の身体に障りがあるだけなんだから、ナルにしたら上出来なんじゃない？」

酷《ひど》い言われようだけど、事実だから仕方ないのだ。

「もうちょっと身体のことを考えればいいのにねえ。そんなに丈夫でもないんだから」

あたしが言うと、

「ナルが丈夫じゃないのは、気功のせいでしょ。前に入院したのもそのせいだし。気功なんて使わないで、おとなしくしてれば問題ないんじゃないの？」

「どうだかねえ。あたしはナルが、実は白血病で骨肉腫《こつにくしゅ》でも驚かないね。なんたって秘密のナルちゃんだしー」

「縁起でもない……。いつのドラマよ、それ」

「ひゃはははは」

あたしの馬鹿みたいな笑い声が車の中に浮いて、それきり車内に沈黙が降りた。あたしはふっと、窓の外を見る。外はあいかわらずの上天気、海も空も白々しいほど青い。書き割りのような白い雲。ハレーションを起こすほど強い陽射が降り注いでいる。

――たぶん、あたしは落ち込んでいるんだ、と思う。だって、すごく明るいはずの景色が、テレビの中の「風光明媚《めいび》」みたいでなんだか遠い。そしてきっと、ブルーになってるのは、あたしだけじゃない。馬鹿な会話が続かない――それが証拠。

　このバイトを始めて一年以上が経《た》った。調査にだっていっぱい行って、我ながら経験値は上がったよな、と思う。調査の現場ではいろいろと辛《つら》いことやしんどいことがあったりして、それでも仕事っていうのは、こういうもんなんだ、と割り切れるようになった。だけれども、助けを求めて来てくれた依頼者が死んでしまったのは、前回の事件が初めてだった。

　助けに来たはずなのに、助けられなかった。頼ってくれた依頼者――吉見《よしみ》家の人たちに辛い悲しい思いをいっぱいさせて、とても生々しい傷を負わせてしまった。なのに吉見家の人たちは入院した所長のことを心配して、こうして宿を提供してくれたり、生活の世話をしてくれたりして、すごく親切にしてくれる。こんなにいい人たちなのに——と思うと、とても切ない。

罵《ののし》ってもらえたほうが、きっと気は楽になれたんだと思う。なのに罵るどころか、力の足りなかったあたしたちに感謝してくれて、満身創痍《そうい》になったメンバーたちに申し訳なかったと言ってくれる。それが心苦しくて、東京に逃げ帰ってしまいたいと思うこともあるのだけど、そう言ってもらえれば、自分たちの無力さや不甲斐《ふがい》なさを許してもらえたような気がして、少しだけ楽になれた。

残っていてくれてありがたい、起こった事が事だけに、誰に言うわけにもいかない。せめて事情を分かっているあたしたちが、そばにいて気遣ってくれれば慰められるから、とその人たちは言う。みんなが半月近くも能登に留《とど》まっているのはそのせい——そして、そうやって労《ねぎら》ってもらい、感謝してもらうことで、自分たちが慰められるせいなんだと思う。さらには、同じ失敗をして、同じ切なさを共有しているお互いへの依存心——みたいなもの。誰も何も言わないけれども、この虚《むな》しさや悔しさを分かってくれるはずだと思うと、そばにいるだけでとても落ち着く。だからきっと、みんないつまでも能登に残ってハムスターみたいに身を寄せ合っている。

あたしたちは、今ちょっと後ろ向きだ。——そんなことを考えて、あたしはふと、運転席のほうへ身を乗り出した。

「ぼーさん、静かだねえ」

「あー？」

「いっつも、どこ見て運転してんだ、ってくらい喋《しゃべ》るのに」

　バックミラーの中の顔が苦笑した。

「俺だって、物思うことぐらいあるわけよ」

「分かった。仕事を休んだんで、生活費のことを考えてる」

「そうそう。帰りのガソリン代をどうしようかと――って、そんなはずがなかろうっ」

「違うの？」

「俺が考えるのは金のことだけか？」

「だって悩ましげだよ？」

「悩んでるわけでなく、思索に耽《ふけ》ってるわけさ。渋いだろ？」

「似合わない」

「るさい」

「――大丈夫？　まだ、しんどい？」

「子供のお守りで疲れてんだよ。修学旅行を引率する教師の気分がよく分かる、今日この頃のぼーさんなんだ」

「子供ってのは誰のことかなあ？」

「さーて、誰だろうなあ？」

　ちぇっ、可愛くない。

んでも、心優しい少女であるあたしとしては、ぼーさんが珍しくもぼーっとしてたりすると、やっぱ心配になるわけよ。今度の調査では本当にくたびれたみたいだし、怪我もいっぱいしたし。背中の傷だけでも三十針以上も縫ったんだから。

怪我をしたのは留守番の二人も同様だ。

安原さんは、フルネームを安原修《おさむ》という。この春、見事難関を突破した花の大学生だ。以前うちに依頼に来たのが縁で、扱《こ》き使われるようになってしまった。今回は肋骨を折って、まだコルセットをしてる。せっかくの夏休みにゴロゴロしてるしかないなんて、可哀想な話だ。

もう一人の留守番はジョン。ジョン・ブラウンがフルネーム。オーストラリアから来た神父さんだ。ジョンもいっぱい怪我をして、あちこち縫われてしまった。安原さんやぼーさんほど酷くはないんだけど。

せっかく夏に海のそばにいて、男三人は泳ぐわけにもいかず、かといってナルの世話は女が三人もいれば充分だし、それで宿の片付けや修理を手伝ったり、そうでなければ寄り集まってだらだらと世間話をしている。ちょっと哀れを催す図だ。

てなことを思っている間に車は市街地に入り、そして正面に高い建物が見えてきた。周囲の建物に比べて一つだけ高いそれが、所長が入院している病院なのだ。

玄関から中に入ると、ちょうど受付のところにリンさんがいた。

リンさんは本名を林興徐《りんこうじょ》という（たぶん）。名前から分かる通り、中国の人だ（と思う）。正確には香港の出身（らしい）。我が「渋谷サイキックリサーチ」の調査員というか、所長秘書というか。ま、そんなやつだ（ということになってる）。中国にある巫蠱《ふこ》道の道士（推定）。いちいちカッコがつくところからも分かるように、無口で無愛想なナゾのお人。どういういきさつで「渋谷サイキックリサーチ」に勤めるようになったのかは分からない。

　そのリンさんは受付にお金を差し出していた。

「よお。精算か？」

　ぼーさんは気軽に声をかけてたけど、あたしは、はしたなくもリンさんの手許《てもと》に視線が釘づけになってしまう。

　貧乏人のあたしから見ると、思わず二、三歩退《さが》ってしまうほどの厚みがある。三枚や五枚なら、遠目に見て厚みがあるように見えるはずもない。おそらくあれがナルの入院治療費なんだろう。やっぱりナルか、ナルの家族が出したんだろうか。だとしたら、本物のお金持ち屋さんなのかもしれない。

「本当に退院すんだな。大丈夫なのか？」

「本人がそう言うんですから」

　素っ気ない口調だったけど、返事をするだけでも大進歩。近頃のリンさんは話しかけると短いながらも喋ってくれる。

あたしはひそひそと綾子に耳打ちをした。

「ねえ、入院ってあんなにかかるんだね」

ああ、と綾子は頷《うなず》く。

「ナルは保険に入ってないみたいだからね」

――げっっ。

「まじ？　全額自己負担？」

保険証を持っていくと、もしも国民健康保険なら三割負担だ。つまり、お医者さんに行って三千円払ったとすると、実際にかかった治療費は一万円。それを全額自分で払うって？

「保険が利かなきゃ治療費なんて何をやっても万の単位が近いしねえ。そのうえ、ベッドだけでも個室なら一日一万はするでしょ」

そう言う綾子の家はお医者さんだ。

「愚かな……。健康保険ぐらい入ればいいのに」

「そういうあんたはどうなの？　貧乏人なんだから、身体には気をつけなさいよ」

「余計なお世話」

口は悪いが、心配してくれてんだよな。綾子ってフクザツ。

てなことを言ってるうちにリンさんが精算を済ませて、あたしたちは病室に向かった。

半月近く通った病院とも、顔見知りになった守衛さんともこれでお別れだ。

「渋谷《しぶや》一也《かずや》」と名札の出た個室が目的地だった。軽くノックしてドアを開けると、患者はすでに私服に着替えていて、ベッドに坐ってファイルをめくっている。ファイルというのは、仕事の記録を綴《と》じたやつだ。齢《よわい》十七にしてワーカホリックなんだからなあ。

「終わりましたよ」

リンさんが声をかけて、ナルがファイルを閉じる。

「——ああ」

機嫌も悪いが、顔色も悪い。

調査中に倒れたナルは、呼吸がほとんど止まってた。救急車が来るまでにリンさんとぼーさんで救命処置をしなかったらヤバかったという話。病院に搬送されて、集中治療室に入って、どこからどう見ても九死に一生を得たという感じだ。それを、本当に退院なんてしていいのかね。本当によくなかったら、お医者様が止めるだろうけどさ。

綾子はお医者様と看護婦さんのところへ挨拶に出ていく。リンさんが荷物を纏める世話を焼いて、真砂子がお茶を淹《い》れて、あたしは壁に凭《もた》れてそれを見ていた。

それにしても、とあたしは思う。

——結局、全員が残るんだもんなあ。

ナルが入院して、はや十六日。お守り役のリンさんが残るのは当然としても、ほかに仕事も予定もあるはずの連中がみんな残っちゃった。よほど暇なのか、よほどナルが心配だったのか。こーんな我が儘で、秘密主義の奴なのに。

かくいうあたしも残ったんだけどさ。やっぱ、気になるもんね。

前に入院したときは、見舞いなんていらないから来るなって言われてたんだけど、今回はそんなことも言われなかった。そのせいもあるかもしれない。調査に来た旅先で、しかも容態も前回より悪かった。だからあたしたちもなんとなく心配で先に帰る気になれなかったし、ひょっとしたら、ナルだって心細くて……。

――って、それだけはないだろーな。

んでも前回は「見舞いなんかに来られると寝られない。邪魔だから来るな」ってすっぱり言われたことを思うと、少しは心境の変化があったんだろう。仲間のありがたみを分かったかな。そんなことは、ないかなあ。

ナルが入院したことを知ってるのか知らないのか、ナルの家族は一度も姿を現さなかった。普通、息子が入院したら、お母さんぐらい来るよねえ。安原さんちだって、品のいいお母さんが来たもん。なのに家族は来ない。連絡があった様子もなし。考えてみるまでもなく不思議な話だ。

ナルのお父さんはどうやら大学の先生らしい。超心理学者らしいけど、そんな先生のいる大学があるんだろうか。ちゃんとお母さんもいるようだけど、どういう人なのかは不明。なんにしても平凡な親だとは思えない。でなきゃ普通、息子が学校にも行かずに心霊現象の調査事務所なんて開いてたら怒るよな。

——でもって、病院にも現れない、と。

入院したことを知らないなんてことがあり得るだろうか？　たとえオフィスを構えてゴーストハントなんて胡散臭《うさんくさ》いことをやってるのは黙認してるにしても、こんなに長い間帰ってこなかったら可怪《おか》しいと思うんではなかろーか。

本当に謎だ。

家がどこにあるのか、どういう家庭なのか、兄弟はいるのか、ナルのことは何一つ分からない。イライラするんだよね、これが。本当に秘密主義なんだから。

「ナル坊、これ運んじゃっていいのか？」

「忘れ物はありません？　先生に御挨拶はなさいましたの？」

あたしはちょっと笑ってしまう。

みんなが寄って集《たか》って世話を焼いているのを見ていると、まるで即席の家族みたいだ。

すると、ぼーさんがお父さんで、綾子がお母さんで、リンさんが気難しいお祖父《じい》さんだな。おおらかな長男としっかりものの次男が、ジョンと安原さん。のんびりした娘とおしゃまな娘があたしと真砂子だ。きっとナルは我が儘いっぱいに育った末っ子だな(あたしよか年上だけど)。こりゃ、ハマっててておかしーや。

「ヘラヘラ一人で笑ってないで、働け」

こつんと頭を叩かれて、気がつくとぼーさんだった。

「これ、車に放り込んできてくれ」

「はーい、パパ」

「はあ？」

くすくす。内緒だから、教えてあげなーい。

第一章

1

あたしたちが能登を離れることになったのは、その翌日だった。

さて、これから日本列島を横断してはるばる東京へ戻らなくてはなりません。これがもう、うんざりするような長旅で。

「まーったく、なによ、あれっ!」

車の中でブツブツ言っているのは綾子だ。

「あの面食いっ」

綾子は御機嫌斜めだ。問題は車に分乗するときに起こった。

ぼーさんの車には五人しか乗れない。普通のセダンだから当然だ。うちのオフィスの車はバンだけど、調査機材を積んであるので三人しか乗れない。あたしたちは総勢八人。数は合うから問題はないはずだったんだけど。

オフィスの車はリンさんが運転する。すると当然、ナルも同乗。もう一人、誰が乗るか、ってのが問題だったわけさ。

綾子はなんにしろ、そういうとき自分が特別扱いされるのが好きな性格だ。真砂子はナルのそばだったら、針の筵《むしろ》にだって坐りたい奴だ。かくて熾烈《しれつ》な争いが起こるはずだったのだが。

問題は簡単に決着がついた。当のナルが真砂子に乗るか、と声をかけることによって。

——それで綾子はめいっぱい機嫌を悪くしているというわけなんだな。

「まあまあ。より美人なほうを乗せたってわけじゃないんだから」

「そんなの、当たり前よっ」

はいはい。

「原さんが一番お小さいからと違いますか」

そう宥《なだ》めたのはジョンだ。あたしもめいっぱいの笑顔で、

「そうだよ、きっと。やっぱ、三人じゃ狭いからさあ」

全治一ヵ月の安原さんに助手席を譲ったので、綾子のお守りは並んで坐ったあたしとジョンの役目になってしまうわけだ。

「あら、あたしが真砂子より太いって言いたいわけ？」

身長が違えばサイズも違って当然だろう、と思ったけど口にはしない。狭い車内でいつまでも騒がれたんじゃ、堪《たま》ったもんじゃないからな。

「そ、そんなことは、おまへんですね、はい」

「あ、あれじゃない？　真砂子ってナルの弱みを握ってるからさ、ナルが無言の圧力に

負けたんだよ、ね」

「あれがそんな、殊勝な奴？　世話をしてやった恩も忘れてっ」

世話してくれなんて、ナルは言ってないぞ。そりゃ、世話するな、とも言わなかったけどさ。思いつつも、

「まあまあ。そうカリカリせず」

「煩《うるさ》いっ」

煩いのはお前だって。

昼御飯休憩のために立ち寄ったサービスエリアを出る際に、綾子はさり気なく下剋上《げこくじょう》を狙ったようだが、真砂子がそんな暴挙を許すはずもなく。当然のようにさっさとバンに乗り込んで、後れを取った綾子はさらに苛《いら》つく。おまけに途中、事故で高速から閉め出され、やむを得ず一般道に降りると、道は悪いしスピードは上がらないしで、綾子の不機嫌は頂点に達した。

「──ちょっと、なにトロトロ走ってんのよっ。前の車なんか抜きなさいよ！」

綾子のヒスは対岸の火事を決め込んだぼーさんにも向かう。

「お前な……。黄色いラインが見えんのかっ」

ぼーさんの苦情もなんのその。

「見えてるわよっ！　道ぐらい譲らせなさいよ！」

ヒスを起こした綾子は無敵だ。これを鎮められるのは、ナルの毒舌しかない。あたし

はちょっと後ろを向いて、リアウインドウから見えるバンに恨みがましい視線を向けてしまう。

「どーしろってんだ」

ぼーさんが言うや否や、綾子が後部座席から身を乗り出してハンドルに手を伸ばし、クラクションを乱暴に鳴らしたから堪らない。

「お、お前っ、危ないだろうが！」

「そんな、無茶な……」

「綾子ぉ」

「やあ。これは豪気だ」

かくして車の中は大騒ぎになってしまったわけ。

——そうして無謀な運転を重ね、ふと気がつくとあたしたちは知らない道に入り込んでいたのだ。

2

「ちょっと、ここ、どこよ」

道を間違ったようだと気がついて大騒ぎになって。間道を通って戻ろうとしたら、道はどんどん細くなって、いつの間にか砂利道になってしまった。最後に人家を見たのはどれくらい前だったか。周囲は雑然とした針葉樹の山だ。砂利道には真新しい土色をした轍《わだち》が残っているから車の通行がないわけではなさそうだけど、夏草が旺盛《おうせい》に茂って路肩を侵蝕《しんしょく》しているあたり、決して頻繁に使われる道でもない感じ。

　完全に進退窮《きわ》まって、路肩に車を停めてはみたものの。

「お前が騒ぐからだろーが！　あの状況でどうやって標識を見ろってんだ」

「方向音痴」

「ここから歩いて帰るか？」

　溜息をついたのは真砂子だ。

「松本のほうへ行かないので、可怪《おか》しいと思いましたわ」

「分かってたら教えてくれよ、真砂子ちゃん」

「リンさんがクラクションを鳴らしましたわよ。それでも無視なさるから、近道があるのかしら、と言ってたんですの」

　聞こえるわけないよ、あの状況で。綾子はがなり通しだし、ぼーさんはヤケクソで可《お》笑《か》しな音楽を大音量でかけるし。

「とにかく、県道まで戻らないと」

　ルートマップを開いていた安原さんがそう言った。ぼーさんとリンさんに地図を示しながら、

「このまま真っ直ぐ奥に行くと、キャンプ場があります。そこから県道に戻る道に出ら

れますよ」

　やれやれ、と思ったんだけど。

　——ひょんなことから意外なことが起こったりする。瓢簞《ひょうたん》から駒、というやつだ。ちょっとした出来事が、とんでもない事件になって、それで人生が変わってしまうことだってあるわけだ。あたしなんかが言うと、面映《おもは》ゆいけど。

　このとき、道を間違えたのは本当にひょんなことなんだけど、このまま高速に戻れたら、なんでもない失敗談だったんだけど、このときはそれでは終わらなかった。

　今度はリンさんが先行して、砂利道を抜けて、川辺にあるキャンプ場を過ぎて。そうしてやっとアスファルトの道路に戻ったとき、前を行く車が急に停まった。

「れ？　どうしたんだろ？」

「まーた、間違えたのかあ？」

　同じく車を急停車させたぼーさんの声に、安原さんがマップを見直す。

「そんなはずは、ないんですけど」

　停まった前の車からナルが降りるのが見えた。

　綾子が眉をひそめる。

「ちょっと、具合でも悪くなったんじゃないの？　馬鹿坊主が酷《ひど》い道を走らせるから」

「誰のせいだ、誰の」

あたしは慌てて車を降りる。本当にそうなら、つまんない喧嘩《けんか》に関わってる場合じゃない。

ナルはガードレールの際に立っていた。その下は急斜面を隔てて広い湖になっている。周囲は緑深い山に囲まれ、その山が岬のようにちょっと張り出した向こうに、コンクリートの線が水を堰《せ》き止めてるのが覗《のぞ》いていた。てことは、湖というよりダムなんだろう。

「ナル、大丈夫？」

ナルは答えない。振り向きもしない。視線をじっと風景に注ぐだけ。

リンさんもまた慌てたように車を降りてきて、傍らからナルを覗き込んだ。

「どうしました」

問いかけに対する返答は、やはりなかった。まるであたしやリンさんの声なんか耳に入っていないようだ。ただ、見開かれた眼が風景を見渡す。確認するように何度も。

「……ナル？」

返答はない。二重になったガードレールを摑《つか》み、身を乗り出すようにして屈《かが》み込んでいる。上体を支える指先は力がかかって白かった。その様子を怪《け》訝《げん》そうに見守っていたリンさんが、はっとしたように息を呑んだ。

「ここですか!?」

……？？？　言葉の意味が分からず、あたしは二人を見比べてしまった。

ナルの唇が動いた。

どこか放心したような呟《つぶや》き。

「……やっと、見つけた……」

3

いったい、何が起こったわけ？

あたしたちがキョトンとしている間に、ナルもリンさんも車に戻ってしまった。慌ててあたしたちも車に戻る。分乗しているから、車が動き出してしまえば何が起こったのか訊《き》きたくても訊けないわけで。首を傾げているあたしたちの眼の前、オフィスの車はその場でUターンして、さっき通ったキャンプ場に戻ってしまった。

のみならず。駐車場で車を降りたナルがそこに泊まると言い出して、あたしたちは驚かないではいられなかった。

「どーいうこと？」

「僕はここに用がある。麻衣たちは東京に帰れ」

ナルはごく冷淡に言う。説明は一切なし。

「帰れ、ったって……」

あたしたちは顔を見合わせる。このままじゃ、はいそうですか、と帰れるはずがない。せめて何がどうなったのか、説明ぐらいしてほしい。第一、リンさんまで残ったら、誰か一人は帰京する足を失くす。

「いると邪魔だ。戻れ」

　ありゃりゃ、すっぱり言われちゃったよ。邪魔と言われれば帰るしかないわけだけど。

「……ナルはいつ戻るわけ？」

「分からない」

「分からない、って。その間、オフィスはどうするの？」

　今だってタカ一人が留守番で、開店休業の状態なのに。

　そう思ったあたしに、ナルはさらに驚くようなことを言ってくれた。

「閉めていい。高橋《たかはし》さんにもそう言ってくれ」

「し、閉めるって」

　所長がいなければ調査はできない。電話も取れないし、郵便物も見られない。だから、今だってタカは、単にやってきた客に事情を説明して追い返す役目しかしてないわけだけど。それでも開けてるのと閉めてるのとでは大違いじゃない？

「麻衣も他のバイトを探すんだな」

　……え？

「あのオフィスは戻り次第、閉鎖する」

　……しーん。

　一瞬のあとの大パニック。

「閉鎖!?」

「閉鎖するって、廃業するってこと!?」

「ど、どうして」

「説明しなさいよっ」

「ナルっ！」

ナルが顔をしかめて手を挙げる。

「怒鳴らなくても聞こえます。もう少し静かにできませんか」

「質問っ」

あたしは手を挙げた。

「オフィスを閉鎖するってことは、やめちゃうってこと？　どうして？」

「僕には僕の事情がある」

「その事情を説明してください、所長。あたしは解雇されることになるんだから、訊く権利があると思う」

「説明する必要を感じない」

お前の必要じゃなくてっ！

怒鳴ろうとしたところに、すっとぼけた声を出したのはぼーさんだ。

「もー、投げちゃったよ、俺は」

「へ？」

「だから、この夏は投げた。――バンガロー取るけど、泊まる奴は手ぇ挙げろ」

呆《あき》れて顔を見合わせるあたしたち。ナルは邪険な声を出した。

「ぼーさん、邪魔だ」

「お前の都合ばっかり言われても聞けねえな。なに？　全員帰るわけ？」

「残ります」

お行儀よく手を挙げたのは安原さんと、驚いたことにジョンだ。

「真砂子ちゃんは」

「あたくしは、そもそも残るつもりでしたわ」

ぼーさんは頷《うなず》く。

「麻衣と綾子は？」

あたしは綾子を見る。綾子はあたしを見る。

「どうする、麻衣」

「どうする、ったって」

ナルがああもすっぱり帰れ、って言うものを。

そっとそばに寄ってきたのは真砂子だった。

「……残るって言いなさい。このまま帰ったら、もう会えないかもしれませんわ」

「――え？」

……会えないって、ナルに？

見返したあたしに、真砂子は頷く。

「の、残りたいけど」

あたしは慌てて手を挙げた。ぼーさんは軽く片方の眉を上げる。

「麻衣も残るわけな。——宿泊費は出世払いにしといてやるよ」

ありがとー、パパ。うるる。

綾子だけは呆れ顔だ。

「こんなとこに残るのぉ？　ホテルもないのよ？　きっと虫だってすごいんだから」

「綾子は帰るのか？」

「残るわよっ！」

全会一致。おそるおそる見ると、ナルは明らかに不機嫌な顔をしていた。

4

そういういきさつで、あたしたちはここに留《とど》まることになったわけだ。

——実際問題として、道に迷ったせいで予想外に時間がかかり、このまま東京に戻るのはあまりに辛《つら》い、というのもある。なにしろ運転手は一人きり。交代要員もない。おまけにその運転手を筆頭に、病み上がりが三人ときてる。しかも、ぼーさんの車は普通のセダンだから五人までしか乗れない。リンさんともどもオフィスの車がここに残るなら、誰かもう一人、一緒に残るか、さもなければ最寄り駅を探して鉄道に乗り換えるなりしなければならない。どう考えても「帰れ」と言われて「じゃあ帰ります」と言える状況じゃない。だから休息ついで、今後どうするか相談するためにも、ここで一泊しなきゃならなかったのは事実だ。

とりあえず一泊。もしかしたら二泊ということで、女三人と男三人に分かれてバンガローを一つずつ借りた。そんなあたしたちを無視するように、ナルとリンさんは完全な別行動だ。勝手にバンガローを借りて、さっさと管理棟を出て行く。手続きを終え、あたしたちが建物を出たときには、もう影も形もなかった。

キャンプ場はどことなく寂れた感じだった。シーズンだってのに人気《ひとけ》がない。辺鄙《へんぴ》なところにあるからだろうか。受付で貰った案内地図を片手にバンガローに向かう間にも、ほとんど人の姿を見かけなかった。

「自炊しなきゃいけないのよ？　あんたたち、料理なんてできるの？」

辿《たど》り着いたバンガローの小さな台所に立って、綾子は溜息を漏らした。

「あたし、うんと簡単なものならできる」

あたしが言うと、真砂子は気まずそうに俯《うつむ》いた。

「あたくしは……あまり……」

うん。顔を見たら、訊かないでも分かったけどね。

八畳の和室に小さな板の間のキッチンつき。これじゃ、東京のアパートと大差ないわけだけど、広いウッドデッキがあって、そこで御飯が食べられるよう木製のテーブルとベンチがあるのがバンガローふうだ。それでも、寂れた感じは否めない。建物自体も古いし、設備だってどことなくチープだし。

「男どもはできるのかしら」

「さあ？　ナルやリンさんは、どうするつもりなんだろうね」

「ほんと。なんにしても、買い出しに行かなきゃ。馬鹿坊主に車を出してもらって買い物してきて。メモを作るから」

「はあい」

本当に世話好きだよな、綾子って。さすが、ママ。

おつかいに行く子供みたいに、綾子が書いてくれたメモを握って、あたしは隣のバンガローに走る。隣といっても、少しばかり離れていて、立木の間にかろうじて建物が見える、という距離だ。丸太で土止めをしたアプローチを駆け上がり、勝手口みたいに素っ気ない玄関のドアをノックしながら開ける。開けたそこが台所のある板の間だ。

「だから、ナルは決定打だと思うわけだよ」

――？

耳に飛び込んできた声は、ぼーさんのものだ。

決定打？　何の話？

思いながら、声をかける。

「あのー」

板の間と和室の間のガラス戸は閉めてあった。それでも模様ガラスに人影が映っている。その人影が慌てたように動いて、すぐに戸が開く。

「……なんだ、麻衣か」

ちょっぴり焦っているふうに見えたのは、気のせいだろうか。そう言えば、だらだらと能登で過ごす間、こういうシチュエーションに何度か出会った気がする。ぼーさんたちがひそひそと話し込んでいる。そこに通りかかると、ぴたっと会話が止まる。気まずい感じの沈黙と、ことさら何でもなさそうな笑い。これがクラスでの出来事なら、自分の噂話でもされてるのかな、と勘ぐるところだ。

「綾子が、買い物に行けって」

「あ……ああ。今、行く」

調査の結果、料理と言えるほどの料理ができるのは、綾子ママとぼーさんパパだけであることが判明した。

ついでに、果敢にもナルとリンさんにも調査を試みるあたしなのだ。

すぐ近くのバンガローに行って、今度はちゃんとノックして応答を待つ。ドアを開けたのはナルで、あたしの顔を見るなり、めいっぱい不機嫌な表情になってしまった。

そんなに露骨にしなくてもいいじゃんかー。

「あのさー、綾子が御飯はどうするの、って。綾子が作るけど、一緒に食べる？」

「勝手にするから、構うな」

ナルの返答はニベもない。……はいはい。

溜息が出ちゃうよ、まったく。どーしてこいつは……むにゃむにゃ。

「それはどうも、お邪魔さんで……」

唐松の林をとぼとぼ歩いて駐車場に向かう。車のそばでは、ぼーさんとジョンが夕風に吹かれながら待っていた。

「ナル、どうするって？」

ぼーさんに訊かれて、あたしは答える。

「構うな、って」

「ふうん」

大っきな掌《てのひら》が頭をぱふぱふ叩くので、あたしはなんとなく俯いてしまった。

「あのさー……」

「うん？」

「真砂子が、もう会えないかもしれないから、残れって言ったんだー」

「――そうか」

「オフィスを閉めちゃったら、確かにもう会うこともないもんね」

家も知らない。電話番号も知らない。オフィスが失くなったら連絡の取りようもない。

ナルのほうから連絡をしてくれるとは、およそ思えないし。これまでだって、仕事のことでなきゃ電話一本なかった。仕事以外の場で会ったこともないし、そもそも仕事以外の顔を知らない。

「……ひょっとしたらあたし、ぜんぜんナルと知り合いじゃなかったのかもしれないね」

　ぼーさんは答えない。少ししてから、

「なあ。これだけは覚えておかないといかんわな」

「なに？」

「……別れのない人間関係はない」

　溜息が落ちた。

「そうだね」

　友達だろうと夫婦だろうと、家族だろうと。どんなに仲が良くたって。最悪、「死別」という形で別れはやってくる。ましてや、あたしはナルの友達ですらない。親しいと言えるのかどうかでさえ疑問だ。バイト先の上司だった――ただ、それだけ。個人的な関係なんて皆無だ。

　思っていると、ぱふ、と軽く頭を叩かれる。その重みで、あたしはふと思い至った。

「よく考えたら、ぼーさんの家もジョンの家も知らないんだ、あたし」

　オフィスで会うだけで、調査のときに一緒で、それ以外の時間、みんながどこで何をしてるのかはまったく知らない。真砂子だって知らないに等しい。綾子の家は一回だけ行ったことがあるけど、夜中で調査の途中だったし、緊急の場合だったから、もう一度行けと言われても行けない。

「オフィス以外のところで会ったこともなかったもんね」

個人的に電話をもらったこともないし、あたしだってみんなの電話番号なんて知らない。

　オフィスが失くなったら、みんなとも会えなくなるんだろうか。——その可能性は高いよなあ。

あたしは、なんのかんのと言いながら、今日までみんなに構ってもらったし、一緒にいろんなことを経験してきたけど、それじゃあみんなを友達なのかって訊かれると、うんとは答えられない。

　オフィスで集まって一緒に仕事をする仲間だった。それ以外の付き合い方をしてこなかった。きっとそれでいいんだと思っていたから、あたしもみんなのことを訊かなかったし、自分のことだって話さなかった。こんなに長い間、苦楽を共にしてきたのに、個人的な付き合いは無きに等しい。

　だからって、今から慌てて親しくして、お友達できるとも思えない。みんなはあたしより年上の大人で、きっと大人なりの生活とか人間関係とかあるんだろうし。

……よく考えたら、そうだよなあ。あたしなんてまだ高校生で、歴《れっき》とした大人から見たらコドモだよなあ。住んでる世界が違うというか、特別待遇で大人の仲間に入れてもらえても、対等の人間関係なんて成立のしようがない。真砂子だけは同い年で高校生なわけだけど、あたしと違ってちゃんと仕事を持ってる。高校生のほうが「ついで」で、だから大人の組なんだと思う。

……あたしだけがコドモかあ。

「麻衣さん――」

ジョンが言いかけたときに、綾子の声が割り込んできた。

「ちょっと！　いつまで油を売ってるの！」

振り返ると、駐車場の向こう側で綾子が怖い顔をしている。

「田舎のお店は閉まるのが早いんだから！」

「はあい」

「ついでに、固形ブイヨンも買ってきて」

「はいはいはいはい」

「投げ遣《や》りな返事をしないっ！」

あー、やかましい。

「イエッサー」

ママはママでもママ母だ、こいつなんか。

5

ナルとリンさんは、あたしたちを無視することに決めたらしい。ひょっとしたら眼中にないのかもしれないけど。

いちおう御飯ができたんで声をかけても、いらないという素っ気ない返事。そんで、仕方なくあたしたちだけで夕飯を食べたわけだけど。

ナルがどうしてここに留まっているのか分からない。だからあたしたちも、自分たちが何のためにここに残っているのか分からない。

まるで駄々を捏《こ》ねてるみたいな行為だと思った。

早めの夕飯のあとに、ぼーさんたちはあっさり自分らのバンガローに引き揚げてしまって、あたしはお風呂の順番を待つ間、ちょっとデッキに出てみる。外はもう暗い。林の中を通る夜風は涼しくて気持ちよかった。

手《て》摺《すり》に凭《もた》れてぼんやりしていると、真砂子が顔を覗かせた。

「そんなところでぼうっとしていると、藪蚊《やぶか》の餌《え》食《じき》ですわよ」

「大丈夫。防虫スプレーしたから」

言うと、ブタさんの蚊《か》遣《や》りを持って真砂子も出てくる。

「スプレーしてくれば？」

「平気ですわよ。蚊は血の気の多いほうへ行くものですもの」

「血の気が多くて悪かったにゃー」

「あら、悪いなんて言ってませんわ。藪蚊に好かれて良かったですわね」

「ぜんぜん嬉しくないっ」

くすくすと隣に並んだ真砂子が笑う。

「ねえ、真砂子？」

あたしは浴衣《ゆかた》を着た真砂子を見つめる。

「どうして、もう会えないかも、って思うの？」

「……勘ですわ」

「嘘だ」

あたしが言い切ると、真砂子はちょっとあたしを見る。

「……言えません」

「真砂子が知ってるナルの弱みに関係あり？」

「存じ上げません」

「……ケチ」

真砂子はちょっと溜息をついた。

「あたくし、たぶん麻衣が知りたいことを全部知っていると思いますわ」

あたしは慌てて真砂子のほうに向き直った。

「でも言えないんですの。言わない、とナルともリンさんとも約束したんですもの」

「どうして真砂子だけ知ってるの？」

「あたくしは、たまたま知っていたんですわ」

あたしはちょっと首を傾げる。一つだけ思い当たる節があった。

「ねえ？　最初に会ったときに、真砂子、こう言ってたよね？　どこかで会ったことがあるか、って。ナルに」

真砂子は怪訝そうに小首を傾げた。

「そんなことを言いましたかしら……」

「言った。そういうこと？　真砂子とナルはどこかで会ってたの？」

真砂子は少し考えるようにする。

「そういう言い方はできますわね」

どこまでも不透明。あたしは手摺に載せた腕の上に顎《あご》を落として溜息をついた。

「……ナルはずっとここを探していたんですの……」

真砂子の低い声に、お人形さんのような顔を振り返った。

（……やっと、見つけた……）

「オフィスがあったのも、全部そのため。だから、もう会えないかも……」

「……あたしが？」

真砂子はぽつんと言った。

「いいえ。あたくしもです」

第二章

1

「どうせ、いらないって言うよ」

「声ぐらいかければいいでしょ。べつに減るわけじゃないんだから」

山の中のしんとした朝。綾子は朝食の準備で流しに向かったまま言う。

「減るもん」

「何が？」

……う。何だろうなあ。

「嫌みを言われたり邪険にされたり、馬鹿にされたぐらいで減るプライドなら、ゴミに出しちゃいなさい。そんなのあっても役に立たないから」

「ナイーブな心が傷つくの」

「そんな柔《やわ》な心で、殺伐とした現代社会を生き延びられるわけがないでしょ。図太い人間の勝ち。駄々を捏《こ》ねずに、行く」

「綾子が行けばいいじゃない」

綾子は振り返って、おたまを上げた。

「あんたが料理する？」

「……できない」

「だったら、つべこべ言わずに行っといで。あの二人、昨日の夕飯だって食べたかどうか怪しいんだから」

「はあい」

どうせ、いらないって言うに決まってるのになあ。

そう思いながらも仕方なく、あたしは外に出た。山の朝は気持ちいい。下草が露で濡れてなければ、もっと気持ちいいのに。

ざかざか草を踏んで問題の二人が使ってるバンガローに行ってみたら、そこには先客がいた。ぼーさんだ。

「……しておきたいんだがな」

玄関先に立ったぼーさんの声が聞こえてくる。

「暇がない」

「どこまでも自分本位な奴だよな、お前って。それじゃあ、みんな納得するわけがねえだろうが」

「納得してもらおうとは思っていない」

「あのなあ」

玄関先——内側に立ったナルが、ふいに視線をこちらに向けた。次いで、外側に立ったぼーさんも振り返る。

「よう」

例によって、ちょっと気まずい雰囲気だ。

「取り込み中？」

「いや」

そう、きっぱり言ったのはナルだ。ぼーさんが小さく溜息をついたのが聞こえた。

「なんだ？」

ぶっきらぼうにナルに訊《き》かれて、

「朝御飯。食べる気があったらおいでって、綾子が」

「放っておいてくれないか」

うん。そう言うと思ってたよ。

「ああ、そう。……そんだけ。邪魔してごめんー」

そそくさとその場を逃げ出すと、ぼーさんがついてきた。

「……何か用があったの？」

「こっちはな。ナル坊は聞く耳持たんとよ」

どうして、ああも自分勝手なんだろうなあ。情はないし、秘密主義だし、無愛想だし。

ふうん、とおざなりな相槌《あいづち》を打ったところに、リンさんがやってくるのが見えた。リンさんは足早に林の中を歩いてきて、あたしとぼーさんに気づくと、ちょっと目線で会釈する。そのまま黙って通り過ぎるのを、あたしはなんとなく足を止めて見送った。

　ぼーさんも、じっとリンさんの背中を見ている。唐松の幹の間に、バンガローの玄関と、そこにまだ立っているナルが見える。そして、リンさんの声が聞こえた。

「二、三日中に向こうを発《た》つそうです」

　……向こうを発つ？

「業者に連絡をしてダイバーを大至急寄越してもらいました。そちらのほうは午後には到着するそうです」

　……だいばー。

　あたしはぼーさんを見る。ぼーさんはあたしを見る。

「ダイバーって」

「水の中に潜る連中だろうな、普通」

「だよね」

　玄関のドアがナルとリンさんを呑み込んで閉じてしまった。

「なんでダイバーなんて呼んだんだろーね」

「そりゃ、やっぱダイビングの免許を持ってないからだろうなあ」

「あれ、免許いるの？」

「ああ」

……その、免許の必要な特殊技能者が、なんで必要なわけ？

あたしの疑問を察したようにぼーさんが、

「ナルはここを探してたみたいだったよな」

「だったね」

「すると、捜し物は、正確にはここの水の中にあるわけだ」

「うん……」

なぜだろう。なんだか少し嫌な感じがする。

「俺も交ぜてもらおうかなー」

「ぼーさん、免許持ってんの？」

「持ってるぜ。取っただけで、一度も使ってないけどな」

「でも、仲間に入れてくれるとは思えないよね」

ナルの性格から考えて。

「うん？」

「秘密主義だから」

ぼーさんは苦笑した。

「まったくだ」

言ってから、ぼーさんはふっと笑みを引っ込めた。バンガローのほうを振り向いて、そちらを見たままあたしに問う。

「なあ？　リンは最初、ナルのことをなんて呼んでたんだ？」

あたしはきょとんとした。

「リンさん？　最初からナルって言ってたけど」

それがどうしたの？　首を傾げると、ぼーさんは真面目な表情であたしを見る。

「それってなんでだ？」

はあ？　……なぜと訊かれても。

「知らないよお。あえて訊いてみたことはないもん。もっとも、訊いてリンさんが教えてくれるとは思えないけど」

答えながら、あたしは改めて妙な気分がしていた。何か……違和感。

「ナルってのは、お前が付けたんだよな？」

「そう。ナルシストのナルちゃん」

「なのに、リンもそう呼ぶ？」

「うん」

「それ、可怪《おか》しくないか？　あいつがボスを『ナルシストのナルちゃん』なんて呼ぶ性格か？　『ナル』ってのが『ナルシスト』から来たニックネームなら、リンだけは絶対にそうは呼ばないだろ？」

……そうだ、と思った。違和感はこれだ。よく考えたら、リンさんがそんなこと言うわけない。……でも。

「でもね、リンさんも綽名《あだな》の由来をよく知らないって可能性はないかな？　みんながそう呼んでるから、自分もそう呼んでるって。あたし、リンさんがそうだったもん。ナルがそう呼んでるから、なんとなくそう呼んでたし。理由は知らないけど、きっとそれが綽名なんだろうな、って。ぼーさんだってそうだよ」

「……俺？」

「そう。考えてみれば、ナルがぼーさんのことを『ぼーさん』って呼ぶのって、らしくないじゃない？　あれ、きっとあたしがそう呼ぶから、つられたんだよ。で、そのまま定着しちゃった」

「あー、そっか」

　そういう……ことだよな？

「そう……実際、訊かれたことあるもん。最初に『ナルちゃん』って言ったとき。どこで聞いたんだ、って」

　みんな同じことを考えるんだなあ、って可笑《おか》しかったのを覚えてる。

「……ふうん」

　ぼーさんが意味深な音色の声を漏らした。

「それがどうかしたの？」

　いや、と言って、林の中を歩き出す。あたしは慌ててその背中を追いかけた。

「ねえ、何？」

「べつに何でもないんだけどさ」

……ああ、もう。どうして誰も彼もそうやって途中で口を噤《つぐ》むんだ。

「……むかつく」

思わず小声が漏れた。ぼーさんが驚いたように足を止め、あたしを振り返る。

「あっと……ごめん。何でもない」

「何でもないって。……そういう言葉遣いはいかがなものかと思うぞ、おじさんは」

ごめんねー、つい。――笑ってそう誤魔化《ごまか》そうと思ったのだけど。

「だって……感じ悪いんだもん。みんな思わせぶりなことばっかり言ってさ。途中で言葉を止めちゃうし。それは何、って訊いても答えないし。何でもないって。何でもないなら、最初から触れなきゃいいじゃない」

言ってる間に、本気で肚《はら》が立ってきた。……ああ、本当にむしゃくしゃする。

「そりゃ、人にはそれぞれ事情があるんだし。だから隠し事があるのはしょうがないと思うよ。けど、だったら隠し事があること自体、悟られないようにするのが礼儀じゃないの？　隠してることはあからさまなのに何も言わないって、それ、隠されてる相手にしたら、ものすごく気分が悪いんだよ」

ぼーさんは何も言わずにじっとあたしを見ている。

「こっちの気分になんてお構いなし、って感じがする。それどころか、嫌がらせをされてる感じ。悪意があるのか、それとも、あたしのことなんて人間に見えてないのか――

そういう感じがするの！」

吐き出して、あたしは駆け出した。……八つ当たりを自覚しながら。

2

その午後には本当に五人くらいのダイバーが来て、ダム湖に潜り始めた。

あたしはすることもないので、それを岸から見物している。

本当は今後どうするか相談しないといけないんだけど、今はちょっと誰の顔も見たくない気分だ。第一、相談するって、何を相談すればいいんだろう？

あたしは草の上に坐って膝を抱えた。キャンプ場は川尻のほう——ダムの奥にある。一帯は唐松やら雑木やらの林で、木立の間にバンガローやテントがぽつぽつ見えている。湖に面したあたりは狭い原っぱで、それがなだらかに下って水辺に至る。汀《みぎわ》から先はしばらく浅瀬になっているのが水の色で分かった。いちおう泳げるらしいけど、水はずいぶん濁っている。おまけに底は泥のようだし、さらにはここは山の上だ。林を抜けてくる風は涼しいし、きっと水だって冷たいだろう。水泳はちょっと遠慮したい感じだ。

岸からずいぶん離れたところに、一艘《そう》のボートが浮かんでいた。エンジンは付いているようだけど、ゴムボートだ。ただし、かなり大型の。

あたしはそれをぼんやり見ている。ついさっき、そのボートから潜っていった三人ほどの人影は、今は湖面のどこにも見えない。留守番らしく、二人がボートの上に残っているのが遠目に見えていた。

……たぶん、あれがリンさんが言ってたダイバーなんだろうな。

つまりは、ナルが呼んだわけだ。

ナルは何かを捜してた。それはどうやらこの湖の中にあるらしい。それが見つかるまで、ナルはここに留《とど》まるんだろう。何を捜しているのか気になるところだけど、訊いても教えちゃくれないと思う。結果を見届ければ分かるんだろうけど、何かが見つかるまで一緒に留まっているなんて、およそ現実的じゃない。いつになるか分からないわけだし、当事者のナルが一緒にいてくれと言っているわけでもない。むしろ邪魔だから帰れ、と言ってる。きっと興味を持たれたり干渉されたくないんだろう。だったら、本当に残る理由なんてないわけで。

気持ちとしては残りたい。捜し物が気になるし、ナルの体調だって気になる。しかもここで別れて帰京してしまったら、それきり二度と会うことはなさそうだ。戻り次第、オフィスは閉めると言っているし、ナルがそう言う以上は、本当に閉めてしまうんだろう。捜し物が終わって東京に戻って、そこで連絡をくれるような御仁でもあるまい。勝手に戻って勝手に閉めて勝手に消えてしまう——たぶん。

確かに別れのない人間関係はないのだけれど。でも、そんな別れ方ってないよな、という気がする。

「……それで構わないのかなあ」
ナルのほうは。……きっと、そうなんだろう。あたしなんて、その程度にしか思われてない。それを突きつけられた気がして胸が痛い。特に、あたしのほうは勝手に仲間意識を抱いていただけに。

「うー……わんっ」

意味もなく小声で吠《ほ》えてみたりして。この際、特別な好意の有無は措《お》いときましょう。あたしだって、もういいよ、あんな冷たい奴。でも、ずっとバイトしてたんだし、我ながらちゃんとお仕事してたと思う。そりゃ、ナルから見たらぜんぜん至らないのかもしれないけど、少なくとも迷惑はかけてないはずだ。現に、今に至るも首を切られていないし。最低限、雇っていたボスと頑張って働いていたバイト、という程度の人間関係はあったわけで、これに関しては比較的良好な関係だったと——自分では思ってた。

「勝手に思ってただけかなあ……」

そうなんだろうな。——本音を言うと、わりと上手《うま》くいってる気がしてた。あたしは頑張って働いてたつもりだし、ナルもそこのところは評価してくれてるんだろうと思い上がってた。一緒に調査に行って、いろんなことがあって、それを共有してきた相手に対する親近感ぐらいは抱いていてくれるだろう、と。口を開けば皮肉や罵《ば》倒《とう》ばっかりだけど、それだって気安いからなんだって。

それが全部、あたし一人の勝手な思い込みだったなんて、馬鹿みたいだ。馬鹿みたいだ、と思うと吠えたくなる。他に感情の吐き出しようがなくて。

実はあたしなんて、この程度の存在だったんだ。潔く認めて、尻尾《しっぽ》を丸めて東京に逃げ帰りたい気分だけど、ぼーさんが車に乗せてくれないと、あたしはおうちに帰れない。いや、もちろん一人で駅まで行って列車で帰る手もあるのだけど、貧乏人のあたしには旅費の持ち合わせがない。そもそも調査の時にはお金がいらないからなあ。財布の中に入っているのは三千円と少し。これで東京までは……無理だよなあ。

もちろん滞在費にもならない。残るにしても帰るにしても、どこかで誰かの厚意に縋《すが》らなければならない。迷惑をかけるまいと思えば、状況に流されてるしかないわけで。これからのことを相談するったって、あたしに意見を言えることなんてありゃしない。

こういうとき、あたしってまだコドモだなあ、と思う。自活してても、まだ子供の範《はん》疇《ちゅう》だ。同じ年頃でも仕事を持ってて、自分の意思で行動できるナルや真砂子とは、ぜんぜん立場が違っている。

「やるせないにゃあ……」

湖面のほうから強い風が吹いていた。雲行きも少し怪しい。風に煽《あお》られて、ダイバーさんたちのボートは不安定に揺れていた。

「何やってんだ、あれ？」

唐突に声がした。いくら辺鄙《へんぴ》でもキャンプ場である以上、ここにいるのはあたしたちだけではないわけで。声のしたほうを見ると、水辺には物珍しそうに数人が集まってボートを眺めていた。少し離れているけど、風に乗って声が届いている。

「ボート？　あったっけ、ここ」

「あっちに桟橋があったけど。繋《つな》いであったのは手漕《てこ》ぎのボートだったよな」

大学生ぐらいの男女のグループだった。

「泳がねえの？　それとも、こっちもボートにする？」

「ねえ、さっき嫌な話を聞いたわよ、あたし」

「なに？」

「売店のおばさんたちが話してたんだけど、あれ、死体を捜してるとかなんとか」

聞くともなしに聞いていた耳に飛び込んできた、異様な言葉。瞬間、あたしはその声の主を見た。赤い水着の上に白いパーカーを着た女の人だった。

「嘘だろ」

「知らない。あたしも小耳に挟んだだけだし。でも、気持ち悪くない？」

「ちょっと、最低じゃない、それ」

「やっぱ泳ぐの、やめとかない？」

……死体。

脈が速くなった。だってあのダイバーはナルが呼んだんだ。てことは、つまり、ナルは死体を捜していたってこと？

どすんと重い塊を呑み込んだような気持ちがした。無理矢理、喉《のど》の奥に突っ込まれた気分だ。——誰かに言って吐き出さないと我慢できない。

追い立てられるように立ち上がって、バンガローに戻ろうとして、そしてあたしは、かなり離れたところに人影を見つけた。小高い岸辺の縁。黒い影のように立って、湖を見ている姿。表情のない白い横顔がボートを見ている。

あたしは少し迷って近づいてみた。行って、なんて声をかければいいのか、よく分からないまま。程近くまで行くと、草を踏む足音を聞きつけたのかナルが振り返った。漆黒の眼をあたしのほうに向けて、すぐに素っ気なく湖面に視線を戻してしまう。

なんとなく気後れがするんだけど。これを確認するのは怖いんだけど。でも、訊かずにはいられない。こればかりは有耶無耶《うやむや》のまま抱えていられない。

「えーと、あのう」

何をどう切り出したものか。

「あのダイバーを呼んだのって、ナルなんでしょ？」

おそるおそる訊くと、表情のない顔があたしを見る。すぐに顔は湖面のほうに向けられて、淡々とした声だけが返ってきた。

「……ああ」

「その……死体を捜してるって……」

ナルは軽く溜息を落とした。

「もう噂になってるのか」

「……本当、なの？」

「そういうことだな」

すごく嫌がられるのかと思ったけど、特に嫌がるふうじゃない。いつも通りの素っ気ない声だった。

「ナルはここを探してたんだよね？　ということは……」

あたしはナルの横顔を見る。単に湖面を見ている——そんな表情の。確認してるくせに、心のどこかで否定してほしいと思ってる。

「……死体を捜してたってこと？」

そうだ、とナルは何でもないことのように答えた。

あたしは眼を見開く。

「じゃあ、今までずっと地図を見て考え込んでたのも？　しょっちゅう旅行に行ってたのも、全部死体を捜すため？」

「ああ」

あたしは俯《うつむ》いた。妙な旅行だと思ってた。どこへ行っても観光名所を訪ねた様子がない。そのはずだ、旅行の目的がぜんぜん観光のためじゃない。

「どうして死体を捜しているのか訊いてもいい？」

ひょっとしたら返答はないかも——余計なお世話だと言われるかも、という気がしたのだけど、案に相違してごく当たり前の調子の声が返ってきた。

「放置しておけないだろう」

「それは、そうだけど。……そうじゃなくて」

なんて言ったらいいのか分からない。

「どういう事情なの？」

どういう経緯で死体を捜すことになったのか。どうして、ここに死体があるって分かったのか。その死体はどういう人なのか。

真砂子は、オフィスがあったのもこのためだった、と言った。だとしたら、死体を捜すためにわざわざオフィスを開いていたわけ？　だから、死体のありかが分かったから、もうオフィスは必要ない？

ナルは気が乗らないと仕事をしなかった。ぜんぜん儲《もう》けようって感じには見えなかったし、そもそも依頼者に来てほしいふうでもなかった。それは最初から別のことが目的だったから？　でも、どうして死体を捜すのに、オフィスを持ってる必要があったわけ？

ナルは少しの間、あたしを黙って見ていた。少し言葉を探すようにしてから、

「お前には関係ない」

……そう言われると思ったけどね。

あたしはちょっと溜息を落とした。どうせ、あたしなんてその程度だ。

「どういう関係の人？　誰なの？」

往生際悪く訊くと、これには返答があった。

たった一言。

二音節。

「――兄」

3

この話を聞いて、みんなは愕然《がくぜん》とした。

「死体!?」

あたしは頷《うなず》く。なんだか涙が出てきそうだ。

ぼーさんはちょっと狼狽《ろうばい》している。

「ナルのにーちゃんが？　この湖に？」

「うん……」

「死んでいたのか……」

呟《つぶや》いた言葉をあたしは聞き逃さなかった。

「え？」

「いや……何でもない」

ぼーさんはちょっと気まずそうにする。意味ありげな視線をジョンと安原さんに向けた。

……えーいっ！　どうしてみんな、そう秘密を持ちたがるのっ！

切れそうになったのが分かったのか、ぼーさんが慌てたように手を振った。

「いや。べつに麻衣に嫌がらせをしたいわけじゃなく。その、本当に何でもないというか」

……ああ、本当にむかむかする。

どうして言ってくれないわけ？

ナルだって、言ってくれたら良かったじゃない。まさかお兄さんの遺体を捜していただなんて、夢にも思わなかった。だから、旅行から帰ってきたナルに「どうだった」なんて太平楽な質問をいっぱいして。

今だってそうだ。ナルにとっては一大事だ。あたしたちのことを考えている余裕なんてあるはずない。事情をろくすっぽ知らない人間がそばにいても鬱陶《うっとう》しいだけだろう。なのにあたしたちときたら、どういうことなのか煩《うるさ》く訊いて、教えてくれなきゃ帰らない、と言わんばかりに居残って。それってものすごく無神経に見えたに違いない。無神経な振る舞いをしたかったわけじゃない。だって何も言ってくれないから。言ってくれたら、気を配ってあげられたのに。

——ちゃんと言ってよ。

そう怒鳴ってやろうと思ったら、ぼーさんが急に声を上げた。

「――リン！」

振り返るとデッキの手《て》摺《すり》越し、小道を近づいてくるリンさんが見えた。デッキの下は少しばかり小広くなっていて、そこにもベンチとテーブルが置いてある。そこまでやってきたリンさんはあたしたちのほうを見上げた。

「ナルを見ませんでしたか？」

「あ……あたし、見た。水辺にいたよ」

「どうも」

そう言って通り過ぎようとするリンさんを、ぼーさんは呼び止めた。

「ナルの兄貴がここに沈んでるんだって？」

リンさんは怪《け》訝《げん》そうにした。

「……それを、誰から？」

「麻衣がナルから聞いたってよ」

リンさんはデッキの下からあたしを見上げる。それから視線を落として頷いた。

「そうです」

「……お悔やみを言っとく」

リンさんは、ただ軽く会釈をする。

「なんで亡くなったのか、訊いてもいいかね？」

リンさんは少し迷うようにしてから、低い声で答えた。

「……アクシデントだと聞いています」

「アクシデント？　事故？」

　リンさんは首を振る。

「詳しいことは、私にも。ナルはあまり言いたがらないので。ただ――殺された、と」

　しんとした沈黙が降りた。

　その言葉は、声を上げることさえ許さないほどのインパクトを持っている。

「殺されたって……犯人は」

　低いぼーさんの問いに、リンさんはまたも首を振った。言えないのだろうか、知らないのだろうか。

「本当に殺人の被害にあったという意味なのか、それともレトリックなのかは分かりません。どちらかというと、後者だろうとは思うのですが」

「まさか、自分で殺したんだったりして」

　とんでもないことを言ったのは綾子だ。

「まさか」

　リンさんは綾子を睨《ね》めつける。

「じゃあ、なんでこの湖に死体があるなんて分かるわけ？　犯人も分からない――それどころか、本当に殺人があったのか、殺人と言ってもいいような事件があったのか分からない、ってことでしょ？　当事者でなかったら死体のありかの知りようがないじゃない」

「ナルは知っているんです。それだけです」

……？？　なにかすごく複雑な事情でもあるんだろうか。

考え込んだあたしは、話題の人物がやってきたのに気がつかなかった。

「ここだったのか」

「ナル」

リンさんがほんの少し、慌てたように振り返る。

「どうだった？」

「まどかが一緒ですから、大丈夫だそうです」

「そう」

あたしはただ、そのいつも通りの白い顔を見る。自分がナルの立場で、こうまで淡々としていられるだろうか。

「御愁傷様」

ぼーさんの声にも、ごく素っ気ない声が返ってくるだけ。

「どうも」

「見つかりそうかい？」

「水の透明度が低いから、難航しそうだな。湖底には障害物が多いようだし、堆積物《たいせきぶつ》も多い」

　まるで調査の報告のようだ。何気ない表情で、何気ない声だった。――いや、むしろ少しばかりうんざりしているような。調査のときによく見る、面倒なことに出会ってしまったという、あの表情だ。

「ダムだからなあ。……早く見つかるといいな」

「多少の時間は覚悟してる。だから、先に帰ったほうがいいと思うが？」

「忠告だけは受け取っとくが、勝手にさせてもらうよ」

　ナルは軽く肩を竦《すく》める。踵《きびす》を返そうとしたときだった。

　林の中の小道を、こちらに向かって歩いてくる三人の人影が見えた。三人が行く先を確認するようにちらりと顔を上げる。明らかにこのバンガローを目指して来るようだ。とはいえ、その三人には見覚えがない。お爺さんと呼ぶべきか微妙な年頃のおじさんと、壮年のおじさん、中年のおばさんが一人。おばさんはキャンプ場の受付か売店のあたりで見たような気がしないでもない。

　おばさんは二人に向かってバンガローを指し、何かを言って、それで戻ってしまったから、単に案内をしてきただけなのだろう。残された二人は、小道をこちらに歩いてきたけど、なんだか複雑そうな――心許《こころもと》なげな表情をしていた。

「渋谷サイキックリサーチの方ですか？」

　近くまでやってきたおじさんが声を張り上げて、あたしはちょっとぽかんとした。ナルは露骨に不審そうな視線を向けた。

「そうですが」

年上のおじさんは、デッキのすぐ脇まで来て、汗をかいている様子もないのにハンカチで禿《は》げ上がった額を拭《ぬぐ》う。

「そのう——霊能者の方とか」

「それに近い者ではありますね」

おじさんは偉そうに答える若い奴を困惑したように見た。

「失礼ですが、君は……」

「渋谷サイキックリサーチの責任者ですが」

おじさんは二人揃って、あんぐり口を開けた。

「こ、これはずいぶんお若い……」

「どうも。——何か御用でも？」

おじさんたちは顔を見合わせた。すぐに年上のほうが、

「お取り込み中のところを申し訳ないんですが、ぜひ助けていただきたいことがありましてですね……」

——なんてこったい。依頼人かあ？

少し考え込むようにしてからナルは頷く。珍しくリンさんが口を挟んだ。

「ナル、今は」

ナルは手を挙げてそれを押し留める。

「構わない」

「しかし」

「どうせ待っているだけですることがない。——依頼の内容を伺います」

4

　まさかこんな状況下で仕事をする破目になろうとは。

　デッキからは直接、建物の中に出入りができる。そこからバンガローの中に二人のおじさんを迎えて、あたしたちは困惑しつつ坐っていた。迎えられたおじさんたちも居心地が悪そうだ。もぞもぞと何度も坐り直してから、意を決したように名刺を出した。

「わたしはこの町の町長で、松沼《まつぬま》と申します。これは助役の畑田《はただ》と」

「所長の渋谷です」

「実は……うちの町は少しばかり困ったことを抱えておりまして。これは霊能者でも呼んだほうがいいのじゃないかという話をしてましたときに、ここの事務所に勤めております姪《めい》に、そちらさまの話を伺いましたんで。どうやらバンガローに泊まっている客が、専門家らしいと……」

　そんなの、よく分かったな、と思ったけれども、ナルはダイバーの手配やらをしている。その際に事務所の人の手を借りたり、オフィスの名前を出したりしたのだろーか。

そんで唐突に依頼人が現れたってわけかな？

「困ったこと、というのは？」

「それが、ですね」

町長さんはすごく言いにくそうにする。助役さんのほうを縋るように見てから、

「実はこの近くに廃校になった小学校がありまして。そこで、その……常ならざることが起こっているようなのです」

ナルは溜息を落とした。

「失礼ですが、それだけではなぜお困りなのか、分からないのですが」

「はあ……」言って、町長さんは額を拭う。今度は本当に汗が光っていた。「それがですね……」

歯切れの悪い町長さんを押し退《の》けるようにして身を乗り出したのは助役さんだ。

「これはくれぐれも内密にお願いしたいのですが」

「依頼人の秘密は守ります」

「その廃校で幽霊を見た、とそのように言う者が多いわけです。詳しいことは存じませんが、人魂《ひとだま》を見たとか、祟《たた》りがあるとか。なにせ古い建物ですから、危険のないよう取り壊すなりしたいのですが、そんなことをしたら祟りがあるに違いないと頑強に言う年寄りもおりまして」

なあんだ。大したことじゃないのね。……って、慣れちゃってる自分が怖いわ。

「廃校になったのはいつですか？」

「五年前です。正確に申しますと、五年前の五月」

「ちょっと、いいですか」

口を挟んだのは、ぼーさんだ。

「妙な時期に廃校になったんですね。五月、ですか？」

はい、と助役さんは頷いた。

「御覧になればお分かりのように、ここらは過疎化が進んでおります。子供の数も減って、小学校と申しましても、もともと生徒が全校で二十人に足りない分校でした。それで、数年のうちには本校に合併という話もあったのですが。それが突然、廃校になりましたのは、ダムが出来ることになりまして、学区内の生徒がどっと転出しましたからで」

「このダムですか？」

「ええ、まあ——左様です」

助役さんは窺《うかが》うような眼つきであたしたちを見渡してから、

「実は廃校の近くにリゾート施設を、という計画もありまして。計画をしているのは在京の大手企業ですが、町を挙げて誘致しているところなんです。しかし、あんなものが近くにあったのでは様になりません。企業のほうも、どうにかしてもらわないことには計画を進められないと。なのにこのうえ幽霊が出るなどという噂でも立とうものなら完全に計画自体が頓挫《とんざ》してしまいます。ですから、なんとしても内密に願いたいのです。

それと、確実な解決を」

「なるほど……」

ナルはシニカルな笑いを浮かべる。助役さんはむっとしたように、

「町にとっては生きるか死ぬかの瀬戸際ですから。町は御覧の通り山の中で、ろくな畑もありません。林業も斜陽の昨今、ゴルフ場やキャンプ場や、そういう施設がですね、唯一の財源なわけです。観光収入が絶たれると死活問題なのです」

ナルはぞんざいな手つきでファイルを閉じた。

「怪談話が出てくる原因に心当たりは？」

助役さんは首を横に振る。

「いえ。とんでもない。原因が分かれば、供養なり何なりするのですが」

「その学校で事故か事件があったというようなことは？」

「ありません」

「幽霊を見たという人に会えますか？」

「いえいえ。そういう噂があるだけでして、誰が見たのか私にも——」

ナルは苦笑したし、あたしの周囲からも声のない失笑が漏れた。

「まったく単なる噂にすぎないわけですね。——そんなに気になさることでもないように思いますが」

「そ、それはそうなのでしょうが。念のために、ですね」

「いちおう調べてはみます。——ただし、現場への泊まり込みはできません。こちらの作業の進行状況が気になりますので。ダムでの作業が済みましたら、場合によっては調査を途中で打ち切ることになる可能性もありますが、よろしいですか？」

「結構です」

ナルは軽く会釈する。

「では、本日中にこれからお願いする資料を集めていただきます」

5

「本当に何かいるのかね」

デッキ下のベンチでリンさんと細かい打ち合わせをしている町長・助役コンビを見ながら小声で言ったのは、ぼーさんだ。

こちらの声が邪魔になってもなんなので、デッキに面した窓は閉めてあるけど、どうしても声を潜めてしまう。

「いるとしたら……」

安原さんも同じく小声で指を折って、

「学校で死んだ人の霊か……。違うか。だったら、心当たり、ありそうですもんねえ」

「んだな」

「あとは、学校以外の場所で死んだ学校関係者？」

そう言って安原さんは首を傾げる。

「しかし、どうして学校なんでしょうね」

「どうして、って？」

あたしが訊くと、

「だから、誰か学校関係者が学校以外の場所で死んだとして、どうしてその幽霊が学校に出るのかって。よく、事故の現場に地縛霊がいるとか言うじゃないですか。でも、学校は現場じゃないですよね」

「そう……だけど」

救済を求めてみんなを見ると、綾子が、

「人が死ぬと霊になるわけよね。普通はあの世に行くわけだけど、心残りなことがあったり、自分が死んだことを分かってなかったりすると、あの世に行くことができないわけ。そういう霊はこの世に残ってふらふらしている。それが浮遊霊ね。心残りがあれば、その霊はその心残りに関係のある場所へ行くし、死んだことを分かってないと、とにかく家や職場なんかの自分に関係のある場所に行こうとする」

「ふむふむ」

「ところが、えてして生きている人には霊が見えないでしょ？　霊のほうも、この世のことに干渉できない。家に帰っても家族には無視される。声をかけても伝わらない。それが辛《つら》いから、また場所を移動する。通い慣れた学校だとか、知り合いの家とか、思い出の場所とかね。最初から拘《こだわ》りがあって一つの場所を離れられない霊もいるけど、そうでなきゃ、移動を繰り返しているうちにエネルギーを使い果たして、だんだん動けなくなってしまって、地縛霊のできあがり」

……へえええ。

感心したところに、ぼーさんの声が割って入った。

「――という考え方をする連中もいる、と」

「ちょっと、なによ、それ」

「世の中にはいろんな意見がある、ってこと。――なあ、ジョン」

ジョンを見ると、困ったように微笑《わら》う。

「さいですね」

「どこが間違ってるって言うのよ」

「間違ってる、ゆうわけやおまへんのです。ただ、霊のことはよう分かっていないので、いろんな意見があって、どれが正しいのかはっきりせえへんのです」

あたしは首を傾げた。

「じゃあ、他の考え方もあるの？」

「おますね。地縛霊と浮遊霊ゆう区分は、わりあい日本に独特の分類で、あまり欧米では言わへんのです。幽霊ゆうのは、縁のある特定の場所に出るのが当たり前で、縁のある人物に憑《つ》いて動くことはあっても、場所を移動したりはせえへんものですし」

「そうなの？」

綾子が驚いたように眼を丸くした。

「はあ。少なくとも僕は、浮遊霊、ゆうのは日本に来て初めて聞きましたです。それまではそういう霊がある――ふらふら場所を移動し続けてる霊がある、ゆう考え方自体、あまり聞いたことがおまへんでしたし」

へえ、と感じ入ったように声を上げるギャラリーに、

「あとは、目撃談もだいぶん違いますね。浮遊霊にせよ地縛霊にせよ、日本やと幽霊がいる以上、なんぞ悪いことがあって当然、ゆう感じがおますやろ？」

「うん。幽霊だもん」

あたしが言うと、

「けど、欧米やとそうとは限らへんのです。ただ出現する霊ゆうのが多いですね。異常なことに遭遇してもうた目撃者が、それが原因で体調を崩すことはあっても、祟りや呪いやとは言わへんのです。特定の場所を離れて血筋に憑く幽霊譚《たん》ゆうのも少ないですし……」

「へーえ」

「あとは、被害者の霊、ですやろか」

「被害者の霊？」

　ぱちくりすると、

「ええと。たとえば凄惨《せいさん》な殺人事件がありますですね。すると、そこに被害者の霊が出る——そういう話がおますやろ？　けども、欧米やと逆なんです」

「逆って——」

　そっか、と呟いたのはぼーさんだ。

「むしろ加害者の霊が出たりするんだよな」

「ええ、そうなの？」

　ハイ、とジョンは頷いて、

「事件のあった家に今も加害者がさまようとか、処刑された犯人が処刑場をうろつくとか、そういう怪談話になりますね。もちろん、被害者の場合もありますけど、日本は逆——ゆうか、犯人が出る、ゆう話を聞いたことがおまへんのです」

　……それは、確かに……。

「背後霊とか守護霊ゆうのも日本に来て初めて聞いた概念ですし」

「背後霊と守護霊は、あちゃらでも言うだろ？」

　ぼーさんが異論を唱えた。

「ニュアンスがぜんぜん違いますよって」

　……あう？

　首を傾げたけど、ジョンにも上手《うま》く説明できないようだ。しばらく困ったように言葉

を探したあげく、

「たぶん文化が違う、ゆうことなんやと思うんですけど。文化が違うと霊に対する説明も変わる、ゆうことは、それだけ分かってへん、てことなんやと思います。曖昧《あいまい》なことを想像を交えて説明するから、文化圏によって表現が変わるんと違いますやろか」

「えー、でもお」

　霊は霊なんじゃないのかなあ。思っていると、ぼーさんがナルを振り返る。

「いかがですか、先生」

　ナルは軽く肩を竦《すく》めた。

「いわゆる幽霊に関する研究というのは、心霊現象全般の中で最も混沌《こんとん》としているのが現状だな。なぜなら、幽霊は実験室に現れてくれないからだ」

「うに？」

「超能力では、実験室に能力者を呼んで実験することができる。幽霊に対してはそれができない。現象自体に再現性がないんだ。同じ条件下に置けば必ず同じ現象が起こる、とは限らない。したがって厳密な意味での科学的アプローチができない。それで勢い、実験や記録のしやすい霊が研究の対象になってしまう。霊媒の呼び出す霊や、そこへ行けば観察できる可能性の高いポルターガイスト」

　……はあ。

「その他の霊については、たまたま目撃した者の証言を収集するしか、研究の方法がない。証言を集めること自体は簡単だが、その言葉の何パーセントが真実なのか、検証する方法は皆無に等しい。日本にも欧米にも目撃談ならいくらでもあるが、それが人間の語った体験談である以上、全てを事実として扱うわけにはいかないだろう」

それは分かる。人間って結構、思い込みやうっかりで見間違いを起こすからなあ。

あたしがそう言うと、

「それだけじゃない。——例えば、日本の幽霊は祟る、欧米の幽霊は祟らない、とする。これは、日本と欧米の幽霊に違いがあることを示しているんだろうか？」

うーん、とあたしは首をひねった。

「幽霊が幽霊である以上、あんまり性質に差がある気はしないよねえ。日本の猫もアメリカの猫も鼠《ねずみ》を食べるのと一緒で」

「喩《たと》えは悪いが、その通りだ。これに対しては、こういう考え方ができる。欧米では祟りをなす凶悪な霊は『悪魔』という言葉で呼ばれてしまうからだ、と。祟る霊は『悪魔』と呼ばれて、祟らない霊が『幽霊』という言葉の範疇《はんちゅう》に残る。だから『幽霊』は祟らない」

「そっか。なるほどー」

「これはあくまでも一つの考え方だな。もっと違う考え方もできる。ここに幽霊が出る。それを目撃した人間は、何か祟りがあるのじゃないかと恐れる。それで、風邪をひいても酔って転んでも幽霊のせいになる。そうして祟る幽霊譚ができあがる」

「ありがち」

ナルは頷いた。

「だとすると、日本の幽霊が祟って欧米の幽霊が祟らないのは、日本人の精神的な特質に原因があることになってしまう。――そんなふうに、いったん『人』というフィルターを通してしまうと、真実は限りなく屈折してしまう。口から語られる目撃談は、誤解や曲解や想像や誇張が混沌としていて、何が真実なのか分からない。だから、幽霊についての研究も、そのほとんどが目撃談を基礎にしている以上、混沌としてしまうんだ」

……へええ。

「系統立った研究が難しいから、いろんな人間がやってきて勝手なことを言う。人間の中には魂というものがあって、それが死後も残るのだという意見がある。幽霊とは、生きている者と死んでいる者との間で交わされるテレパシーだと言う者もいる。生き物は観測不能な粒子による匂いのようなものを放射していて、死後もその粒子が浮遊して残っている、それがある種の人間には幽霊に見えるのだと言う者もいる」

「け、結構いい加減なのね……」

「実際、ジョンが言ったように、日本でよく使用される地縛霊だの浮遊霊だのは正式に認められた用語じゃない。誰が使用を始めたのかよく分からないんだ。言葉の定義が確定していないし、だから実際にはその言葉が何を意味するのか、はっきりとは分からない。確認する方法がないから」

へえ、とこれはギャラリーからも声が上がった。

「地縛霊は特定の場所に縛られた霊だと言うが、欧米の常識では、基本的に幽霊は特定の場所に縛られた存在だ。だからあえて『地縛霊』に相当するような言葉を用いない。日本では特定の場所に縛られない霊として浮遊霊という概念を持ってくるが、自身の妄執で特定の人や物、場所などに縛られた霊を想定して自縛霊と称するむきもあるな。地縛霊と自縛霊の違いは明らかじゃない。定義が分からないから、区別のつけようがない」

「……そうなんだ」

「背後霊だの守護霊だのもそうだ。人間には性格や行動に影響を与える霊が憑いている、という。それを総じて背後霊と呼ぶらしいが、これまた誰が言い出した言葉なのか、はっきりしないし、だから定義も明らかじゃない。背後霊のうち、生まれた時から必ず一人に一体憑いていて、本人の性格や行動に重大な影響を与える霊を守護霊とか主護霊とか呼ぶそうだが、これも発祥は不明だ。たぶん宗教用語として生まれた言葉なのだろう。そうであっても仕方ない。日本にはきちんとした心霊現象の研究家が少ない。霊について語るのは、もっぱら霊能者や拝み屋で、これは一種の代用宗教だ。どんなに規模が小さくても、宗教である以上は、独自の世界観を提示しなければならない。それぞれが個別の世界観に基づいてものを言うから、用語は乱れる。それが出自を曖昧にしたまま人口に膾炙《かいしゃ》していく」

うーん。そうか。……そうだよなあ。

「もっとも、これは欧米だって例外じゃない。心霊研究の先駆けはイギリスでヴィクトリア時代に生まれた心霊主義だが、これは既成宗教が権威を失って生じた宗教的混乱の中から誕生している。これまた一種の代用宗教だ。そこから自然発生的に生まれた用語が多いから、心霊現象に関する古い用語は日本の場合と同じく、定義が混乱していることが多い。ただ、欧米の場合は、のちに心霊研究の立場から整理されているから、かろうじて用語の輪郭を保っている——というところだろう」

言って、ナルは苦笑する。

「背後霊だの守護霊だのに相当する語が欧米にもある。コントロール、ガイド、ガーディアンなどの語がそうだが、これはもともと心霊主義の中で職業的霊媒師たちが使った言葉だ。これらが日本語に翻訳される際、漠然としたイメージで指導霊または支配霊、主護霊または背後霊、守護霊などと訳されたから話はさらに混乱する」

「いい加減というか……結構、でたらめ？」

「そう言われても仕方ないだろうな。さっきも言ったように、霊については科学的なアプローチがしにくい。現象には再現性がないので目撃談を収集するしか研究の方法がないからだ。だが、目撃談を収集しようとすれば、目撃した現象を語る言葉が必要になる。霊について語る言葉は代用宗教の中にしかない。定義の明らかでない言葉に頼らなければ説明すらできない——それが霊現象だ。そこに霊に対する研究の難しさがある」

　つまり、だ。

「幽霊については証言の信憑性《しんぴょうせい》も確かじゃないし、証言を伝える言葉も乱れてていい加減——って話？」

「そういうことだな」

　あたしは思いっきり首をひねった。

「あのう。それだと、まるで幽霊に関しては何もかも定かじゃない、って言ってるみたいに聞こえるんですけどお」

「そう言ってる」

　はあああ？

「……言っていいの？」

「それが事実だろう。有り体に言うなら、霊に関しては、何一つ確実なことは分からないし、それどころか幽霊が本当に存在するという証拠もない」

　えーっっ⁉

「つ……つかぬことを伺いますが、するとあたしたちがやってることって何なわけ？」

「麻衣がやってるのは雑用だろう」

　……そうじゃなくて。

「僕がやっているのはデータの収集だな。録画、録音、計器の観測データ。たとえば、霊姿がはっきり写った画像はないが、奇妙な光や靄《もや》が写ったものなら無数にある。これを徹底的に分析してそれが何なのかを探る。既知の科学で篩《ふるい》にかけて、それでも説明できなければ、それは『何か』だ。科学的に新しい現象だということになる。『何か』を集めていくと、共通性が出てくる。そこから『何か』についての法則が導き出され、『何か』がどんな存在なのかが分かる」

ひえー……。

「僕が探している『何か』は、一般に幽霊と呼ばれているものだ。データを収集し、分析して、そこから幽霊を狩り出すことが、僕が今行なっていること。実を言えば実際に調査に来てデータを収集するのは、そのほんの一段階でしかない」

「それで『ゴーストハント』なんだ。——でも、除霊もするよね？」

「除霊については、おまけだな。調査をさせてもらう代わりに、除霊をして相手の不都合を解決してやる、というのが実情に近いかもしれない」

「にゃるほどー」

頷いてから、「でも」とあたしは腕組みをする。

「あたし、今までいっぱい幽霊を見てきたよ？　みんなだって見てるでしょ？　ナルだって見たよね？　みんなに見えたってことは、それがいるって証拠じゃないの？」

「僕が一度でも、みんなに何を見て何を経験したか、正式に証言を求めたか？」

「うんにゃ」

「僕は何度も霊を見たと感じたことがある。みんなが見たと信じていることも知っている。だが、それが『人』を通したデータである限り興味がない。そんなものをいくら積み上げていっても、何の証明にもならないと思うからだ」

ふにー。

「目撃例の収集には意味がない。意味がないと思い切ることができなかったから、霊についての研究は一歩も前に進んで来なかったんだ」

あたしは頭を抱えてしまう。分かったようで分からない。要は、ナルとあたしたちは根本的に立っている場所が違うってことだ。

「さみーなー」

唐突に言ったのはぼーさんだ。

「やっぱ山の上は冷えるねえ」

ふと気づくと、窓の外が暗い。いつの間に打ち合わせを終えたのか、リンさんも戻ってきて何やら真面目な顔をしてデッキ側の窓に凭《もた》れるようにして立っている。その窓は微《かす》かに曇っていた。外は気温が下がっているのだろう。曇っているのは部屋の中が人の体温でそれだけ暖かいからだ。

「窓、閉まってるよ？　ひょっとして風邪でもひいたんじゃない？」

あたしが言うと、綾子がぼーさんの額に手を当てる。

「熱はないわね」

「そお？　自分的には、なんか熱っぽい気がすんだけどなー」そう言って、ぼーさんはナルを見る。「これは、熱のうえの戯言《たわごと》なんだが」

「僕に戯言に付き合えと？」

「——やっぱ、お前はすげーや。そう、思う」

……あんぐり。要はそれが言いたかったわけ？　おじさんってば、素直じゃない。

ジョンも頷いた。

「僕もそう思いますです」

ナルは驚いたようにして、そして——微かに笑った。

「それは……どうも」

第三章

1

その学校は車で山を迂回《うかい》して、ちょうど三十分のところにあった。片側一車線の道を降りてセンターラインも何もない細い道に入る。それを少し行くと、山の斜面に校舎が建っているのが見えた。こんもりとした緑に抱き込まれるように、古びた木造校舎が建っている。遠目には、さほど荒《すさ》んでいるようには見えなかったので、ちょっとノスタルジックな風情漂う景色だった。

山の麓《ふもと》に近付くと、道は二股に分かれ、一方が学校へと登っていく。道路を挟んだ正面には、三軒ほどの家が寄り集まるようにして建っていた。ただし、どの家にも人が住んでいる気配はない。建物はひどく煤《すす》けて、窓ガラスだって割れ放題だ。もう誰も住んでいないし、住人がいなくなってかなりの時間が経《た》っているようだった。家の一軒には、表に文房具の広告が出ていた。もう一軒の戸口の前にはアイスクリームを入れるボックスが放置してあったので、文房具屋さんと駄菓子屋さんだったのかもしれない。

そんな家並みの正面から枝分かれして、急な坂が延びている。坂に入ってほんのわずかのところに校門があって、鉄格子の嵌《は》まった門扉《もんぴ》が閉じていた。きっと施錠してあったのだろうけど、今は鍵が開いている。車から飛び降りたあたしとジョンが押し開けると、軋《きし》みを立てながら内側に開いた。

門を入り、坂を登り切ったところに校庭が広がっていて、その向こうに校舎があった。校庭から振り返ってみても、正面の家々以外に建物は見えない。起伏の大きな山が重なっているばかりだ。てことは見渡した範囲外――山の向こうから子供たちは通ってきていたのかな。通学が大変だっただろうなあ。

「なんか、すごーく寂しいところだね」

車を降りながら誰にともなく言うと、バラバラに肯定の言葉が返ってきた。

「見事に何もないのね」

綾子が呆《あき》れたような声を上げた。周辺には集落もなければ田畑もない。かつてはあったのかもしれないけれど、今は雑草の生い茂る草地が段を成して続いているだけだ。山が迫り、山から溢《あふ》れた雑木林が原っぱを侵蝕《しんしょく》している。いかにも見捨てられた土地、という感じがした。

「学校が静かだと、意味もなく気味が悪いのよね」

綾子の言葉にあたしは頷《うなず》く。間近から見た学校は、どこもかしこも荒れ果てているので余計に寂しい。

斜面を切り開いて建てられた校舎は、古い木造の二階建て、ガラスはほとんど割れてしまっていた。背後に迫った森は屋根に覆い被《かぶ》さるようだ。校庭は雑草だらけ、あちこちにできた草叢《くさむら》のせいでトラックも途切れている。鎖が切れて傾《かし》いだブランコ、支柱が朽ちて倒れた鉄棒。水が溜まった砂場と、腐った沼のような色になっている小さなプール。そのプールサイドにも雑草が生い茂っている。

「こんな姿を見てしまうと、子供がいて活気があった頃なんて想像もつかないわね」

「そだね」

なんだか嫌な感じがした。荒んだ校庭には陰鬱《いんうつ》な空気が淀《よど》んでいて、廃屋になった校舎には奇妙な威圧感がある。

「どう思います？」

あたしに訊《き》いてきたのは真砂子だ。

「嫌な感じ。こっちに倒れて来そう」

「ですわね」

「何か見える？」

真砂子は濡れたような眼差《まなざ》しを校舎に向ける。

「ちょっと距離がありますもの。麻衣はどう？」

「あたし今、起きてるもん」

「ああ、誰かさんは寝惚《ねぼ》けていないと使い物にならないんでしたっけ」

「余計なお世話。個性よ、個性」

「便利な言葉ですわね」

　るさいっ。

「そこの雀」

　ぴしゃりとした声が飛んでくる。こういうときだけ口が早いんだから、うちの所長は。

「はあい」

　最敬礼して直立不動。調査員は謹んで所長命令をお待ちしますです、はい。

「とりあえず外から一日、様子を見てみよう。——カメラは？」

　ナルはリンさんを振り返った。

「動作確認ができているものが三台——暗視カメラが二台と超高感度カメラが一台です」

　前回の調査でどれも結構、傷んでいる。所長の退院を待って待機している間に、リンさんが手入れはしてたんだけど、実際に動かしてみないことには正常に動作するかどうか疑問だ。とりあえず昨夜、確認できたのが三台だけ。

「マイクは？」

「いつでも置けます」

「まず、外から集音マイクを設置する」

　所長の命令にきびきびと一礼。

「アイアイサー」

さーて、お仕事、お仕事。

ぼーっと待機すること半月。目的もなしにダラダラしていたあたしたちは、慌てて気を引き締めなきゃならなかった。なにしろもう、弛《ゆる》みきってたもんで。活を入れて、ゆうべ遅くまでミーティングをして、朝一番にここにやってきたのだった。

よし、気合いを入れていくぞー。

所長命令で、校舎内は立ち入り厳禁。用心深い性格なのだ。とりあえずマイクとスタンド、ケーブルを抱えて校舎の裏手へ。校舎裏には森が迫ってきていたけど、それでもかなりの広さの裏庭が残っていた。かつて花壇があったのだろうか、縁取りの煉瓦《れんが》や低い垣根のようなものが雑草に埋もれて残っている。

「ぼーさん、ここ」

校舎に沿って歩きながら、荷物持ちと化しているぼーさんに指示。ぼーさんからスタンドを受け取って、窓に向けて立てる。倒れるといけないので、いちおうその場を足で踏んで軽く整地。そこにスタンドを立て、そのへんから煉瓦やらブロックやら石やらを集めて重石《おもし》にする。重石にする以上は、それなりの重みが必要なわけで、重い物を集めて据えるのも、ぼーさんの役目だ。

「へいへい。ここか？」

スタンドを据えたぼーさんは、高さを調節する。その一方であたしは安原さんに、

「マイクをください」

　怪我人まで扱《こ》き使う所長の意地汚さは、さすがだ。肋骨《ろっこつ》を痛めて重い物を持てない安原さんは、マイクを抱えている。そこから一本を貰って引っ張ってきた延長ケーブルに接続。そうしていると、ぼーさんが、

「おーい、嬢ちゃんや。マイク、届かねえぞ」

　マイクはできれば窓越しに、屋内へ突っ込みたい。建物内部の音を拾いたいからだ。外からではどうしても周囲の雑音のほうが強く入るうえ、風の音を拾ってしまう。それを防ぐためウインドジャマーは付けてあるものの、風の影響がない屋内に押し込むことができれば、それにしくはない。そのため、窓ガラスが割れている場所を選んで設置しているわけだが。

「せめて、もう一つ下のガラスじゃないと駄目ですねえ」

　安原さんが言う。木枠の窓には四角く桟が入っている。桟で区切られたところにガラスが入った恰好《かっこう》だが、スタンドの高さをいっぱいに伸ばしても、下から二つ目の窓ガラスにしか届かない。なのに当該ガラスは割れずに無事、残っていた。

「んじゃ、申し訳ないけど割ろっか」

　あたしはそのへんの石を拾う。建物は、ありがちなことに少し高くなっているので、ひょいと手を伸ばして割る、というわけにはいかない。石でも投げて割るしかないわけで、これまた一手間かかるのだが、んでも、ガラスって本来は割ってはいけないものだ

から、それをあえて割るのって、結構、快感だったりして。

　えいっと石を放ると背後から、

「ピッチャー、振り被って投げましたっ」

　安原さん、安原さん、マイクで遊ばないように。

「——ボール」

……むむ。あたしの投げた石は、目的とするガラスの二つ上、最初から割れてるところに向かって飛んで、そこから校舎内部に吸い込まれて行った。

「今の投球、いかがですか、滝川さん」

「いけませんねえ。肩に力が入っているようです」

「そうですね。二球目も——ボール」

　うるさいぞ、外野っ。

「三球目に注目しましょう」

「投げましたが、またもボール。追い詰められました。ボール三つです」

「意外にノーコンですね、このピッチャー」

「そのようですねえ」

「今度こそっ」

　気合いを入れて握った石を投げる。よし。当たったぞ、ざまーみろ。

「おぉーっと、必殺の一撃が炸裂《さくれつ》！　ガラスはもんどり打って地に落ちたっ」

「遺恨を込めた怒りの鉄拳、というところでしょうねえ」

「いやー、さすがです、ボンバー谷山」

あたしは脱力して背後の中継席を振り返った。

「それじゃプロレス中継だって」

誰がボンバー谷山やねん。まったく、この漫才コンビは。

2

「よーし、終了、っと」

スタンドに重石を載せた手をはたくと、ぼーさんが校舎を見上げていた。

「なんか感じる？」

訊くと、いや、と呟《つぶや》いてあたしを見た。

「懐かしいな、と思ってさ」

……懐かしい？

あたしが首を傾げると、ぼーさんは軽く笑う。

「廃屋になった木造校舎。ちょっぴりデジャヴな感じがしねえ？」

「あ、そうか」

あたしは思い至った。

「……本当だ」

思わず笑うと、安原さんがきょとんとする。あたしは、

「あのね、あたしたちが最初に会ったのも、こういう校舎の調査だったの」

「ああ、それで」

「うん。あれが、このメンバーでやった初めての調査だったんだよね」

「そうそう。もっとも、リンは欠けてたけどな」

「でしたでした」

やー。これは懐かしいや。

そうして——と、あたしは校舎を見上げた。

ひょっとしなくても、このメンバーでやる最後の調査だ。

「何かいると思います？」

そう訊いてきたのは安原さんだ。

「気味悪い気もするけど、あたしは感じない」

「滝川さんはどうです？」

ぼーさんは苦笑する。

「俺に訊くな」

「ぼーさんは、ぜーんぜん見えない人だもんねえ」

「悪かったな」

安原さんがちょっと首を傾げる。

「考えてみると不思議ですよねえ。普通、霊能者って見えて当たり前でしょ？」

「見る霊能者と祓《はら》う拝み屋は別物なんだって」

「そんなもんですか？　原さんはいちおう見えるし、松崎さんはちょっと特殊な霊能者だからいいとして。ブラウンさんもエクソシストですもんね。あんまりエクソシストがほいほい霊を見るとも思えないし……。でも、やっぱり滝川さんがぜんぜん見えないってのは解せないなあ」

あたしは首を傾げた。

「そう……かなあ？」

「そもそも、ぜんぜん見えないんだったら、なんだって拝み屋になろうなんて思ったんです？」

「へ？」

「だって拝み屋を志す以上、祓わないといけない何か――つまり、幽霊がいるって確信があったわけでしょう？　それ、ぜんぜん見えなくて確信できるもんですか？」

そうきたか、とぼーさんは苦笑した。

「確かに昔は見えてたけどな」

え、とあたしは声を上げた。

「そうなの？　それが見えなくなったの？　どうして？」

「前に除霊で事故ってなあ。頭打ったら、おツムの中の配線が変わっちまったらしーんだわ」

……へえ。そんなことがあるんだ。これはびっくり。

安原さんが、ぽくと手を叩いた。

「なるほど、それが滝川さんの秘密だったんですね」

あたしはパチクリした。

「なに？」

「いやあ、僕、ずーっとここの人たちには秘密が多いなあ、と思ってまして」

「そりゃ、ナルとリンさんは」

「だけじゃなくて」

　うにゃ？

「松崎さんは特殊な能力の持ち主でしょ？　なのにずーっと秘密にしてたんですよね。原さんは霊媒だって言われているけど、実は透視能力者なんじゃないか、って話があったじゃないですか。これはべつに原さんが隠してたわけじゃないですけど」

「……それを秘密って言うかなあ」

「谷山さんだって親兄弟がいないの、言わなかったでしょ？　滝川さんは見えてたけど、見えなくなった、と。みーんな何かしら秘密があるんですよ」

　ぼーさんが苦笑する。

「べつに秘密にしてたわけじゃねえぞ。訊かれもしないのに、あえて言うようなことでもないだろうが」

そうだよな。あたしだって、そうだし。

「では、隠された事実と申し上げましょう。——あとはブラウンさんだけですね」

「ジョンはないよぉ。ジョンだもん」

「そういう思い込みにこそ落とし穴があるんですよ」

あのな、と呆れたようにぼーさんは安原さんを見る。

「誰もべつに何かを隠したりしてないし、隠すためにあえて虚偽を申し立てたりはしてないと思うぞ。今挙げたのはどれも、単に少年がこうだと思っていたのが、そうでなかった、ってだけの話だろ」

「そうとも言いますが」

「それだけのことなら、掘ればいくらでも出てくるべ。たとえば、お前さんはジョンがエクソシストだと思っているが、ジョンはお前が考えるところのエクソシストじゃない、とか？」

……ええっ？

あたしは思わずぼーさんの顔を見た。

「だって、ジョンはエクソシストだって言ったよ？」

「ジョンにしたら、べつにエクソシストが職業だなんて言ったつもりはないと思うぞ。

そもそも、そんな職業は存在しないんだからさ」

「でも……」

「拝み屋的には、エクソシストなんてえ業種が存在しないことは、分かり切ったことなんだよ。ジョンは単に、自分はキリスト教のエクソシズムを行なう拝み屋だって言ったつもりなんだと思うぜ」

じゃあ、と安原さんもこれには驚いた様子だった。

「ブラウンさんは神父さんじゃないんですか？　神父さんの振りをした霊能者？」

「べつに振りなんかしてないって。ジョンが神父なのは間違いないさ。――ただ、本来、エクソシストってのはいないわけ。悪魔祓いをエクソシズムと言うんだが、エクソシズムを専業にしてる神父なんてのは、存在しない」

……そんなあ。

「悪魔憑《つ》きがあったときに、特別に神父が行なう秘蹟《ひせき》がエクソシズム。本当は、憑かれたようですから助けてくださいって見ず知らずの他人に言われて、簡単にできるようなことじゃないんだよ。まずはそれが間違いなく悪魔憑きであることを証明しないといけないし、証明したうえで教会の上のほう――偉い人の許可を得ないといけない。しかるべき手続きを経てから、しかるべき儀式を執り行なったうえで、最低でも司祭以上がやる」

「ジョンがその司祭なんでしょ？」

ぼーさんは首を傾げた。

「あんなに若い司祭がいるもんかねえ。ジョンが日本人なら、あり得ないと言いたいところだが、ジョンはオーストラリア人だからな。だからまあ、そういうこともあるのかもしれないけど。……ただ、どう考えても上の許可は取ってないだろ。許可もなしに勝手にエクソシズムをして廻るなんてのは、下手をすりゃ破門になろうかって大問題だ。神父が破門になるってのは、教会的には犯罪者になる以上の重罪なんだよ。それをあえてやってんだから、なんか事情があるんだろ」

「そっか……」

そうなのか、という気分。ジョンまでもかあ。……ほんとになあ、みんな何も言ってくれないんだもんな。

あたしがブルーになったのが伝わったのか、ぼーさんが慌てたように、

「ジョンだって、あえて隠してる気はないんじゃないか？」

「うん。そだね……」

「気になるんなら、ジョンに訊いてみたらどうだ？　きっと嫌がらずに説明してくれると思うぞ」

……たぶんね。

「……でも。事情があって、あまり言いたくないことなのかもしれないじゃん。それを言わせるのって、かなり無神経な話だよね」

なんだか妙に泣きたい感じだ。

「……ナルにしたってそうだよね。ナルの秘密主義は筋金入りだけど、お兄さんが亡くなってて、その遺体を捜してて……なんて、あまり口にしたいことじゃないよね。少なくとも、ナルに言う気もないのに、言わせていいことじゃないと思うんだ」

ぼーさんも安原さんも黙り込んだ。

「これは言っちゃ駄目だとか、訊いちゃ駄目だとか、相手の事情を知らないと判断のしようがないじゃない。だから無神経な振る舞いをする前に、話してくれたらよかったなあ、と思うんだけど、そもそも口にしたくないことだったら言うはずがないよねえ」

……難しいな。人間関係は。

「あのな、麻衣」

「違うの」あたしは手を振った。「べつに拗《す》ねてるわけじゃないから。――昨日は、八つ当たりしてごめん」

ちょっと苛々《いらいら》してたけど、実は自分に苛ついてただけだし。

「拗ねてるわけでも、ふて腐れてるわけでもないんだよ。ナルは言いたくなかったんだろうし、だからあたしも知らなかったんだし、そのせいでなんか無神経な態度を取ることになっちゃって、これって誰を恨むわけにもいかないんだけど。……ただ、ちょっと途方に暮れちゃうんだよね。難しいなあ、と思って」

「……そだな」

「だよねえ？　今になれば、言いたくなかった気持ちは分かるけど、こっちにしたらナルの事情なんてぜんぜん分かってなかったんだし、なんで何も言わないんだよって思っても仕方ないじゃん、って。仕方ないって居直るのも違う気がするけど、でも、お兄さんがいることすら知らなかったわけだし」

……そもそも、兄弟がいるように見えなかったというか。なんか、一人っ子か、そうでなきゃ長男だって気がしてたんだよな、どういうわけか。あの性格のせいかなあ。

思ってふと、

「……あ、そうか」あたしは声を上げた。「……名前だ」

「名前？　名前がどうしたんだ？」

ぼーさんは怪訝《けげん》そうにする。

「いや、ナルにお兄さんってのが意外で。何でかなと思ったんだけど、名前のせいだわ。だって『一也』でしょ？　変わってるよね。弟が『一也』なんだったら、お兄さんは何ていったんだろーね？」

あたしが言ったとたん、はっとしたようにぼーさんと安原さんは顔を見合わせた。

「……確かに、そうだ」

「ですね」

それが妙に重大事を確認するふうで、あたしは困惑して二人を見比べる。すぐに安原さんが慌てたように肘《ひじ》でぼーさんをつつき、ぼーさんが気まずそうに眼を逸《そ》らした。

……またかい。

何がどうしたの、と訊いても教えてくれないんだろうな。言えないってことは、訊かないほうがいいことなんだろう。そこは学んだから、拗ねたりはしないけど。……けど、なんか……めげるなあ。

こういう場合は忘れるに限る。忘れるには働くことだ。余ったケーブルを腕に巻き取っていく。思えば、こういう作業も要領が良くなったよな、我ながら。

「……弟に『一也』はないよなあ」

ぼーさんが唐突に声を上げた。そうですね、と安原さんが答える。

「どうやらこれで、名字だけじゃなく、下の名前も胡散臭《うさんくさ》いことが確定したな」

あたしはぼーさんを振り返った。

「胡散臭い？」

「と思わないか？　渋谷にオフィスを構える所長が渋谷」

……何がどうしたのやら。

「そういうこともあるんじゃない？」

「そうかあ？　渋谷の渋谷さんじゃ出来すぎ、って感じがしないか？」

「……べ、べつに」

何とも思ってこなかったんだけど……。

「考えられる可能性は三つしかないと思うんだよな。一、単なる偶然。二、名字が渋谷なので、洒落《しゃれ》で事務所を渋谷に置いた。三、偽名」

「偽名……って」

あたしは手を止めて口を開けた。何を言い出したんだ、このおじさんは。

「充分あり得るだろ。――これが俺や少年なら、洒落ってこともあるだろうさ。しかし、残念ながらナル坊じゃ、それだけはあり得ん」

そりゃそうだ。ナルは洒落やジョークとは対極にいる人間だもんな。

「一番可能性が高そうなのは偶然ってやつだ。東京の一等地といったらいくつもない。青山に青山さんがいることだってあるだろうし、銀座に銀座さんがいることだってあるだろう」

「銀座はないよぉ」

「まあまあ。――しかしな、もう一つ引っかかることがあるんだよな」

「……なに？」

「最初に俺たちが会ったときだ。ナルの台詞《せりふ》を覚えてるか？『お前もさっき呼び捨てにしただろうが』ってやつ」

……覚えてる。

あれはナルがあたしを「麻衣」って呼び捨てにして、そんであたしが「ひとのこと、呼び捨てにした」って文句を言ったらば、そう言ったんだ。――「お前もさっき言っただろうが」。

「変な台詞だったから印象に残ったんだよな。麻衣はべつにナルを呼び捨てにしたりしなかった。ニックネームで呼んだだけだ。いわく『ナルシストのナル』ってさ」

「そだよね」

「だったらなんで『ナル』が呼び捨てになるんだ？　しかしながらだ、よく考えてみると、こいつがさらに可怪《おか》しいんだよな。リンまでもそう呼ぶんだから」

「うん……」

「リンがボスを『ナルシストのナル』なんて呼ぶはずがない。もちろん、前にも麻衣が言ったみたいに、すでに綽名《あだな》として定着してて、リンも深く考えずに周囲と合わせてたって可能性はあるぜ。しかし、『渋谷の渋谷さん』だろ？　おまけに弟なのに『一也』だ。限りなく胡散臭くないか？」

言われてみれば、確かに……。でも、

「それって、まさか……？」

ぼーさんは頷く。

「ひょっとしたら『渋谷一也』ってのは偽名なんじゃないのかね。でもって、本名のほうが『ナル』だったりして」

本名のほうがナル――？

「それならリンが当然のように『ナル』と呼んでも、なんら差し支えはないわけさ。そう思って振り返るとだな、俺はナルの本名がまさしく『渋谷一也』であるという証拠を見たことがないんだよな」

……それは、そうだけど……。

「でもぼーさん、あたしは？　あたしが谷山麻衣だって証拠を見たことある？」

「ないな。しかし、麻衣とナルとじゃ事情が違う。と言うのは、だ。以前にもナル坊は入院したことがあったろう」

「あ、ちょっとだけ」

「あのときに、ナル坊の病室には名札がなかったんだな」

「ああ……そだったね」

あたしは思い返す。あれはタカの学校の事件のときだ。ナルが倒れて入院して、お見舞いに行ったらば、病室には名札がなかった。

「病室の名札ってやつは、保険証にある本名が書かれるべき場所だ。ところがその名札はどういうわけか白紙だった、と。当然本名が提示されてしかるべきときに提示されなかったわけだ」

「でも、今回はちゃんと名札があったよ。『渋谷一也』って書いてあった」

「それなんだよ」言って、ぼーさんは指を上げる。「ナル坊は二度入院して、そのうち前回は名札がなく、今回は名札があった。でもって前回は見舞いを断っておきながら、今回は毎日のように見舞いに行ってもことさら文句を言わなかった。さらに、前回はどうだか知らないが、今回ナル坊は保険に入ってないからと言って法外な治療費を請求されたってわけだ」

「そう……だけど」

それがいったい？　あたしが首を傾げていると、安原さんが横から声を潜めて、

「つまり、前回はうっかり病院に本名を言ってしまったから、名札を白紙にしてもらったんじゃないか、って話です」

……ははん？

ようやく二人の言いたいことが分かってきた。……つまり、だ。

「うっかり本名を言ってしまったとすると、当然お医者さんや看護婦さんは本名を知ってるわけよね？　名札はお願いして白紙にしてもらったり、見舞客のあるときだけこっそり抜いておくにしても、病院の人が本名で呼ぶのまでは止めようがないよね？　それで、あたしたちが見舞いに行くのを断ったってことかな？　――その例があったから、今回は最初から保険証がないってことにして、高い治療費を払う代わりに偽名のまま押し通したってこと？」

安原さんが我が意を得たり、というように頷いた。

「あり得ませんか？　そもそも、今回、救急車で運ばれたわけじゃないですか。リンさんと一緒に滝川さんも僕も同乗しました。怪我人でしたから。救急車の中で氏名を問われて、これには滝川さんが答えたわけですよ。リンさんでも、渋谷さん本人でもなくって」

「そっか、ぼーさんは当然、『渋谷一也』さんですって言っちゃったわけだ。病院に運び込まれた時点で、すでにそういうことになってたから、あえて訂正しなかった？」

「最初は、名前に拘《こだわ》ってる場合じゃなかっただけだろうとは思うんですけど。ただ、容態が落ち着いてみると、いまさら訂正はしにくいし、すれば不都合がある。今回は箝口《かんこう》令《れい》は布《し》きにくかったと思うんですよ。だって、ほんの数日ですけど僕も一緒に入院してましたから。滝川さんもブラウンさんもしばらく通院することが分かり切ってた。言わば病院仲間ですよ。一度や二度訪ねてくる見舞客が相手なら、病院に頼んで一時的に黙っておいてもらうこともできるでしょうが、病院仲間がいたら不可能ですよ。医者だってそんなのに付き合う義理はないですから」

「そうだよねえ」

　推測に過ぎないけどな、とぼーさんは言った。

「しかし俺は、『渋谷一也』が偽名である可能性は限りなく高い、と思うんだよな」

「……高いねえ」

　しかもそう考えると、ナルが自分のことを何から何まで秘密にしたがるのも当然か、という気がする。自宅のありかや電話番号を頑強に秘するのもむべなるかな。もっとも——そもそもなんだって偽名なんぞを名乗っているのか、という疑問は残るわけだけど。

　しかし、だ。

「でも、仮に渋谷が偽名だとして、だよ？　でもって本名が『ナル』って、それってさらに変じゃない？」

渋谷に渋谷さんが出来すぎなのは分かるけど、渋谷のナルさんならあり得るかというと、これはもっとありそうにない。そもそも「ナル」なんて名前、あると思えないし。

――って、そうとも言い切れないか。最近、意外な名前があるもんなあ。

思ってふと、

「それともあれかな？　いつかの事件で使った『鳴海《なるみ》』って偽名。あっちが実は本名だったとか？　その省略形が綽名になってる、とか」

あたしが言うと、ぼーさんは首をひねった。

「そう考えると、リンがそう呼ぶことについては釈然とするんだが、それであの台詞が出てくるかね？　『呼び捨てにした』という」

「それは……そうだけど……」

じゃあ、いったい？

考え込んだときだった。校舎のほうから世にも恐ろしい声が聞こえた。ボス（本名不詳）があたしをお呼びになっている声だ。おそらく、マイクごときのセッティングにいつまでかかっている、と言いたいのだろう。

「やばい。秘密のナルちゃんがお怒りだ」

あたしが首を竦《すく》めると、安原さんが、

「渋谷さんの場合は、秘密がある、で正解ですよね」

まったくだ、と笑ったぼーさんは安原さんを指差す。

「あとは少年だけだな」

「僕？」

「みんな秘密がある――だろ？」

安原さんは胸を張った。

「僕は霊能者じゃありません。単なる少年探偵団ですから」

……ぶ。

「少年探偵団。うまい」

「でしょう。ＢＤバッジを作ろうかなあ」

「なあに、それ？」

「少年探偵団の七つ道具の一つです」

「でも、構成員は安原さん一人だよ？」

「谷山さん、入りません？」

それでも計二名かー。

ぼーさんが笑う。

「ほんじゃ、小林くん、戻るか」

「はい。明智先生」

「それはナルだろ」

「そですか？　渋谷さんはむしろ――」

あたしとぼーさんは仲良くハモった。

「怪人二十面相！」

三人して噴き出した。次の作業に移るため小走りに戻りながら、しばらく馬鹿笑いが止まらなかったのだった。

3

校舎は南北に長い。東側に校庭が広がり、校庭に面した廊下の西側にずらっと教室が並んでいる構造だ。校舎の北側の端には、ちょっと校庭に出っぱる形に玄関があって、南側の端には講堂がＬ字形に接続されていた。

裏庭に一階の窓へ向けて集音マイクを六本。講堂の入口を入ったすぐ内側に、暗視カメラを設置する。

校舎から講堂へはコンクリート敷きの道で繋《つな》がってて、そこには屋根がついていた（もっともあちこち穴が空いてたけど）。その渡り廊下から講堂の入口に向かってコンクリート製の階段が三段。その階段を昇りきったところのドアを開け放して内側にカメラを置き、ついでにマイクから引っ張ったケーブルもここに集める。そこに録画機材等を置いて、機材の集積場所となるスポットを設置。あたしたちが調査に使うケーブルはとんでもなく長いけど、それでも長さには限界があるから、ケーブルが届く範囲で録音するしかない。ちなみに、電気はもう通ってないので、町長にお願いして事前に仮設電源を引いてもらってある。

講堂のカメラを設置し終えると、セッティングはリンさんに任せて校舎のほうへ。校舎の玄関を入ったところにも暗視カメラを設置する。講堂のスポットまではケーブルが届かないから、こちらのぶんはこの場で録画計測するしかない。

「麻衣、ケーブル」

ナルに言われて、あたしは慌てて引きずり廻していたケーブルを渡す。

「何か分かりそう？」

「さてな。――そもそも初日から動きがあるなんて、期待はしていない」

……それもそうか。

思いつつ作業する傍らで、安原さんがまじまじと周囲を見渡している。

「本当に何かあるんでしょうか、ここ。雰囲気だけはそれらしいですけど」

さあ、とナルは呟く。

「調べてみれば分かるだろう。どうせ暇をもてあましていたし」

こりゃ暇つぶしですかい。あんたはそれで良かろうが、それに付き合わされて労働する、あたしたちの立場はどーにゃるのかなー？

本当に勝手なんだからなあ、と溜息をついてから、あたしはふと考え込んでしまう。

ナルが暇なのは、お兄さんの遺体が上がってくるのを待っているからだ。

どうしてこう何事もなかったかのようにしていられるんだろう。やっぱりあたしたちとは、根本的に精神構造が違うのかなあ。あたしたちに対して平然と偽名を名乗ってられたみたいに。——あたしは思いながら、淡々と作業しているナルの横顔を盗み見た。

ナルは連絡用のインカムに向かう。

「リン、こっちは終わった。そっちは？」

『終わりました。録音を始めています』

「分かった」

言ってから、ナルはあたしたちを振り返った。

「まあ、何かあれば儲《もう》けもの、というところだろう」苦笑気味に言ってから、もっとも、と呟く。「気になることがないわけじゃないが」

……うにゃ？

あたしが首を傾げていると、安原さんが頷いた。

「どう考えても、わざわざ町長が直々に足を運んで依頼に来るような事件じゃありませんもんね」

「そうだな」

「ふみ？」

首を傾げるあたしに、安原さんが、

「町長さんたちを案内してきたおばさんにも、あとで話を訊いてみたじゃないですか。だけど、幽霊が出るなんて噂は聞いてないって、そう言ってたでしょう？」

「うん。ほかの職員の人も以下同文」

でも、と言って、安原さんはちょっと難しい顔をした。

「本当に何の噂もないのなら、どうしてわざわざ依頼に来たんでしょう？　しかも町長と助役が直々に、ですよ？　町長が依頼に来るほどの事件なら周辺でも噂になっていて当然だし、噂になるまでもない事件なら、偉い人がわざわざ依頼に来るはずがない。そう考えると、依頼そのものが、なんか怪しげなんですよね。ゆうべの町長さんや助役さんの様子も、どことなく裏がありそうな感じだったし」

安原さんの言葉にナルは頷く。

「安原さん、探偵の真似《まね》事《ごと》をする気はありますか？」

「やりましょう。付近の聞き込みですね？」

ナルはちょっと笑って頷く。そのとき、

「ねえ、休憩にしない？」

唐突に声をかけてきたのは、綾子だ。

時計を見るともう十時を過ぎてる。風が出てきた。台風でも来そうな、温《ぬる》い重い風だ。

「スタンドをもう一回見てくるね」

風で倒されちゃあ、なんにもならないもんね。

「あ、僕も行きます」

「急げ」

はいはい。——んで、あんたは動かないわけね？

安原さんと小走りに裏庭に行って、スタンドの重石を確認する。不安定なところはそのへんから石を拾って足して。

「うん、これなら大丈夫かな」

呟いたときだった。

（……ん——……）

何かの音が——声に似た音が遠くから聞こえた気がした。

「……？」

周囲を見渡しても、安原さん以外には誰の姿も見えない。

「どうか、しました？」

「今、何か聞こえなかった？」

「いいえ……？」

あれ？　気のせいかな？　——それとも、風で樹がざわざわいってるのが、そんなふうに聞こえただけだろうか。

（……ぁ——）

まただ。

「ね、安原さん。今の、聞こえた？」

安原さんも不審そうな顔をする。

「人の声、みたいだったね」

「なんだろ……」

安原さんは軽く土を払って立ち上がる。

「行きましょう。――ちょっと嫌な感じだ」

「うん……そだね」

慌てて戻る背後で、枝がざわついていた。

4

あたしたちは、玄関ポーチの階段に坐り込んで、ティーブレイク。入口の上に小さな軒があるけど、日陰を作ってくれるほどの大きさはない。風は吹いてるけど妙に温くて、少しも涼しくなかった。

「麻衣、ジュースにします？　ウーロン茶にします？」

クーラーボックスの脇に坐った真砂子が訊いてきた。

「ウーロン茶ー」

喉《のど》が渇いてるけど、水道はぜんぜん出ない。プールのどろどろした水を飲むのは、自殺行為だという気がするし。

「水では苦労しそうだね」

よく考えたら、自給自足の調査というのは初めてだ。いちおう飲み物はこの事態を予測してペットボトルを何本か持ってきたけど、この人数では到底足りると思えない。

「そうですわね。お昼の買い出しもありますし、そのときに買い足してこなければなりませんわね。——はい」

ちょっと笑いをこらえるふうで真砂子が渡してくれたのは、子供がハミガキのときに使うようなプラスチックのカップだ。綺麗《きれい》な青色のやつで、けろっぴがプリントしてある。

「俺もー」

ぼーさんの声に、真砂子が別のカップを差し出す。

「どうぞ、滝川さん」

「……なんだ、こりゃ」

ぼーさんは真砂子にカップを渡されて、一瞬肩を落とした。

「紙コップを使い捨てていくのも、不経済でございましょ。それが滝川さんのカップですわよ」

「これが、ナルで、こっちがリンさんだよ」

あたしは得意げにカップを渡しちゃう。全員バラバラのカップで模様が違うわけ。

「で、安原さんと、ジョン」

それぞれが渡されたカップを見て呆れた顔をする一瞬。互いの視線が互いの手《て》許《もと》に交錯したりして。

笑いを噛《か》み殺す真砂子に、こらえきれずに笑っちゃうあたしと綾子。

「……これを選ぶのに時間を喰《く》ってたんだな、お前らは」

ゲンナリしたように言うぼーさんのカップは、恐竜のプリントだ。

「へっへっへー」

調査に来ることが決まって、廃校だってんで、水道は使えない可能性が高いから何か飲み物がいるね、と言ったのは綾子だ。するとコップも必要、と言ったのは真砂子。紙コップを使い捨てていくのも勿体《もったい》ないから、安いカップを買おう、と言ったのはあたし。そして昨日、ぼーさんの運転で夕飯の買い出しに行ったとき、ハミガキコップが並んでいる棚の前を通りかかって、思わず眼を見交わしたのは三人が同時だった。

「か、可愛らしくて、よろしいどすね」

ペンギンのプリントのジョンは、ちょっと引きつりぎみ。

憮《ぶ》然《ぜん》としているナルがキツネで、リンさんがウシだ。どーだ、似合わないだろー。

「どういう局面でも遊び心を失わないのは、いいことですよねー」

カニのカップの安原さんは、きわめてらしいことを言って、そうしてふいに空を見上げる。すっと陽射が翳《かげ》った。

「あれ、雲が出てきましたね」

間近の山の上から灰色の厚い雲が覗《のぞ》いていた。

「ひょっとして、雨ですやろか。降る、いう予報はおまへんでしたのに」

ジョンの声に、ぼーさんが立ち上がる。

「雨が降ったら面倒だ。今のうちに昼飯の買い出しに行っておこうぜ」

「そうですわね」

真砂子もまた立ち上がる。ついでに安原さんも立ち上がって、

「このチャンスに、ちょっと聞き込みをしておきます」

買い出しなら三人が無難な線だろうな。というわけで、あたしたちはお留守番。

「お疲れさまー」

言って手を振ったまではよかったのだが。

ぼーさんの車が見えなくなって、ほんのわずかあと、ジョンが心配そうに空を見上げた。

「なんや、本格的に曇ってきましたね」

ナルとリンさんが立ち上がる。

「——？　もう休憩終わり？」

「講堂のスポットに行ってる。もしも降り出したら、すぐに機材を回収する」

そっか。水に濡れたらおおごとだもんね。

ああ、せっかくセッティングしたのにー。

陽が翳ったおかげで、ちょっと涼しくなって。ほっと一息ついたのも束《つか》の間《ま》、厚い雲が頭上を覆って、強まった風に濡れた空気が混じり始めた。山の向こうは暗い。

「これはあかんです。降りますですよ」

ジョンが立ち上がったのに倣って、あたしと綾子も立ち上がった。真っ先に地面に引き廻してあったケーブルを抜いて纏《まと》め、校舎の中に放り込む。講堂に向かって駆け出したところに、大粒の雨が落ちてきて硬い音を立てた。

「うげー。ついてないっ」

パラパラというよりは、バタバタ雨が落ちてくる中を走る。スポットに行くと、こちらもすでにナルがコネクタを外していた。

「裏庭に行って、雨がかかるようだったらマイクを回収しろ」

「はーい！」

ジョンと一緒に走っている間に、どんどん雨粒が増えてくる。裏庭に廻ったときには、本格的に降り始めていた。

「ひゃー」

「これは回収せえへんとあきませんね」

ジョンが言って、手近のマイクを外しにかかる。

「ねー、これって雨が上がったら、またセットするんだよねっ」

「さ、さいですね」

軽口を叩きながら回収している間にもどんどん雨が強くなる。マイクを抱えて戻るときには本格的な土砂降りになっていた。

スポットまで走っていって、そこにマイクを放り込んで、ナルと一緒に玄関に駆け戻る。渡り廊下の屋根は穴だらけのうえ、風のせいで雨脚が流れて吹き込んでくるので、雨宿りには適さない。

玄関の小さな軒の下に駆け込んだ時には、ずぶ濡れになってしまっていた。

その軒の下もほとんど雨宿りの役には立たなかった。横から雨が吹き込んできて避《よ》ける場所がない。そのせいか、玄関のドアを片側だけ開け放し、中に入ったすぐのところにみんなが逃げ込んでいた。あたしも続いて中に飛び込む。

「ひどーい」

ナルとジョンが駆け込んで来ると、風に煽《あお》られてドアが閉まった。かろうじてガラスが残っていたせいで、はた、と風がやむ。雨の音が少しだけ低くなって、ほっと一息。

「ひと泳ぎした気分でおます」

「水着を着てるときにしてほしかったっ」

「ひょっとしたら、今日は調査になりませんですね」

そう言ってナルを見るジョンも、見られたナルも髪から雫《しずく》が落ちている。

「……そうだな」

「今までの調査がいかに恵まれてたか、痛感しちゃったわ、あたし」

「さいですね」

ずぶ濡れで気持ち悪いけど、着替えやらタオルやらなんて持ってきてないので我慢するしかない。買い出し部隊がタオルの必要性に気づいてくれれば良いが——思って外を見ると、叩きつけるような雨だ。雨脚が視界を霞《かす》ませる。玄関ドアに入ったガラスが曇っているせいもあって、グラウンドさえほとんど見えなかった。

あたしは、ふと、

「……ねえ、考えてみると建物の中にいるけど、大丈夫だよね」

なんとなく不安に思って問うと、綾子が笑った。

「馬鹿ねえ。何かあったら飛び出せば済むことじゃない」

それもそうか。ドアまでほんの一メートルちょい。二歩で充分外に飛び出せる距離だ。いかん。ナルがあんまり用心するから、ちょいと臆病《おくびょう》になってるわ。

「そもそも本当に妙なことがあるかどうかすら、分かんないんだもんね。午前中にも、ぜーんぜん、なんにもなかったし」

強烈な霊になると、霊能者が来たことに反発して、最初から何かかましてくれることもあるんだけど。

思いながら、汚れたガラスから外を眺める。両開きのドアの上半分は大きな一枚ガラスだ。奇跡的にこのガラスは割れずに残っている。その大きなガラスに切り取られて、外のひどい雨が見える。校舎は完全に降り込められ、雨が建物や地面を叩いて不穏な音色の地響きがする。

　こういう天気のときに建物の中にいると、それだけでなんかほっとするから不思議だ。特に一人じゃなくて気安い誰かと一緒だと、よけいにそんな気がする。

　どうするの、と訊いたのは綾子だ。

　ナルも迷うふうだ。どうも通り雨という感じではなさそうだもんな。

「どうしようか……」

「今日は諦《あきら》めて帰ったほうが良くない？」

「帰るにしたって、車まで走る間にずぶ濡れになりそうだけど」

　そう言う綾子はあんまり濡れてない。

「綾子も濡れちゃえー。不公平だぞ」

「やあよ」

「ま、なんにしても、ぼーさんたちが帰ってくるのを待たなきゃねー」

「そうねえ」

　ふいにナルが足を踏み出した。

「どしたの？」

「ファイルを取ってくる」

雨宿りの間ぐらい仕事のことを忘れればいいのになあ。

「濡れるよ」

「ここまで濡れたら同じだ」

そりゃ、そーだ。

ナルはドアに手を掛ける。そして怪訝そうに動きを止めた。

「どうかした？」

あたしの問いには答えず、ナルはドアを強く押す。どこか引っかかっているのか、ぎしぎし撓《たわ》むだけで扉は動かない。綾子がここぞとばかりに笑った。

「非力ねえ」

「建て付けが悪いんだよ。古いから」

あたしは言って手を伸ばす。よいしょ、と力を入れたのだけど。

「——？　動かないよ」

ナルがちょっと乱暴にドアを揺すった。それでも動かないと見るや、外開きのドアに肩を当ててめいっぱい押す。少し真剣な表情になっていた。

「鍵が掛かっちゃったのかな……」

言いながら、自分でもそんなはずのないことは分かっていた。

リンさんとジョンが駆け寄ってきて、三人がかりでドアを押した。すぐに結論が出た。

「――開かない」

第四章

1

「なーに、深刻になってんの！」

一様に強張《こわば》ったあたしたちの間で、綾子の威勢のいい声がした。

「雨で木が湿気を吸って、ちょっときつくなっただけでしょ。ドアが開かないんなら、窓なり何なり使えば済むことじゃない」

確かに窓ならいっぱいある。ガラスだっていっぱい割れてる。閉じ込められた、なんていう状況じゃない。

「麻衣、ジョン、ちょっと退《さが》ってて」

綾子は足許《あしもと》から汚れた空き瓶を拾った。動かなくなった扉に向かい、

「そのガラスを割っちゃいましょ。外から引っ張れば開くかもよ」

「誰が外に出るの、そんなところから」

「あたしじゃないことは確かね」

口調は軽いけど、表情が少し硬い。脇へどくと、綾子が瓶をガラスに向かって投げた。

思わず身が竦《すく》むような激しい音がして、ガラスの破片が飛び散った。

ぶつけたガラスの瓶と、ぶつけられた扉のガラス。——砕けたのは、瓶だけ。

「……嘘」

ちょっと不安そうな表情をする綾子に、あたしは背後を示した。

「他にも窓ならいっぱいあるよ。あっちを試してみよ？」

「そ、そうね」

歩き始めたあたしと綾子を止めたのはナルだった。

「勝手にうろうろするな」厳しい眼つきであたしたちを見て、「僕がリンと下を調べる。ジョンは二階を調べてくれ。——麻衣」

「あい」

「ジョンと一緒に行け。絶対に離れるな。松崎さんも一緒に行っていただけますか」

綾子は一瞬、黙り込んでから、吹っ切るように髪を掻《か》き上げた。

「行ってあげようじゃないの。麻衣、探検に行こ」

「……うん」

あたしはジョンと綾子を追いかける。濡れた服が肌に貼りついて、絡まったように重かった。

玄関の、昇降口を上がった正面には階段がある。その階段を昇っていくと、百八十度ターンする踊り場だ。踊り場を越えると壁だった。さらに上に昇る階段は、ベニヤ板で作った壁で完全に塞《ふさ》がれてしまっていた。

「……これで行き止まりですね」

ジョンが足を止めた。

「ほんとだ。短い探検だったね」

「ドアがあるわよ」

綾子が示したところに小さなドアがあった。ドアというより壁に四角い切り込みが入っているような状態だ。ドアノブも何もない代わりに、小さな留め金が付いていた。留め金には南京錠《なんきんじょう》が下がっていたけど、軽く引っ張ると留め金のほうが板から抜けてしまった。板が腐っているんだ。

板の表面に爪をかけると手前に開く。身を屈《かが》めないといけないぐらいの大きさだったけど、潜《くぐ》り抜けた先に階段が続いているのが見えた。

「……どうする？」

あたしはジョンを見た。この先に行くべきだろうか。中に入って、このドアまで開かなくなったら、すごく困る。

「麻衣さんと松崎さんはここにいて、ドアを開けといておくれやす。僕が行ってきますよって」

「でも、離れるな、って」

ジョンは微笑《わら》う。

「ちょっと昇って、廊下の窓の様子を一つだけ見てきます。それが開くんやったらそこから出られますし、開かへんのやったら他の窓も開かへんでしょう」

階段を昇り切ってすぐのところに窓が見えていた。

「あそこまで、だね？」

「ハイ。あそこまでです。あの窓だけ試して、戻ってきます」

「うん……」

あたしはその場に片膝を突いてしっかりドアを背中で支える。綾子がさらにドアの縁を摑《つか》んだ。

ジョンはちょっと微笑って、身を屈め、中に入っていく。

窓以外に光が入ってくる場所がない。その窓も雨のせいで暗くて、校舎の中は夕方のようだった。薄暗い階段を昇り切ったところから、廊下が横に延びているのが下からも分かる。総二階建ての建物だから、廊下に沿って一階と同じ数の教室が並んでいるんだろう。

「どうしてこんなに教室があるんだろうね」

綾子に問いながら、あたしは階段を昇っていくジョンの後ろ姿を見つめている。ジョンは足許を探るようにしながら、ゆっくりと二階へ昇っていく。

「この校舎が建ったときには、これくらいの生徒がいたってことなんでしょ」

「そっか。生徒が減ったんで、二階を封鎖しちゃったわけだ」

「でしょうね」

話しながらも、視線はジョンから外さない。階段を昇り切ったジョンが廊下のほうを見ながら、正面の窓に寄っていく。寄りついたところで窓に手を掛け、少しの間、がたがた揺すっていたけど、すぐに手を下ろし、踵《きびす》を返して降りてきた。

窓は開かない。何となくそういう気はしていたので、動揺はしなかった。

「……駄目？」

階段を降りてきたジョンは苦笑を浮かべた。

「駄目です。なんや、ここの窓はいっせいにお臍《へそ》を曲げたようですね」

言いながら、ドアを潜って出てきた。あたしは自分がすごく緊張していたことに気づいた。ジョンが外に出てきて、ほっと緊張が解ける。綾子も軽く息を吐いた。

下に降りると、ナルたちはまだ廊下の窓を試しているところだった。ジョンが事情を説明すると、ナルは厳しい顔をする。

「下はどないです？」

「開かない」

「ちょっと乱暴な方法、ゆうのはいかがですやろ」

「そうしよう」

ナルが頷《うなず》くと、リンさんがすぐ近くの教室の戸を開けて、手近にあった椅子を引っ張り出した。ジョンがふいに思いついたように、ズボンのポケットから小瓶を出し、軽く窓に滴《しずく》を散らして十字を切った。

「離れていてください」

　リンさんが言って、椅子を振り上げる。振り下ろすと同時に、耳を覆っていても頭に刺さるようなすごい音がした。空気が震えて埃《ほこり》が舞い、木っ端が散る。思わず閉じた眼を開けてみると、そこには無傷の窓が残っていた。リンさんの手の中には、折れた背凭《せもた》れだけが残されている。

　古びた木枠の窓だ。窓枠も桟も歪《ゆが》んで染みが浮いている。三十センチ四方のガラスが八枚。そのうちの一枚は最初から割れて、ほとんど残っていない。あたしはそこから手を出してみる。問題なく手はすり抜けた。ひんやりと湿った外の空気。水煙のような水滴が掌《てのひら》を叩く。ものすごく皮肉だ。

　桟さえなければ出られるのに。折れた椅子の脚を拾って、それでガラスを叩いてみた。強く叩いても罅《ひび》一つ入らない。一見して脆《もろ》そうな桟を叩いても、これまたびくともしなかった。

　ナルがごく平静な声を出した。

「完全に、閉じ込められたな」

2

「で？　どーすんの？」

あたしの問いに、ナルは無言で肩を竦める。

あたしたちは、とりあえず玄関に戻って上がり口のあたりに坐り込んでいた。

「相手とその目的が分からないことにはな……」

「相手、って」

「解説が必要なのか？」ナルは言って、皮肉っぽい笑みを浮かべる。「僕らを超常的な力でここに閉じ込めた相手だ」

「それって……やっぱ人間じゃないよねえ……？」

「常識的に判断すると、そういうことになるな」

あたしはちょっと唇を噛《か》んだ。

「……少なくとも、ここに何かがいるのは本当だったんだ」

「のようだな。まさか本当にいるとは思わなかったが」

「だよね」

校舎の外ではあいかわらず地響きを立てて雨が降っている。近くに滝でもあるようだ。

「まあ、いずれどうにかなるんじゃない？」溜息まじりに言ったのは綾子だ。「そのうち買い出し部隊も帰ってくるでしょ。外からだったら、なんとかなるかもしれないし」

「ならなかったりして」

あたしが言うと、綾子は顔をしかめる。

「なんとかさせればいいのよ。幸い、ガラスのないところから水と食糧は差し入れてもらえるわ。かなり粘れると思うわよ」

ナルが苦笑した。

「問題は、僕らが救出されるまで保《も》つか、ということだろうな」

「なによ、それ」

「相手が何を仕掛けてくるか分からない。単に僕たちを困らせて喜んでいるだけだとは思えないんだが？」

綾子は不服そうに押し黙ってしまった。代わりに声を上げたのはジョンだ。

「ここでボンヤリしていてもしょうがおへん。なんぞ手を考えへんと」

……うん。そだね。

ナルも頷いて、あたしたちを見た。

「誰か、ライターを持ってるか？」

「持ってるわよ」

綾子の声に頷いて、さらに玄関を見渡す。

「その靴箱を廊下に置いてバリケードにする」

「幽霊にバリケードが役に立つの？　教室のほうがいいんじゃない？」

あたしが訊《き》くと、ナルは肩を竦めた。

「気休めでもないよりはましだろう。教室は拙《まず》い。陽が落ちてからのことを考えておきたい。どうやら日没が早そうだ」

ナルは窓のほうへ眼をやった。確かに夕立がすごくて暗いし、このまま本降りが続くなら日暮れは早そうだけど。それと教室では駄目なことと何の関係が。

首を傾げていると、ナルは心底軽蔑《けいべつ》したような表情をする。

「真っ暗な中にいたいか？」

「あ、そっか」

こりゃ、失礼しました。そうよね、ライターがあっても教室の床板の上で焚火《たきび》はできないもんね。はい、あたしが悪うございました。

玄関の土間に敷いた踏み板の両側に、あたしの顎先《あごさき》までの高さの靴箱が、二つずつ、合計で四つ並んでいた。もともとはたくさん生徒がいたせいだろう、玄関はもっと広い。横のほうに使ってなかった靴箱が積み上げてあって、数えてみると十数個ある。

そのほとんどを廊下に移動させた。

「完全に塞《ふさ》がないでください。いざというとき、向こう側へ出られませんから」

リンさんがそう言う。

「塞がないと意味がないんじゃないの？」

塞いでも意味があるかどうか疑問だけどさ。

「大丈夫です」

廊下の両側に人の背丈ほどの高さまで靴箱を積み上げて、中央を一メートルくらい開ける。その隙間の少し手前に、入口を塞ぐように靴箱を積み上げた。

「これでいいの？」

「ええ。誰かテープを持っていますか」

「あたし、持ってる。ビニールテープだけど」

あたしがテープを渡すと、リンさんは上着の懐から護符を出して、屏風《びょうぶ》みたいに積み上げた靴箱の廊下側に貼った。これで玄関は、靴箱のバリケードで廊下から切り離された恰好《かっこう》になる。

「あのー、訊いてもいい？」

返事はない。リンさんはただあたしを見る。

「どうして、これで大丈夫なの？」

「悪霊は真っ直ぐにしか進めない、という俗信があります。それで門の前や内側にこういう壁を作って悪霊除《よ》けにする風習があるのです。これを影壁とか屏風とか言いますが」

「へええ」

「真っ直ぐにしか進めないというのは俗信にすぎないと思います。ただ、影壁は確かに効果があるのです。その理屈までは分かりませんが」

「壁を通りぬける幽霊、っているよね」

「います。壁を通りぬける霊なら、こんなものは簡単に越えてくるでしょう。だとしたら塞いでしまっても同じです」

あ、そっか。そうだよね。

「二階にもドアがあったと言っていましたね」

「うん。小さいのだけど」

「そこにも影壁を立てて封じておいたほうがいいでしょう」

3

ボロボロになった踏み板を折って、土間で小さな焚火をする。薄煙が上がって天井に漂い、割れた窓ガラスから吹き込む風に追われて散っていく。風は入ってくる。煙だって出ていく。なのにどうやってもあたしたちは出ることができない。ほんとに皮肉だ。

まだ校舎の中は暗いというほどではないけど、なんとなく火があると安心する。濡れた服が寒かったので、よけいにありがたかった。

あたしたちは焚火を囲んで、コンクリートの土間に坐っていた。泥だらけだけど、そんなことを気にしても、もう仕方ないという気がする。

「麻衣、何か飲む？」

綾子が声をかけてきた。雨が降り出したとき、飲み物を入れてたクーラーバッグを校舎内に待避させておいたのは偉かったと言えよう。

「んーと。甘いの」

「カップは？」

「カエルの。——ねえ、ナル」

ナルは何やら考えごとをしている風情だ。

「ここって生徒が何人くらいいたんだっけ」

「二十名程度——らしいが」

「にしては、校舎は大きいよね。これだけの空間を何に使ってたんだろ」

さあ、とナルは呟《つぶや》く。

「もともとはさらに大きな建物だったらしいな。生徒の減少に伴い、一部を取り壊してこのサイズになったようだ。たぶん、それからも生徒は減り続けていただろうし……」

そっか。

「その結果、二十人か。一年生から六年生までで、でしょ？　平均すると一学年三人ちょい？　寂しそうだなあ……」

あたしが言うと、綾子が、

「学区の広さはどれくらいだったのかしら」

「この周囲八集落だったようだな。ただし、このうち三集落はすでにない」

「廃校から今までに失くなったわけ？　田舎の過疎化って、本当にひどいのね」

そだねえ。都会にいるとピンとこないけど。

「二集落はダムの底だ」

ナルは言って、冷ややかに綾子を見る。

「ミーティングの際、まったく話を聞いていらっしゃらなかったわけですね」

「おほほほ」

ダムの一言であたしは思い出した。

ダムで行なわれている作業はどうなったんだろう。この土砂降りでは、当然、中断しているはずだ。まさかとは思うけど、それまでに見つかったりしてないだろうか。——もっとも、見つかったんなら誰かここへ連絡に来たはずだけど。

ガラスの外を見ると、ようやく雨が少し小降りになっている。すぐ外に車が見えるのが、腹立たしい。

綾子は一人でぶつぶつ言ってる。

「この山の中で八集落ってことは、相当に離れた集落もあっただろうし、しかも二集落がダムの底じゃあ、廃校になるのもしょうがないか。五月って時期は半端だけど、集落の移転が急に決まったのかもしれないしなあ」

「そだねえ」

「すると、この学校が廃校になった経過に妙なことはない、ってのは本当なのかな。でも、だったら、ここに何がいるっていうわけ？」

……と、訊かれましても。

「しかも、あたしたちを閉じ込めてどうしようっていうのよ。きっと何か目的があるんだろうけど……」

腕時計を見ると、すでに閉じ込められて二時間近くが経《た》っている。外は雨だから暗くなるのは普段より早いだろう。あたしは焚火を見る。日が暮れたら、照明はこれだけが頼りになってしまう。――いや、ぼーさんたちが帰ってくれば、相当な援助を期待できるわけだけど。

「ぼーさんたち、遅いね」

あたしが言うと、綾子も頷く。

「そうね。――安原くんが聞き込みしてみるって言ってたから、そのせいじゃない？ひょっとしたら、夕方までかかるかもよ」

「まさか。お昼の買い出しに行ったんだよ？」

「あたしに言わないでよ。――とにかく、このままじゃ手の打ちようがないし……。どうするの？」

綾子の問いかけに、ナルは素っ気なく肩を竦めた。

「現状では打つ手がないな。まあ——せっかく閉じ込めたんだ、そのうち向こうから何か仕掛けてくるだろう。焦ることはない」

……怖いことを平然と言うなあ。

「キャンプ場の人たちは、幽霊が出るなんて噂は聞いたことがない、って言ってたのになー」

ブックサ言うと、ナルが低い声を落とした。

「引っかけられたのかもしれないな……」

「ふみ？」

ナルはちょっと皮肉っぽい笑い方をする。

「町長たちは、出るという噂があるだけ、と言っていたが本当のところはどうかな。実際は噂だけじゃなかったかもしれない」

「だけじゃない——って。本当に幽霊が出たり、祟《たた》りがあったりした、ってこと？」

「そういうことだ。何か深刻な問題があった可能性が高いな。だから町長自身が出向いて依頼にやってきた」

「……うん」

「しかしそれを正直に言って、その『問題』が外部に漏れると困る。助役も言っていたろう。内密にしてくれ、と。妙な噂になって観光収入が絶たれると死活問題だとか。それで、詳しいことは伏せておいた」

き……汚い。

「幸い、キャンプ場には町長の親族がいる。それで親族にも口止めをしておく。——そうでなくても、キャンプ場の職員は観光収入で食べているわけだから、口止めされるまでもなく自主的に口を噤《つぐ》んだだろう」

これだから大人のすることはー。

「ねえ？　深刻な問題って、何だと思う？」

さあ、と言ってからナルは立ち上がる。

「ちょっと中を調べてみよう」

4

ナルの断固とした主張で、全員で一緒に校舎の探検に向かう。

「用心はしておいたほうがいい。絶対に一人で離れるな」

……あい。

全員でそろそろと影壁の外に出て、まず一階の教室を手前から見て廻る。最初の教室が何に使われていたのかは分からなかった。教壇に教卓、そして机と椅子がいくつか。机は四つを一組にして向かい合わせてある。そうやって作った島が三つ、それ以外にも机が二、三点在している。教室の後ろにある黒板の下には、木製の棚があった。升目のように区切られた、扉のないロッカーのような造作《ぞうさく》だ。そこには教材らしきものが埃《ほこり》を被《かぶ》って残っていたから、予備の教室か、さもなければ自習室のような使われ方をしていたのかもしれない。

その隣の教室も似たような按配《あんばい》だった。ただ、低い棚がいくつか並び、そこにも教室後ろの棚にも本が入っているところだけが違う。本は見たところ、絵本や漫画や雑誌で、上巻だけしか見当たらないものもあったりして、図書室というよりも不要の本をみんなで持ち寄って集めました、という風情だった。

さらにその隣の教室にはいろんなものがあった。小さな跳び箱、二枚ほど敷かれた体育マット。大小のボールが入った籠《かご》に、棒などを投げ込んだ木箱。あとは目的不明の遊び道具らしきもの。後ろの棚にも玩具《おもちゃ》っぽいものが入っている。机は三つほど。廊下側の窓の下に、ずらりと一列に椅子を並べてあった。

ちょっと雰囲気が違うのは四つ目の教室で。

四つ目の教室には棚や大きな机が並び、そこに鳥籠や檻《おり》や水槽が置き去りにされていた。厚く埃を被った様子が荒《すさ》んだ印象だ。

「嫌な感じね」

ヘドロをこびりつかせたまま、カラカラに乾いている水槽を覗《のぞ》き込んで綾子が顔をしかめる。教室の中には微《かす》かに腐臭が漂っていた。

「渋谷さん」

声を上げたのはジョンで、ジョンは埃の山のそばに屈み込んでいた。

「これを――」

それは教室の隅だった。ジョンの足許に、ちょうどミカン箱ぐらいの大きさの埃の山がある。よく見ると本当に段ボール箱で、それが腐って崩れかけたところに埃が積もったらしい。箱の中には何か、ぶわぶわしたものが入っていて、それも厚く埃を被っている。そうしてその埃の中から伸びた鎖。

錆《さ》びた鎖は箱の中から教室の壁に向かっていた。壁に大きな釘が打ってあって、そこに端を結びつけてあるのだ。

「……なあに？」

ナルが指の先で鎖を引っ張ると、埃の中から退色した赤いものが出てきた。革できたベルト状の丸いもの。綾子が顔をしかめた。

「首輪……じゃないの？」

「犬か何かいたんだね」

あたしはそう息を吐きかけたのだけど。

「リン。何か――」

ナルが全部を言うまでもなく、リンさんはボールペンを差し出す。ナルはそれを受け取って、埃の中を掻き廻し始める。

「どうしたの？」

言ってからあたしは気がついた。首輪は完全な丸を作っている。猫の首にもつけられそうな、小さな丸だ。きっと犬なら仔犬だったんだろう。——でも、どうして丸のままなんだろう？

ここは廃校になった。飼っていた動物がいたら、誰かが連れて行くなりするだろう。だったら首輪を残すはずがないし、ましてや、首輪を外したのなら丸のまんま、なんてことはあり得ないのでは。

ナルが掻き廻した埃の中から、灰色の小さな破片を拾い出した。

「……それ」

「何かの骨だな」

げっ。

ナルはそれを箱の中に放り込み、手を叩いて埃を払う。

「どうやら、町長たちは相当な狸《たぬき》だな」

「ですね」と、ジョンも頷く。

「どういうこと？」

あたしが訊くと、

「廃校になった、という話だったが、単にそれだけとは思えない。きちんと手順を踏んで廃校になったのなら、飼っていた動物を放置しておくはずがない。しかも——」

ナルは周囲を見廻す。

「もしも置き去りにされたせいで、この犬が——犬だと仮定して——飢えるなりして死んだのだとしたら、おとなしく箱の中で死ぬと思うか？」

首輪は箱の中にあった。まるで寝床に丸くなったまま死んだみたいに。

「箱は段ボールだ。軽いものだから犬が暴れれば動く。それがきちんと教室の隅に残っている。倒れた様子もないし、底に敷いた毛布もそのまま。この犬は、飢えて暴れる暇もなく死んだんだろう」

「でも、なんで」

「……さあ」

素っ気ない声が、窓の外の雨の音に溶け込んだ。

きちんと机の上にならべられた三つの水槽。鳥籠が四つ。ちょうどウサギか何かを飼うのに使いそうな檻が一つ。どれも厚く埃を被っているけど、その埃の底に小さな灰色の骨が埋もれているのだとしたら。

ふいにゾクッとしたのは、湿ったままの服のせいばかりでもない。

5

その隣は先生の控え室だったはずだけど、ほとんど物置のような有様だった。棚を押し込み、棚の中にも周囲にも荷物を詰めた箱が積み上げてある。かろうじて入口を入ったところの一郭が整理されていて、そこにスチール製のデスクが一つ。ロッカーが一つ。机の上にもロッカーの上にも本や紙の束が積み上げられ、埃を被って黴《かび》くさい臭いを放っていた。

さらにその隣が、教室だった。この教室はこれまでの教室の倍の広さがあった。そこに埃を被った小さな机が十八個、前のほうに寄せて並べてあった。

「生徒が十八人だったんだね」

あたしが言うとナルは、

「町長が揃えてくれた資料では、十八人のうち、一気に十四人がダム工事のせいで引っ越して、結局廃校になったということだったんだが」

「ふうん？」

あたしは小さな机を見て廻る。ふと気がついて中を覗き込んでみた。

「……ねえ、中に道具が残ったままだよ」

綾子もジョンもそれぞれ机の中を覗き込んだ。

「やだ。ここもよ」

「こっちもです」

ちょっと勇気を奮い起こして、あたしは机の中のものを引っ張り出してみる。カビて変色した教科書だった。ページはくっついてしまってほとんど開かない。

さらに調べてみると、十八個の机のほとんどに何かしら持ち物が残ったままだった。

「転校したり、廃校になって学校を出て行くのに、荷物を残す？」

綾子が言ったけど、もういまさらだという気がする。

あたしにも分かる。——町長さんが、助役さんが依頼のときに言った言葉のほとんどが信用できないってこと。

「これってぜったいに生徒が引っ越して、それで廃校になったなんてことじゃないわ。本当に何もかも残っているもの。まるで、突然全員がいなくなったみたいに」

綾子の言葉に頷きながら教室を見廻すと、黒板の端には『五月十八日（水）』と大きな文字で日付が書いてあるのがごく薄く読み取れる。その下に『にっちょく』として、『たけうち　あい』という文字が書いてあった。

「廃校になったのって、五月だっけ」

五月十八日で止まった日付。

教室の後ろにはお習字や絵が貼られたままだ。どれも埃で汚れて黴だらけで、よけいに痛ましい気がする。

教壇の脇に先生用の机がある。この机の上にもいろんなものが残されたままだった。立てて並べた本が何冊か。ペン立てと、そこに差さったままの鉛筆や定規、脇のほうに重ねた紙の束。大きさの違う紙の束を、サイズごとに揃えて縦横交互に重ねてある。どれもいなくなることを前提に整理したようには見えなかった。むしろ「続きは明日」という整理の仕方だと思う。机の中央には本かノートのような冊子を二冊重ねて置いてあった。一冊を手に取り、開いてみる。細かい罫線が引かれ、そこに名前が並んでいた。

「これ、出席簿だ」

声を上げると、全員が集まってきた。

ページをめくってみたけれど、染みだらけで読めない。それでも、十八人の生徒が一人も欠けずにいたらしいことだけは分かった。最後のページには「五月」と書いてある。ページの上に日付が並び、左端に名前が並んでいる。罫の中に付けられた出欠の印。それが右ページの途中で途切れている。途切れた日付は黒々とした黴のせいで読み取れない。

「十八日ですやろね」

ジョンが黒板を見ながら言うので、

「そうとは限らないよ。あの日付と当番って、一日の終わりに次の日のぶんに書き直してた記憶があるもん」

「へえ。せやったら、十七日かもしれへんわけですね」

「うん。十八日が水曜日ってことは、十五日が日曜日。ということは」

出欠の印が途切れたところまで、曜日を割り当てながら数えていくと、十六日で終わっている計算になる。

「あれ、十六日までしかない」

「ということは……」綾子が天井を睨《にら》む。「十六日の出席を取った以降に、何かあったわけだ。荷物も、飼ってた動物も全部残して、学校が放置されるようなことが」

「うん。……あ。これって、日誌だあ」

出席簿の下にあったのは日誌だった。

「なつかしー」

綾子も横から覗き込んできて、軽く笑う。

「ああ、こんなだったわねえ」

「そうそう」

これもやっぱり黴の染みだらけだったけど、そっとめくると中のほうは読めないこともない。最後のページはかろうじて全部が読めた。

「――五月十六日月曜日。当番。四年、みちやまあゆみ」

「やっぱ十六日が最後なんだ」

「明日はいよいよ遠足です、だって」

「そっか」

綾子は指を弾《はじ》く。

「十七日は遠足だったわけね。学校以外の場所に集合だったんだわ。登校しないことが分かってたから、黒板には十八日の日付と当番を書いておいたんだ」

「あり得る。そして、その遠足で何か起きた？」

「でしょうね。――ほら、ここ」

綾子の珊瑚《さんご》色にマニキュアされた指先が文面を示す。

「バスの席順でちょっとケンカになりました、って」

「バスで遠足……」

ひょっとして、まさか。

「そのバスが事故？」

考えられることだ。生徒たちを乗せたバスが事故に遭って、それが原因でたくさんの生徒が死んでしまう。ひょっとしたら――十八人全部が。そうして、全校生徒を失った学校は廃校になる……。

「ほんまに、そうなんですやろか……」

痛ましそうに言って、ジョンは教室を見廻した。

対する所長の声は淡々としている。

「……それにしても、荷物から何から残っているのは妙な気がするが……」

あたしは首を傾げた。

「もしも本当に事故があって、生徒が死んだりしたんだったら、残された荷物は、言わば遺品でしょ？　家族が引き取るんじゃないかなあ」

あたしが言うと、綾子も、

「第一、全校生徒が急死したからって、飼ってた動物を放置するなんてことはあり得ないわよ」

「……だよね」

不幸な事故で生徒を失い、廃校になったのだとしたら。それならば子供たちの魂がさまよっていても不思議はない気もするけれど。でも、それだけじゃない。まだ……何かある。単に子供たちの幽霊が出るだけなら、町長たちが隠すはずがない。

「あの話、本当なのかしらね」

綾子が唐突に言った。

「何が？」

「このあたりにリゾート施設、ってやつ。校庭から見た限りじゃ、とてもそんなのに適した立地条件とも思えなかったんだけど」

「あの狸たちの言うことが信用できるわけないじゃん」

「じゃあ、なんで町長まで出てきて、調査の依頼なんかするわけ？　ここってもう廃校になってるわけじゃない。周囲に人が住んでるわけでもない。山の中に放置されてる廃屋に幽霊が出て、それが何？　近くにリゾート施設をってのなら、ちょっとは納得できるわよ？　こんな廃屋然とした建物があったら見栄えが悪いもんね。しかもそこに幽霊が出るなんて噂があったら、客足に響くかも。――少なくともそれを気にする、ってのは理解できる。でも、その計画もないんだったら、わざわざ旅行中の霊能者を捕まえてまで調査させる必要なんてないじゃない」

それは、確かに。思って、あたしはハッとした。

「まさか——あたしたちみたいに、入ったきり出られなくなって、どうにかなった人がほかにも……」

綾子を見ると、綾子は顔をしかめる。

「まさか。もしもそんなだったら、霊能者を捕まえるより、出入口を打ちつけるなり何なりして、塞いでしまったほうが話は早いわよ。それなら妙な噂が漏れる心配だってないわけだし」

「それは、そうだね……」

「第一、誰かが閉じ込められることを心配するなら、取り壊してしまったほうが確実でしょ。コンクリートの建物と違って木造の古い校舎なんだもの、いざとなれば自分たちで壊しちゃえばいいのよ。重機さえあれば不可能じゃないわ」

そっか、と頷いたときだった。細い声が雨の音に交じって聞こえたのは。

第五章

1

あたしは周囲を見廻した。

「どうしたの、麻衣」

訊《き》いてきた綾子に、今何か、と言いかけたとき、微《かす》かな音が再び聞こえた。

（——ぁ……）

ジョンがピクンと顔を上げる。

（——ぁぁ……ぁ……）

雨の音に交じってはっきりしない。けれど人の声に聞こえる。

声と同時に軋《きし》みがする。あたしは頭上を仰いだ。音は上から聞こえた気がした。

「ねえ。誰かの声が……しなかった？」

言いながら、綾子も天井を見上げている。

「した。上で何か音がしてる」

あたしが言ったときに、また軋みと一緒に人の声がした。細い声だ。子供なのか大人なのか、男なのか女なのかは分からない。

「二階に何かいる……」

まずナルが廊下の様子を窺《うかが》って、あたしたちもあとに続いた。きしきしという微かな音は、誰かが二階で足音を忍ばせて歩いているような感じに聞こえる。

全員でそうっと階段の下まで行く。一、二段昇って、二階の様子を窺った。確かに二階で音がしている。細い、何かを叫んでいるような遠い声と。

「様子を見てきます」

リンさんが言って、階段を昇っていく。それをナルが呼び止めた。

「バラバラにならないほうがいい」

「ですが。ドアがありますから」

そう言ってリンさんは眼の前にある影壁を見る。その向こうにあの小さなドアがある。

「ここで全員で行って、そのまま二階に閉じ込められてしまうと、さらに事態が難しくなります」

「だが――」

「大丈夫です。――ブラウンさん」

「ハイ」

「この場をお願いします。松崎さんも」

「はいはい」

綾子はおまけで不満そうだ。不満に思う余裕があるんだから、神経が太い。

リンさんは軽く会釈するようにしてドアを開けた。あたしは影壁の端に廻ってさっきのように扉をしっかり摑《つか》む。ドアが開くと、いっそうはっきり声が聞こえる。何を言っているのかは分からないけど、確かに何かを叫んでいる人の声だ。

「ここにいるね」

「お願いします」

言ってリンさんはドアを潜《くぐ》る。そっと階段を昇っていった。あたしたちはドアが閉じてしまわないよう支えながら、細長い後ろ姿が廊下を見渡し、曲がっていくのをじっと見送る。リンさんの姿が壁の向こうに隠れたとたん、なんだかすごく不安な気分になった。

「ねえ、本当に一人で行かせてよかったのかな」

綾子に訊いてみたけど、

「大丈夫よ、あたしやあんたじゃないんだから」

……そうだけど。リンさんはあたしたちより、ずっとすごいんだから。それを分かっているのに、どうしてこんなに嫌な感じがするんだろう。

「松崎さんの言わはるとおりですよ」

ジョンにやんわり宥《なだ》められて。

「うん……」

不安な気分で頷《うなず》いたときだった。何かが――何か途方もなく大きなものが、校舎を駆け抜けていったような衝撃を感じた。

「なに!?」

どんっ、と低い震動があって、建物がぎしぎし揺れる。あたりを見廻す間もなく、もう一度。立て続けに何度か衝撃が走って、あたしは思わず坐り込む。

影壁が倒れる。天井から埃《ほこり》が落ちてきて眼を開けていられない。

「何よ、これ」

綾子の声と同時に、足音が駆け抜けていった。複数の足音だ。しかもそれは明らかに、二階の廊下を手前から奥へと走っていく。足音と一緒に笑い声がした。子供が数人で歓声を上げているようだった。

「リンさん！」

大丈夫なの、と声をかけようと身を起こして、血の気が引く。

ドアが閉じていた。

「リンさんっ！」

慌てて汚れた板の表面に爪を掛けた。予想に反して、ドアはあっさり開いた。

……よかった。

坐り込みたいぐらい安心する。

「リンさん、大丈夫？　戻ってきて！」

　向こう側へ首を突っ込むようにして叫んだけど、返答はない。

「リンさん、ってば！」

「――リン！」

　ナルの声にも返答はなかった。しんと静まり返って、雨の音だけがする。

　……何か、可怪《おか》しい。

「見てこよう」

　ナルがドアを潜り抜けて、ジョンがそれに続く。またドアが閉じてしまわないよう、今度は綾子としっかり押さえる。それをジョンが振り返った。

「お二人だけ残せませんです。一緒に来ておくれやす」

　ナルを見ると、頷いた。綾子が、

「でも、これ」

　ドアを示すのに構わず、あたしは階段に踏み出す。

「リンさんのほうが心配だよ」

「うん。――そうね」


　あたしたちは全員で二階を調べていった。

　真っ直ぐ延びた廊下の片側に、教室が七つ並んでいる。どの教室もほとんど空っぽの状態だった。廊下側の窓から見れば、人がいるかいないか一目瞭然《いちもくりょうぜん》だけど、いちおう全部の教室に入って確認してみる。

それでも、どこにもリンさんの姿は見えなかった。

「そんな……」

そう呟《つぶや》いたきり、声が出ない。

「窓から外に出たということはおまへんですよね」

ジョンに言われて、改めて二階にある全部の窓を確認する。手近の窓に手を掛けてみたけれど、窓はびくともしなかった。――そう、確認なんかするまでもない。ここは二階だし、外に出るには飛び降りるしかない。窓を開けて飛び降りたのなら、窓は開いたままになっているはずだ。第一――リンさんが一人で逃げ出すはずがない。

「ナル！　ねえ、これ！」

途中で声を上げたのは綾子だ。床を指し示す綾子のそばに駆け寄って、あたしたちは埃の上に落ちた黒い染みを見つけた。

「これ……」

その拳大の染みの傍らにナルが屈《かが》み込む。軽く指で触れて、指を見つめる。

「……血のようだな」

「血――って、リンさんの？」

「分からない。まだ新しいのは確かだが」

どうしてそう、落ち着いていられるわけ？

「もう一度捜してみよう？　どこか盲点に入った場所があるかもしれないじゃない」

綾子の声に、あたしたちは頷く。

全部の窓を徹底的に調べて、もう一度全部の教室を調べ直して。そしてあたしたちは認めざるを得なかった。

窓は開かない。そして、――リンさんは消えてしまった。

2

あたしたちは二階の廊下に立ったまま、しばらく呆然《ぼうぜん》としていた。

誰も口を利かなかった。伸《の》しかかる沈黙に負けて沈み込みそうになる気分を無理に振り切り、あたしはナルを見る。その何か考え込むような横顔を。

「ねえ、リンさんなら大丈夫だよね」

あたしの問いに対するナルの返答は素っ気なかった。

「分からない」

「分からない、って、そんな！」

「それが事実だ。何が起こったのか分からない。リンがどうなったのかも分からない。僕らに分かるのは、リンが校舎の中にいない、ということだけだ」

「そんな……」

何度目かに呟いて、それ以上の言葉が出てこない。

——一人で行かせなきゃよかった。誰かがついて行っていたら。ううん、そもそも行かせなきゃよかったんだ。

「とにかく、絶対に一人になるな」

……いまさら言っても、もう遅い。

俯《うつむ》いたあたしの肩を綾子が揺する。

「大丈夫よ、きっと。リンには式がついてるもの」

「うん……」

「とにかく、注意のうえにも注意することだ。必ず誰かのそばにいること」

ナルのきっぱりした声に、あたしたちは頷く。

「周囲の人間から眼を離さないこと。何かが起こったときには、近くの人間の腕でも服でも摑むように」

……う、うん。

ナルの言葉を心の中で復唱するようにして頷いたとき、窓の外から雨音に交じって別種の水音が聞こえた。

あたしたちははっと、窓のほうを見る。

勢いよく水を撒《ま》くようなその音は、車が水を撥《は》ね上げる音だ。

「ぼーさんたちだ！」

あたしは窓に駆け寄る。汚れたガラス越しに、校庭に入ってくる白い車が見えた。

「ぼーさん！」

「楽勝じゃない」綾子の声も明るい。「破戒僧に外からドアを開けてもらいましょ」

「でも、開きますやろか……」

不安そうに言ったのは、ジョンだ。

「外からも開かへん可能性のほうが高いと思うんですけど」

「そんなの！ 開かないなら、人なり業者なりを呼んでもらえばすむことでしょ？ どんな力で校舎を封鎖してるのか知らないけど、ブルドーザーか何かをぶつければ出口ぐらいできるわよ」

か、過激な……。

「――拙《まず》い」

低く言ったのはナルで、意味が分からなくて振り返ったときには、もうナルは階段のほうに向かって駆け出していた。

「どうしたの？」

「開いてしまったらどうする！」

――へ？

訳も分からず、とにかく走りながら、あたしたちは一瞬顔を見合わせる。

――開いてしまったら？

ドアが外から開けば問題ないじゃん。

「——あ！」

声を上げたのはジョンで。

「は？」

「ドアが開いてしもうて、滝川さんたちまで閉じ込められたら」

あたしは、はっとした。ドアが問題なく開く。何も知らない三人が、深く考えずに中に入ってきて、そうして閉じ込められてしまったら——。

急がなきゃ。ぼーさんたちが校舎の入口に辿《たど》り着くまでに、下に降りてドアの前で待機してなきゃ。

猛然とダッシュし始めたあたしだけど、それはいくらも続かなかった。

どんっ、と再び校舎を揺るがせる音がする。何か巨大な重たいものが、校舎の中を荒っぽく駆け抜けていく衝撃。

震動に足を取られて横転する。坐り込みながら、あたしはとっさに、そばにいた綾子に手を伸ばす。

——離れちゃいけない。絶対に。

どしっ、と音がして、窓ガラスが悲鳴を上げる。建物が歪《ゆが》んで嫌な音を立てた。

続いて始まったのは激しい連打だった。教室中の壁を天井を床を、外から大きな鎚《つち》か何かで力任せに叩くような音がする。思わず耳を覆った掌《てのひら》ごしに綾子の声。

「ナウマクサンマンダバザラダンカン！」

はたと音が途絶える。だけどそれは一瞬しか続かなかった。

ほっと息をつく間もなく、また始まる。耳を覆いたくなるような騒音と床を下から突き上げるような衝撃。

真っ先にナルが動いた。階段は眼の前だ。

誰かが玄関に駆け降りようとするあたしたちを邪魔している。ジョンに促されて、あたしも立ち上がった。

壁にしがみつくようにして階段を降りると、乱打する音もついてくる。踏み板の下から叩き上げられて何度も足を取られ、階段を転がり落ちそうになり、降ってくる埃と何かの破片に眼を瞬《しばたた》きながら、とにかく下へ向かって急ぐ。

そして、小さなドア。ナルがその前で立ち止まる。ジョンと並んであたしもそこに飛びついて。

薄いベニヤでできた、半分腐ったドア。――それが、開かない……。

「……やっぱりっ！」

「そこをどいておくれやす」

ジョンの声に慌てて身を引いたあたしの頬に、水滴が当たった。

小瓶を振ったジョンが宙に十字を描く。

「主の御名《みな》において命ずる。悪《あ》しき力よ、退《しりぞ》け」

同時にナルがドアに蹴りを入れると、小さなドアが吹き飛んだ。そこを飛び出して倒れたままの影壁を越えて、踊り場を廻って。

そうして、あたしたちは、ぜんぜん間に合わなかったことを悟った。

「――賑《にぎ》やかですねえ」

ビニール傘の滴を払って、安原さんが笑う。真砂子もぼーさんも呆《あき》れたように玄関からあたしたちを見上げていて――。

音がいつの間にか、やんでいる。耳に聞こえるのは雨の音だけだ。

そうして、あたしたちを見上げてくる三人の、その背後のドアは閉まっている。

3

「ぼーさんっ、ドア！」

あたしが示すと、ぼーさんは怪《け》訝《げん》そうに背後を振り返る。

「――へ？」

「ドア！　開けて！」

一瞬きょとんと瞬《まばた》きしてから、ぼーさんはひょいと腕を伸ばす。

そうして、本当に予想できたことだけれど、ドアはもう開かなかった。

「何だ？」

残りの階段を駆け降りて、ぽかんとしている安原さんと真砂子の脇を抜けてドアに飛びつく。あたしと、ジョンと、ぼーさんと三人がかりで押しても、もうドアはびくともしなかった。

「──開かない」

「そんなはずございませんでしょう？　たった今そこから──」

真砂子の声に、あたしは首を振ってみせた。

「開かないの。あたしたち、閉じ込められたの」

「──え？」

「真砂子たちが出掛けたあともそうだったの。窓は動かないし、ガラスも割れないの」

しん、と沈黙が降りる。

「……そりゃ、難儀だなあ」

ぼーさんの声にようやく息をついた。

「ほんで？　なに？　頭数、足りねえじゃねーの」

ぼーさんがあたしたちを見渡す。あたしは胸を押さえた。

──リンさんは消えてしまった。

「リンと綾子は？」

……え？

あたしは全員の顔を確認する。ナル、ぼーさん、ジョン、安原さん、真砂子。

――綾子が、いない。

「どうして……」

振り返ったジョンの顔も呆然としている。

「いつの間に」

「廊下にはいたよ」

「下へ走って来るときにもいてはりました。あの騒ぎで坐り込んではったのを立たせて……」

ジョンが階段を振り仰ぐ。

「麻衣さんを立たせて……」

金色の髪を毟《むし》るようにして掻《か》き上げる。

「……あかん。僕、あのとき手を放して先に行ってしもうたんや……」

「ジョンのせいじゃないよ」

「けど」

「あたしも、手を握ろうと思って、放した……」

何が起こったんだろう。リンさんも綾子もどうなってしまったの。

どっと後悔が込み上げる。調査に来て一番辛《つら》いのは、自分が至らなかったことを思い知らされる、こういう一瞬だ。

「済んだことを考えてもしゃーねえやな」

ぼーさんの暢気《のんき》な声がした。

「でも……」

「後悔は意義のあることだが、やることをやってからでいい。——綾子を捜しにいくほうが先決だしょ」

「——うん」

ぼーさんはナルを見る。

「どうする。一階と二階と、分かれるかい？」

「分かれないほうがいいだろうな」

「はいな。ほんじゃ、二階だ」

全員で二階へ上がっていく。ドアをなくした二階との間の壁を越えて、さらに階段を昇っていく。階段を昇り切ったところで、先頭のぼーさんが足を止めた。

「——どうしたの？」

階段を昇り切ったところは小さなホールになっていて、廊下はその奥で右へと延びている。そのホールの左側。そこにはいろんな色が溢《あふ》れていた。

「……！」

あたしたちは思わず立ち止まって、壁を見渡してしまう。

「こんな——」

「えげつないことをやってくれるぜ」

ぼーさんが吐き捨てるように言って、天井から下がったものを千切った。

色紙《いろがみ》だった。

細く切った色紙を輪っかに繋《つな》いで鎖を作ってある。それが何本か下がっていて天井と壁を飾っていた。薄い紙で作った花がいくつか、四角を描くようにして壁に留めてある。花で飾られたそこには細く切った金の色紙で、文字が書いてあった。

『あやこちゃん　おめでとう』

4

毟り取ってみると、色紙はどれも退色して斑《まだら》になっていた。ティッシュペーパーのような薄い紙にも、たくさんの染みが付いている。あたしたちはそれを全部外し、玄関に戻ると薪《たきぎ》の山の中に放り込んだ。

忌々しいのでいっそ燃やしてしまいたいけど、さっきまで囲んでいた焚火《たきび》はとっくに消えていた。新たに火を熾《おこ》すのは暗くなるまで待ったほうが良さそうだ。ぼーさんたちまで閉じ込められた以上、あたしたちはここで夜明かしをしなければならない可能性が高い。ぎりぎりまで薪を節約しないと――。

それで、あたしたちは冷えた焚火を囲んで、いなかった間の事情を買い出し組に説明する。消えてしまったリンさんと綾子。重い重い沈黙が降りた。

最初にふっと息を吐いたのは、安原さんだった。

「……僕ら、完全に嵌《は》められたんですよ」

軽い調子だけど、悔しさみたいなものが滲《にじ》んでいた。

「スーパーで、雨宿りしてる人たちにこの学校の話を聞こうとしたんです。するとたいがい、口を開きたがらない。たまに答えてくれる人がいても、学校には近寄るな、って言うばかりで」

あたしは首を傾げた。

「キャンプ場の人たちとは反応が違うね」

「でしょう？　職員は、あんなにあっさり何もないって断言していたのに。――これはやっぱり何かあるんじゃないかと思って。それで、地元の図書館に行ってきました。図書館と郷土資料館を兼ねたみたいなところなんですけどね。なんといっても廃校になった五年前の五月が怪しい。当時の新聞をひっくり返したら、簡単に出てきました。ここにコピーを取ってきてあります」

安原さんは、ポケットから折り畳んだ紙を引っ張り出して開いた。

「――山津波です。覚えてませんか？　五年前。土砂崩れが起こって、トンネルを埋めた。車や家が巻き込まれたんです」

「そう言われてみれば……」

そんなことが、あったような。

何年前かは、はっきりしない。でも、漠然と覚えているような気がする。崩れて扇形に茶色の土砂が広がった、現場上空から撮った光景とか。やきもきしながら土砂が切り崩されるのを見守っていた気分とか。果てに、土砂の中からクレーンで吊り上げられた、ひしゃげた車なんかの映像。

「……ええと？」

困ったようにジョンが口を挟んだ。

「そっか、ジョンは知らないんだ」

「僕は五年前やったら、まだ日本にいませんでしたし」

「……たしか、ドライブウェイに面した崖が崩れたんじゃなかったかな」

あたしは言って、みんなの顔を見廻した。買い出し組は心得顔で小さく頷く。ナルは安原さんに、

「ひょっとして、それに遠足のバスが巻き込まれた？」

「そう――そうなんです。長雨で緩んだ地盤が崩れて、ドライブウェイを走ってた車が何台か、それと道路の下にあった民家が巻き込まれました。その中に、遠足のバスも交じってて……」

「トンネルに閉じ込められた……」

あたしが言うと、安原さんは頷く。

うん、思い出した。いっときニュースやワイドショーはそればっかりだったから。

後ろに車が何台かいた、と九死に一生を得たトラックの運転手は証言した。乗用車が何台か、そして子供の乗ったバスが一台。

彼の運転するトラックは、ちょうどトンネルを出たところだった。突然、山が崩れて背後のトンネルを呑み込んだ。トラックは後輪を土砂に掬《すく》われながらも、かろうじて無事に切り抜けることができた。トラックを停めて振り返ると、背後には土砂の山ができていた。トンネルの出口はその下に消えていた。

その後、トンネルは完全に崩れた土砂の下に埋まっていることが分かった。ただ、車がうまいタイミングでトンネルの中に入っていれば、乗った人たちは助かっているかもしれない。入口と出口が土砂で埋まっていても、トンネルの中に空洞が残っている可能性がある。そこに閉じ込められた恰好《かっこう》で生存しているかも。

連日、昼夜を分かたず出入口の土砂が取り除かれた。――だが結局、土砂の中から全員の遺体が発見された……。

「そうだ……たしか、分校の生徒全員だった。それで閉校になったの。『悲しみの閉門』とか言って、喪章を付けたおじさんが学校の門に鎖を巻いて鍵をかけるシーンを覚えてる」

安原さんは頷いた。

「死亡が二十六人。重軽傷者が十一人の大惨事ですよ。死者のうち、遠足の帰りだった小学生が十八人。引率の教師が一人。バスの運転手とガイド。同じく崖崩れに巻き込まれた車が三台で、うち二台の運転手が死亡。かろうじて、車から放り出された同乗者一名と、土砂に押し流されて横転した車の家族四人が重傷ですが助かってます。道路のすぐ下にあった集落のうち、家屋四棟が巻き込まれて、住人三名が死亡。六人が重軽傷」

……こういう話は嫌だ。すごく辛い。

「この結果、学校は全校生徒を一気に失った形になりました。翌年の新入生が一人しかいなかったこともあって、事実上の廃校になってます。ダムができたのはその翌年で、確かにこのダム工事に際して集落が一つ移転していますが、実際に移転が行なわれたのはもっと前の話だし、廃校にはぜんぜん関係がありません」

「……じゃ、何から何まで大嘘だったんじゃない」

「そうなんです。——いちおう、合同で慰霊祭が行なわれて、現場付近には大きな慰霊碑も建っているようです。これでとりあえず、この事件は片がついた恰好になるわけですが。問題は、そこからなんですよね」

「そこから？」

安原さんは頷く。

「図書館に来てた若い連中を捕まえて訊いてみたんですけど、そいつらの証言によると、『死んだ小学生が寂しがって仲間を呼ぶ』という噂があるらしいんです。だから、この近辺では、子供が山に迷い込んで消息を絶つことが多い、って」

「……待って。山に、迷い込んで？」

この学校の話じゃないの？

「山の話です。実際、滝川さんと原さんに手伝ってもらって新聞をチェックしたんですが、確かに小学生ぐらいの子供の失踪《しっそう》事件が多いんです。それも五年前からですよ。五年前の六月を皮切りに、四ヵ月から三ヵ月に一人の割合で消えていたんですが、これが一昨年でぴたっと止まってる」

言って、安原さんはちょっと顔をしかめた。

「正確には、一昨年の十月を最後に、新聞のうえでは一年半以上に及んで失踪事件がやんでるわけです。……怪しげでしょ」

「怪しげ？」

あたしが首を傾げると、黙って聞いていたナルが口を開いた。

「町長たちが依頼に来たのは、その失踪事件に関係があるだろうな。……だとしたら、失踪事件はやんでないんだ。間隔が開いているのかもしれないが、少なくとも完全に終わってはいない。それが新聞に出ていないということは、報道されないよう手を廻していると考えたほうがいいだろうな」

安原さんはコピーで軽く手を叩いた。

「御名答です。なにしろ一昨年の十月が最後ですからね。本当に失踪事件がそれで終わったのだったら、町長がわざわざ依頼に来るはずがないです。実際、帰り道に近くの集落で訊いてみたんです。『こないだ失踪した子供の消息は分かったのか』って。カマをかけてみたわけですが、その返答は『そんなことを訊いてどうするんだ』でした」

ナルが呟く。

「少なくとも『こないだ』と呼んで差し支えない頃に失踪事件があったわけだ……。消えた子供たちの行方《ゆくえ》はどうなっていますか」

安原さんは、さらに渋い顔をした。

「それがまた、胡散臭《うさんくさ》いんです。最初の頃の子供は、全員死体で見つかってます」

「最初の頃？」

「五年前の六月以来——約一年の間、ですね。人数にして四人」

「それ以後は？」

「見つかっていません」

ナルは皮肉っぽく笑う。

「ひょっとして、死体が見つかったのはどこですか、という質問を待ってますか？」

安原さんは決まり悪そうに頭を掻いた。

「やだなあ。分かってるんなら、意地悪しないでくださいよ。——待ってます」

「どこです？」

「報道によれば、『勝矢《かつや》字勝矢《かつや》支野田《しのだ》の山腹』です」

「それは、この学校の所在地と一致しますか？」

「一致します」

ナルは冷ややかに笑った。

「……なるほど。そういうことか」

意味不明。

「あのう、失礼ですが」

おそるおそる訊いたのに、ナルは非情だった。

「お前は本当に頭が悪いな」

余計なお世話だ。

「つまり――こういうことだ」ナルは闇色の眼を、すっかり黄昏《たそが》れた校舎の片隅に向けた。「五年前の五月、この学校に通う生徒全員が死亡するという事故があった。それから一ヵ月後、付近の山で子供が失踪。死体がこの学校で発見される」

「……うん」

「悲劇のあとだけに、無用な詮索《せんさく》をされないよう、廃校で見つかったことは伏せて地名だけを発表したわけだ。あるいは、多少場所をずらして、学校そのものではなく、この近辺で見つかったよう操作した可能性もあるが。――ところが、約一年の間、同じことが続いた。これは可怪しいと地元の人間なら思うし、地元の人間でなくても必ず死体が見つかる勝矢支野田という場所がどこなのか、興味を持つ者もいるだろう」

「だろうね、当然」

「それで彼らは死体を発見しないことに決めたわけだ」

安原さんが口を挟んだ。

「でなければ、死体を発見しても見て見ぬ振りをした。さらに可能性だけで言うなら、死体を隠した」

「……そこまでするかな。それはさておき、さらに失踪事件は続く。町の財政は観光《かんこう》収入で賄われている。客足に影響が出ては、と新聞等に記事が出ないよう手を廻し、箝口令《れい》を布《し》く。それでも失踪事件は続く」

「それで、あたしたちの出番、ってわけ？」

「そういうことだな。町長たちにしてみれば、失踪事件は防ぎたいけれども、内部の事情を人に知られては困る、というところだろう。霊能者を探したいが、下手《へた》をすると探していること自体が余計な注目を集めかねない。もし霊能者を見つけられたとしても、手の内は明かしたくない。しかしながら、それで目的を果たせるかどうか心許《こころもと》ない。どうしたものか迷っていたところに、たまたま霊能者のほうからやってきた、というわけだ」

……あの、くそ親父ども。

「そんで？　失踪事件を知られるのが怖いから嘘八百並べて、あたしたちをここに来させたわけね？　正確な事情も知らされず、ここがどんなに危険なところかも教えられずに。それさえ前もって聞いていたら、うかうかと閉じ込められたりしなかったのにっ！」

リンさんだって、綾子だって。——あの卑怯者《ひきょうもの》ども！

「まだ一つピースが足りないな」

ナルはごく冷静に安原さんを見た。

「何か手の内に隠しているのでは？」

安原さんは照れたように笑った。

「当たりです。いや、話の順番ってもんで、べつに面白がって隠してたわけじゃないですけど。——失踪事件の被害者は、新聞に報道された限り、観光客がほとんどです。地元の子供は最初の二例だけ、そのうちの一例も帰省した親に連れられて来た子供ですからね。あとは全部、観光客。このへんのキャンプ場だのスキー場だのから子供がいつの間にか姿を消す、というのがパターンです」

「ああ、なるほど……。それは確実に客足に響くだろうな」

平然と言ってる場合かっ。酷《ひど》すぎだ、そんなの。我が身可愛さで隠して、そんでもって何も知らないでやってきた子たちが犠牲になってるわけだ。これからも続く。それを承知で黙ってるんだ、あの親父たち。

「……けど、ということは」ジョンが控えめな声を出した。「失踪した被害者の何人かは、まだここにいる、ゆうことやないんですやろか」

まだ……ここにいる……？

「それはー、つまりー……」

あたしの問いかけに、ジョンは頷いた。

「いくらなんでも、死体を発見して見て見ぬふりをしたり、ましてや死体をどこぞに隠したりはせえへんはずです。校舎を捜したら死体があるかもしれへんけど、捜さんようにしよ、見つけてもええことはなんもないし、ということとなんと違いますか？」

ということは……。

ナルが頷いた。

「過去四年間に失踪した犠牲者の死体は、校舎の中にある可能性が高いな」

5

「うそ……っ」

慌てて立ち上がって左右を見廻したあたしの腕をぼーさんが叩く。

「何度も校舎の中を見て廻ったんざんしょ？　簡単に見つかる場所にあるなら、とっくに見つけてるって」

「そ、それはそうだけど」

「死体が腐乱した臭いっつーのは、ちょっとやそっとじゃ消えねーの。どこか眼につく場所にあったら、のんびり坐ってられんぞ、きっと」

「……うん……」

「その場所がどこだか、探したほうがいいかもしれないな」

そんな恐ろしいことを言ったのは、当然ナルで。

「冗談っ」

「冗談じゃない。敵がもしも、動物が巣穴に獲物を溜め込むようにして、どこかに獲物を溜め込む習性があるとしたら、リンも松崎さんもそこにいる可能性がある」

……あ！

そうか、と思って、とたんに背筋が冷えた。

それは生きたまま？　……それとも。

あたしは慌てて頭《かぶり》を振る。そんなこと、あり得ない。二人は死んだりしない。考えちゃだめだ。そんな不吉なこと。

「文字通りの墓場だな」ぼーさんが呟いた。「考えただけでゾクゾクしちゃうねえ」

「恐くて？」と、訊く安原さんに、

「愉快で」

おじさん、正直じゃないぞ。

「楽しくて癖になると困るけど、探しにいったほうがいいだろーな」

ナルは頷く。すぐに真砂子に眼をやって、

「原さん、何か感じますか」

真砂子は頷いた。

「はっきり感じるのは存在感の弱い霊だけです。たぶん、失踪した被害者の霊でしょう。数は二十人以上です」

「すぱっと回答が出るのは久々だな、真砂子ちゃんや」

ぼーさんが笑う。真砂子はつん、とそっぽを向いた。

「全部が子供ですか」

「存在感がないのでよく分かりません。ただ……もう少し暗くなって、活性化してくるとはっきりすると思いますわ」

「それは、どこにいます？」

「どことも申し上げられません。校舎中をさまよっています」

「ほかには？」

真砂子はちょっと眉をひそめた。

「とても大きな歪みを感じますわ。この場に強い因縁がある霊の集団です。ただ、互いの存在が混沌《こんとん》と混じり合っている感じでうまく把握できませんの。場所もよく分かりません。強いて言えば学校そのものと同化しているという感じです」

「なるほど……。リンか松崎さんの気配は感じますか」

真砂子は首を横に振った。

「さっきからそれが見つからないかと思ってはいるのですけど……」

「そうですか。——これは、手当たり次第探してみるしかないな」

……うん。

「全員、何を持ってる？」

ナルに訊かれて、あたしはちょっときょとんとする。慌てて身体を探ってみたけど、持っていると言えるのは腕時計だけ。あとは、ケーブルを纏《まと》めるのに使うビニールテープ。

「と、時計ぐらいしか……」

「馬鹿。誰がそんなことを訊いている」

あっさりナルに言われてしまった。

……だってー。

「聖水とロザリオだけはありますです」

そう答えたのはジョンだ。ぼーさんは、ベストの背中に手を突っ込む。ベルトに挟んであった独鈷杵《とっこしょ》を引っ張り出した。

「こんだけ。――それと、オイルライターだな」

「数珠《じゅず》と木剣《ぼっけん》、塩を少し」

そう言ったのは真砂子だ。

……そーか、そういう意味の質問だったわけね（赤面）。あたしは何も持ってない。

安原さんが何か持っているはずもない。

「最低限の装備、というわけだな」

[illegible]れないこと。ぼーさんかジョンのどちらかの位置を常に確認して、
[illegible]必ず手を伸ばしたら届く範囲に誰かがいるようにすること。何かあった
[illegible]て放さないこと」
[illegible]作るな。[illegible]分かった。

「もう一度、全部の教室を調べてみる。床も壁も、全部を叩いてみてでも、異常がないかチェックする」

はい、とあたしはおとなしく手を挙げた。

「もしも、どこにも異常が見つからなかったら？」

「その場合は校舎の外に死体置き場があると見なして、脱出方法を探す」

「……了解」

6

あたしたちはまず、リンさんと綾子が消えた二階に向かった。

眼には見えない場所に死体が隠されているかも、と言われても、じゃあどこを探したらいいのか、実際には雲を掴むような話だ。とにかく少しでも妙な場所がないか、階段の踏み板を一段ずつ持ち上がらないか試してみたり、埃の上に残った足跡を数えるよう

つも

えらく太く

なしかさわさわ揺

「何だ？　あれは」

全員で見上げたとき、あた

ょっと両手を上げて、

はそれに気がついた。

それで、大きな染みがいく

いた。板の合わせ目にしては

てるように見える。——こころ

描いて飛ぶ黒いものを捕らえる。黒い

小さなものが、いくつも天井近くを

……虫だ。

思ったとたん、ぐうっと吐き気が込み上げた。

「……麻衣、あれ……」

「やめて」

真砂子と抱き合うようにして。

——気分が悪い。本当に吐きそう。

二階の天井板も染みだらけだった。雨が漏っているのだろう、濡れた色の染みから水

滴が落ちているところだってあった。

でも、ここのはぜんぜん染みの色が違う。黒いような焦げ茶のようなその色。……そして、虫。板の隙間にびっしり集まって蠢《うごめ》いている無数の虫。

ぼーさんが机の上に昇り、腕を伸ばして軽く天井板を叩いた。とたんに聞こえる、ふわぁんというような羽音。思わず身を縮めて耳を塞《ふさ》いだ眼の前にも、黒い虫が飛んでくる。

「こいつぁー愉快すぎるぜ。――ジョン、麻衣と真砂子を頼む。廊下に出てろ。少年も行け」

「ハイっ」

ジョンがあたしたちの背中を庇《かば》うようにして、廊下に押し出した。ドアを出たところで、思わず天井を見上げてしまう。廊下の天井も教室と大差なかった。

「ナル坊、なんか、棒あるか」

机の脇に立ったナルが、デッキブラシらしき長い棒を渡した。あたしたちはそれを、しっかり手を握り合ってドアのところから喰い入るように見ている。

「ぼーさん……やめときなよ」

あたしの声にちょっとだけ振り返って、

「そういうわけにはいかんでしょーが」

言って、棒の先で手近の隅のほうから天井板を軽く押し上げていく。

「普通、一枚くらい動くやつがあるんだが……。——これか」

窓際、黒板側の隅の板が動いた。とたんに黒い虫が盛大に飛び立つのが見える。ぼーさんはちょっと離れた机の上から、棒でその一メートル四方程度の板を押し上げる。ふっと風が吹くようにして、ものすごい臭気が流れてきた。

「……う！」

駄目だ。本当に吐きそう。慌ててハンカチを引っ張り出して顔を覆ったけど、そんなもので堰《せ》き止められるような臭いじゃない。臭気から逃げるように机を飛び降りたぼーさんが、顔をしかめて天井を見上げる。

「上のようだな」

さすがに眉をひそめてナルが頷いた。

「どうする、ナル坊」

「確認しないわけにはいかないだろう。……上にいられるとも思えないが」

それがリンさんと綾子のことを言っているのだと分かって、あたしは目《め》眩《まい》を感じる。

意識のある人間が——たとえ気を失ってても——このすごい臭気が籠《こ》もった空間にいられるとは思えない。

「……やっぱ、俺が行くんだよな？」

「怖《お》じ気《け》づいたんなら、僕が行ってもいいが？」

「ぼーさん、やめて」

あたしは声を上げる。そりゃ、確認してみないわけにはいかないんだろうけど。でも、——でも。

ぼーさんは教卓を教室の隅に運ぶ。

「ちょい、覗《のぞ》くだけ」

「覗くだけ、だね？」

「俺が乗っかったら、天井が落ちるよ」

教卓の上に椅子を載せ、ぼーさんがよじ登っている間に、ナルが廊下に面した窓を一枚外した。それを椅子の足許に斜めに据える。窓からの乏しい光がガラスに鈍く反射して、天井に当たった。

「やっぱ、ライターは拙いか……」

「使わないほうが無難だと思う。——中の空気も吸わないほうが無難だろうな」

ぼーさんが渋い顔をして、椅子の上に中腰になったまま片手で天井板を支えた。そのまま身を起こしながら、そろそろと天井板を持ち上げる。天井の中に顔を突っ込んでしばし。ナルは反射光が天井裏に入るよう、角度を調整している。少しの間、立ちつくしていたぼーさんは、そっと天井板を戻しながら身を屈《かが》めた。

「ぼーさん……？」

天井板をぴったり元に戻して、ぼーさんは机から飛び降りる。肩で息をしながら床の上に坐り込んだ。

「いやあ、滅多《めった》に見られんものを拝んじゃったわ……」

「綾子とリンさんは？」

あたしがそう訊いたとき。

突然、かたかたと天井裏を何かが駆け抜ける小さな音がした。はっと見上げると天井が揺れるのが見えた。いや、揺れるのではなく——中央の天井板が動くのが。

すっと板が横にスライドする。ぽっかり黒い穴が空いて、そこから何かが滑り出てくる。

それを一瞬だけ視野に捕らえて、あたしはとっさに悲鳴を上げて眼を固く閉じた。

——濡れた硬いものが叩きつけられる音がした。

第六章

1

「だいじょぶです。大丈夫」

ジョンの声がして、あたしはちょっと眼を開く。

「眼を開けてもどうもないです。そのまま教室の中が見えへん位置まで退《さが》っとくれやす」

優しい声に励まされて、おそるおそる眼を開けると、眼の前にジョンがいた。ちょうどジョンの身体が入口を塞《ふさ》いでいて、中の様子は見えない。あたしは軽く息をついて——すごい臭いがした——真砂子と安原さんの手を握ったまま、そろそろとその場を退る。壁伝いに後退《あとずさ》って、教室の中が見えそうもない位置で立ち止まった。

「ジョン、そいつら連れて、玄関に戻れ」

ぼーさんの声が教室の中からする。

「ハイです。——さあ、戻りまひょ」

その口調が可笑《おか》しくて、なんだか泣き笑いになった。ジョンに背中を押されるまま、影壁の——バリケードの内側に戻る。玄関にある窓の、ガラスの割れたところから鼻先を突き出すようにして、しばらく息をした。濡れた、雨の匂いのする空気が、すごく美《お》味《い》しかった。

ぼーさんとナルは、かなりの時間が経《た》って、玄関が薄暗くなってから戻ってきた。二人がバリケードの内側に入ってくるなり、微《かす》かにあの嫌な臭いがする。ずいぶん時間がかかったので、ちょっと心配だったからホッとした。

「どないです？」

ジョンが声をかけると、ぼーさんが、

「ま、前を通っても、お嬢さんがたが腰を抜かすことはねえと思うよ。隣の教室にあった体操マットを被《かぶ》せといたから」

「やっぱり……死体だったんだね」

そう言うと、ぼーさんはゲンナリしたように頷《うなず》く。

「あれで生きてるはずがねえ。——大人だったぜ」

あたしたちはきょとんとした。

「大人？」

ぼーさんもナルも、ぐったりしたように土間に坐り込んだ。

「……水くれ。——そう、大人。失踪《しっそう》したのは子供ばっかじゃねえってことだな」

「滝川さん、カップ、どれでしたっけ」

安原さんの問いに、

「トリケラトプス。――失踪する子供が出る。それを捜しに大人がここにやってくる。その連中が俺たちみたいに閉じ込められて、全員とは言わんが一人ぐらいは消えたとする。すると、二度とここに死体を捜しに来ようとは思わんだろ。それで死体を放置してたんじゃないか、ってのがナルの意見」

……ますます、卑怯《ひきょう》な。事前にそれを言ってくれたら、こんな酷《ひど》い経験をせずに済んだのに。町長も助役も絶対許さんっ。

安原さんはお茶を入れたカップを、ぼーさんとナルに渡して、

「どうぞ。渋谷さんはキツネでしたよね。――それで、リンさんと松崎さんは？」

「端まで見えたわけじゃねえから、確実なこた言えんが、いないようだった」

「……死体だけ……？」

「生きた人間はいないように見えたな」

奇妙な言い方に、あたしはぼーさんをまじまじと見る。

「生きた動物ならいたわけ？」

訊《き》くと、ぼーさんはちょっと険しい顔をした。

「何かがいた。――はっきり見えたわけじゃねえが」

「何か？」

「それがなんだか分からんから、『何か』と言う」

「なんだか分からんが、俺の知ってる言葉で表現するなら、あれは餓鬼《がき》に見えた」

……なんだよ、それはー。

「え？」

「──子供くらいの大きさの鬼だ」

誰もが一瞬しんと押し黙った。

「餓鬼って……？」

「梵語《ぼんご》でプレタ。音写して薜荔多《へいれいた》。正確な意味は死者の霊のことだな。漢語に翻訳するなら単に『鬼』と言ったほうが正しい。『鬼』ってのは、実際には死者の意味だし。それを、子孫が食べ物を供えて供養してくれるのを待ってるから『餓鬼』とも言う。──これが、そもそも」

「そもそも、ということは先があるんだ？」

　ぼーさんは頷いて、

「これが仏教に入って、生前の悪行の報いを受けて餓鬼道に落ち、飢餓に苦しみ続ける霊のことを言うようになった。身体は痩《や》せ細って、喉《のど》は針のように細くなる。なんとか食べ物を見つけても喉を通らないうえに、無理にも食べようとすると食べ物が火に変わってしまって食べることができない」

「ひど……」

「そのために、常に空腹に苦しんでいるというわけだ。弔《とむら》う者のない無縁仏のことも

『餓鬼』と言うけどな。手足は枝のよう、腹だけが太鼓みたいに膨れた小鬼の姿で描かれるのが普通だな」

……やっぱ、ぼーさんはお坊さんなのね、と、あたしは当たり前のことに感動してしまった。

「その、餓鬼がいたの？　上に」

「そういうふうに見えただけだ。死んだ子供に餓鬼道に落ちるほどの罪があったとは到底思えん。第一、餓鬼道なんてのを、俺は信じない。単なる想像の産物だ」

言ってごく真面目な視線を天井に向ける。

「……ただ、死んだ子供たちは何かに餓《かっ》えているのかもしれん。それであんなふうに見えたのかも」

「だったら、ここは滝川さんの独壇場ですよね」

安原さんに言われてぼーさんは眉をひそめた。

「施餓鬼会ってのがあるじゃないですか。あれって餓鬼を慰める行事でしょう？」

「残念でした。その場合の餓鬼は単に死者の意味。盆にお供えをする、アレだよ」

「なんだ、そうなのか」

「ねえ……？　その……死体が落ちてくる前に、誰かが天井板を動かしたように見えたよね」

あたしが訊くと、ぼーさんは素っ気なく頷く。

「そのようだったな」

「ひょっとして、それをやったのが……？」

「かもしれん。実際のところは俺にゃあ分からんよ。確実に分かるのは、ここは危険だから早く出たほうがいいってことだけだ」

2

ぼーさんの言葉に、誰もがむっつり押し黙ってしまった。ここを逃げ出したほうがいいことなんて最初から分かっているけど、外に出る方法がない。重いものが頭上に伸《の》しかかってきた気がする。

二人はどこへ消えたんだろう。今、どうしているんだろう。二人を助ける方法は？

陰鬱《いんうつ》な雨の音がしている。窓の外にはまだ明かりが残っていたけれども、玄関の中はもう薄暗かった。——暮れていこうとしている。

「やっぱり、事故で死んだ子供たちがここにいる、ってことなんですよね」言ったのは安原さんだ。「そして、寂しがって仲間を呼んでいる？」

安原さんがあたしたちを見廻すとジョンも、

「飼育室もそういうことやったんでしょうか。事故で死んだお子たちが寂しがって連れて行った……」

だろう、とナルは頷く。あたしはちょっと首を傾げた。

「寂しい子供が仲間を呼ぶ——それって同化する、ってこと？　前にあった事件みたいに」

「これはもっと乱暴な現象だろう。霊が直接、実害を与える。たぶん、祟《たた》るという言葉で説明したほうが実情に合ってる」

「じゃあ、同化はしない？」

　してませんわ、と真砂子が言った。

「呼ばれた犠牲者の霊と、そもそもこの学校にいる霊は別物です。犠牲者の霊のほうは弱い霊ですわ。事故などで死んだ霊が死のインパクトでこの世に留《とど》まることがありますけど、そういう霊と比べてもさらに存在感が弱い……。この世に留まるだけの強い思念が感じられません。この場に引き寄せられているだけではないかしら。引き込んだ何者かが繋《つな》ぎ止めて放さないから留まっているけれども、それがなかったら自然に消えてしまいそうなほど弱いんですの」

「じゃあ、仲間として呼ばれた子たちは、あまり実害はないんだ」

「ないでしょうね。実害があるのは、学校と一体化している霊のほうです。確かに、たくさんの霊が寄り集まって混沌《こんとん》と入り混じっている感じはしますわ」

「事故で死んだ子供たち？」

「たぶん」

　突然の悲惨な事故で、だから強い思い残しがあっても無理はないけど。——でも。

「なんで事故現場じゃなくて学校なの？」

真砂子は首を横に振った。

「そこはよく分かりませんわね。事故の衝撃でその場に残るのなら分かりますし、子供たちの霊が思い入れの強い場所に向かうことだって考えられます。けれども、その場合は、学校以上に思い入れのある場所がありそうなものですけど。——家、とか」

「そうだよねえ」

ぼーさんが唸《うな》った。

「そいつも謎だが、さらに不思議なのは、教室に教科書やなんかの私物が残ってたって話のほうだよ。普通は遺族が引き取るだろ。廃校にするにしても、もうちょっと校内をきちんと整理してから廃校にしそうなもんだ。にもかかわらず、廃校に先立って内部を整理した様子がない。そっちのほうが意味ありげじゃないか？」

ぼーさんは言って、ナルを見る。ナルも頷いた。

「廃校になった時点で、この学校はすでに禁域になっていた、と考えるべきなんだろうな。遺品がそこに残っていることは分かっていても諦《あきら》めるしかなかった。だとしたら、近辺で子供が消える以前に、この学校で何かが起こっていたんだ」

「最初の失踪事件が六月だっけ」あたしは宙を睨《にら》む。「んで、事故が五月でしょ？　最初の失踪事件以前に、表沙汰《おもてざた》になってない失踪者が他にいた、って話？」

「……としか考えられないが。ただ、単に失踪者が出たというだけでは説明として弱いな。飼育していた動物が不審死を遂げた件も、私物すら残したまま学校を封鎖する理由としては弱い気がするし……」

「失踪者が出て、なおかつ死体がここから発見された、とか」

「それでも説明として弱い気がするが。なにしろ遺族にとっては我が子の遺品だろう。手許《てもと》に残したがるだろうし、対する学校側も多少のことでは拒み切れないだろう」

「そうだねえ……」

「死体が発見されたぐらいで遺族が遺品を諦められるだろうか。遺族があくまでも引き渡してほしいと言えば、拒む理由は何もない。遺族のほうにも、これは強く求められない、という雰囲気が形成されていないと。しかも、もし死亡者が出たとすれば、事故が起こってから廃校になるまでの間の話だろう。ほとんど事故直後と言っていいタイミングだったんじゃないのか。だとしたらもっと大騒ぎになっていそうなものだが」

ちょい待ち、とぼーさんが声を上げた。

「……なんか、なかったか？　事故の直後」

安原さんも真剣な顔で考え込んでいる。

「……あった気がします。……失踪？」

あたしも必死で記憶を探る。そう言われてみると、事故のあとにも事故が話題になるような何かがあった気がする。考えていると、真砂子が小さく声を上げた。

「……自殺がありましたわ。それ以外にも不審死が」

あっ、とあたしも声を上げた。

「あった。亡くなった子供のお母さんか誰かが学校で死んだ、って……」

　ありましたね、と安原さんも頷く。

「家からいなくなって、捜索されて、そしたら学校で死体が発見された」

　ぼーさんだけは首をひねっている。

「だったか？　なんか子供じゃなかったか？　犠牲になった子の弟とか妹とか」

「あれ？　そうだっけ……？　そう言われてみると……そういう気も」

「どちらも正解ですわ」

　真砂子が低く断言した。

「思い出しました。当時出ていた番組のスタッフの間で話題になりましたから」

　そっか。真砂子は当時からワイドショーなんかの常連さんか。そもそも子供の頃、天才的な霊感少女だつって有名になったんだよな。

「最初は御遺族のお祖父《じい》さんだったのですわ。お祖父さんは子供たちの無事を祈って近所の方々と学校に通っていたんですの。——まだバスが見つかる前ですわ。トンネルの中に埋もれていて子供たちの安否は分からなかった。昼夜を分かたず土砂を掘っているところでした。子供たちが戻ってきたとき、花壇が荒れ果てていては可哀想だと仰《おつしや》って、近所のお年寄りが動物や花壇の世話をするために通っていたのですわ。その中のお祖父さんが亡くなったのですけど、御高齢でもあったし、なにしろ心労が続いていた中でのことでしたから病死だろうということでした。トンネル捜索中のことでもありますし、そのときにはニュースなどでもほとんど話題にならなかったと思いますわ」

……そうだっけか。でも、その話はどこかで聞いた覚えがある。子供のために学校に通っていたお祖父ちゃん。可哀想に、と思った記憶が……。

「バスが発見されて合同告別式が終わった直後に、御遺族のお母様が失踪なさって、すぐに学校で御遺体が発見されています。自殺なさったということでした。その前後……告別式の前だったかあとだったかは記憶にありませんけれども、やはり御遺族の兄弟が行方《ゆくえ》不明になっています。弟さんと妹さんの二人ですわ。なにぶん大人たちは大変な時期でしたから、充分に構ってあげられなくて、それで眼を離した隙に山に遊びに行って迷ったのじゃないかと言われました。たぶん安否は分からないままだと思います」

「あ……」

「そうだ、あった」

あたしと安原さんが声を揃えると、真砂子は頷いた。

「テレビでは悲しみの連鎖、というニュアンスで報道されていましたけど、実は取材スタッフの間では可怪《おか》しい、という噂があったのですわ。お祖父さんが病死なさったことは間違いないようでしたけど、そのときの状況が不自然で釈然としない、という話でした。お母さんが亡くなった状況もはっきりしなかったんです。自殺だという発表でしたけど、家族や行政当局の対応が可怪しかった、と」

言ってから、真砂子はじっと宙を見つめて、

「そう言えば……お母さんが亡くなったとき、動物を道連れにした、というような話を聞いたような気がします」

「道連れってことは、お母さんが殺して連れて行った、という話ですか？」

「いいえ……そんな痛ましい感じの話ではなかったと思います。――たしか、自殺したという確証もないし、動物たちも殺されたわけじゃない、母親も動物たちも『どういうわけか死んでいた』ということなんだと」

言って、真砂子は確認するように頷いた。

「そう――そうです。お母さんが行方不明になって、学校に行ってみたら死んでいた。なぜか動物たちも死んでいて、母親も動物もまるで子供たちが連れて行ったみたいだ、と言われていたんですわ。しかも、関係者はひた隠しにしているけれども、お母さんの御遺体を搬出しに行った人たちの中からも失踪者が出た――とか」

「えええ」

「失踪した子供たち二人も最後に校庭で遊んでいるのを目撃されています。それきり行方不明になって、結局見つからなかったのですわ。なので、あの学校は可怪しいと――スタッフが言い出して、そういうニュアンスで心霊特集を組んだらどうか、と。あたくしにも声がかかりましたけど、あまりに不謹慎な気がして。お返事を躊躇《ためら》っているうちに、局としても視聴者を不快にするということで、企画として立ち上がる前に話が流れ

てしまったようです」

「そりゃー……やったら大顰蹙《だいひんしゅく》だわ……」

ぼーさんが呟《つぶや》く。ですね、と安原さんは頷いて、

「なるほどな。それで禁域か。事故の関係者や現地の人は可怪しいと思っていたでしょうね。特に子供まで消えたんじゃ、もう誰も学校には近づきたくないでしょうし、知り合いを近づけたくもないでしょう。遺体を搬出しに行った人までどうにかなったという話が本当なら、遺品を取りに行けと要請もしにくい。それで一切合切を残したまま封印されちゃったんですね」

そういうことか。——しかし。て、ことはよ？　本当にこの学校って最初から超弩級《ちょうどきゅう》の危険地帯だったんじゃない。そうと最初から分かっていれば。思うと文字通り腸《はらわた》が煮えくりかえるようだ。この怒りをどうしてくれよう——そう思ってぐつぐつしてたら、唐突にぼーさんが、

「しかし、ナルちゃんや。お前、まったくこの事故が記憶にないのな」

あたしはきょとんとしたし、当のナルも怪訝《けげん》そうにした。

「ぜんぜん覚えてないわけ？　あんだけの大事故だったのにさあ」

ナルは視線をふっと逸《そ》らした。

「ニュースにもテレビ番組にも興味がないからな」

「だったら余計に印象に残ったと思うがなあ。とにかくトンネルを掘ってる間中、全マ

スコミが注視してたんだからさ。常日頃はテレビやワイドショーなんか見もしない連中までテレビにかじりついてた。街頭のニューステロップなんかにも進捗《しんちょく》状況が常に流れてて、寄ると触ると、見つかったの見つからなかったのって、そればっかりだったろ」

ナルはあらぬほうを見やったまま沈黙する。

「欠片《かけら》も記憶に残らないもんかね。――ジョンみたいに日本にいなかった、ってんならいざ知らず」

ナルは視線を上げる。

「何が言いたいんだ？」

「べつに？　言葉通りの意味だけど？　不思議だなあ、って」

ぼーさんは邪気を込めて笑って、そして真顔で腕を組んだ。

「そんなことより問題は、どうやって脱出するか、だよな」

真砂子が、

「リンさんも松崎さんも発見できませんでした。捜すべき場所は捜し尽くしましたし、これ以上の捜索は犠牲を増やすだけではないですかしら。じきに日没ですもの、動けば動くだけ誰かが消える可能性が増えることになります。最も安全なのは、ここでじっとして外部からのアクセスか夜明けを待つことではありません？」

……それは……確かに。思ったけれども、ナルは、

「まさか相手が、黙ってそれまで見逃してくれるとでも？」

……う。

「わざわざ閉じ込めた以上は、その先に何か目的があるんだろう。それはたぶん、リンや松崎さんが消えたことと無関係ではない。――そう、そもそもこの学校や学校周辺では人が消えるんだ」

そうか。近くのキャンプ場やスキー場で消えた子供たち。校庭で遊んでいるのを目撃されたきり消えた子供たち。――思って、どすんと重いものが伸しかかってきた。そのうちの何人かはここで死体が発見されている……。

この学校で消える、ということは、すなわち不審死を遂げる、ということを意味していないだろうか。付近の住民は「死んだ小学生が寂しがって仲間を呼ぶ」と言っていたという。それが本当だとすれば、あたしたちは仲間として呼ばれた状態なのでは。

――だよな。キャンプ場の人や町長たちからすれば、あたしたちは廃校に行って、それきり帰って来ないって状態なんだし。この学校の周辺ではしばしば子供がいなくなる。あたしたちは、今まさに「いなくなる」途上にあるんじゃ。このまま全員が消えてしまえば、立派な失踪だ……。

あたしがそう言うと、ナルは非情に頷いた。

「そういうことだろう。夜になっても戻って来ない、不審に思って廃校に行けば間違いなく来たという痕跡だけが残っている。校舎内を捜せば死体が見つかるかもしれないが、捜してもいいことは何もない――これまでの例に従うなら、おそらくそういうことになるんだろう」

　そ、そんなあ！

「とてもじゃないが、このまま朝まで見逃してもらえるとは思えない。——脱出する手段を探さないと」

　……でも、てことは、リンさんや綾子は……。

　身体が小刻みに震え始めた。そっと温かい手があたしの腕を掴《つか》んで、見ると真砂子だった。力を込めてあたしの腕を握って揺する。

「いけませんわ。——それを考えては駄目よ、麻衣」

　あたしは真砂子を見返し、答える代わりに真砂子の手を握り返した。

3

　誰もが考え込むような沈黙のあと、

「脱出経路か……」

　そう呟いたのは安原さんだ。気がつけば、玄関の中には薄闇が漂い始めている。雨は小降りになったようだけど、外は以前よりずっと暗くなっていて、さっきまで見えていた雨脚が薄暮に溶けて見えなくなっていた。日没が近い。

「窓も開かないし、ドアも開かない。ガラスも破ることができない……。さっき探した限りでは、裏口のようなものもありませんでしたし」

ジョンが唐突に声を上げた。

「それ、変やないですか？」

へ、とあたしたちはジョンを見たのだけど。

「だって……校舎の反対側――玄関のあるこっち側やなしに、廊下の奥のほうに講堂がありましたやろ？　校舎から講堂へ渡り廊下もありました。せやったら、廊下の奥に講堂へ続く出入口があって当然なんとちゃいますか？」

あ、……確かに。

「渡り廊下に校舎側の入口は……あったっけ？」

あたしはみんなの顔を見る。何度も渡り廊下を横切ったけれど、入口を見た記憶がないような……。

ナルが呟いた。

「……隠されている？」

「隠す？　なんで？」

「そもそも少し奇妙には思っていたんだ。こんないかにも、という風情の廃校があって、本当に誰も近づかないものかと」

あたしは首を傾げたけど、安原さんが頷いた。

「いかにも心霊スポットですもんね。しかも悲劇的な事件が過去にあって、良からぬ噂もある。さすがに現地の人は出入りする気にはなれないでしょうけど、少し離れた——噂は届くけれどもリアリティを感じない程度の距離に住む若い連中が、肝試しのために出入りしても不思議じゃない」

……それはそうかも。そしたら、被害はさらに甚大だったはずで。

「いくら町長以下が無責任でも、誰でも入り込めるような形で放置していたはずがないですよ。自分たちの保身のためにも、無謀な連中に気軽に出入りしてもらっては困るはずです。だったら、少なくとも玄関と裏口の二ヵ所は出入りできないよう封印していた可能性が高いです。完全に板で覆ってしまうとか」

「でも、玄関、開いてたよ？」

「開けたんでしょう。僕らが来るから。校門も開いてましたし。ただ、裏口までは開ける必要を感じなかった、ってことじゃないですか？　でなければさっき、捜索したときに見つからなかったぐらいですから、裏口は建物の中からも閉ざしてあるのかもしれません。開封するためには校舎の中に入らなきゃならないから、そのままにしてあった」

「そっか……」

「それを考えると、そもそも窓だって町長たちが封じた可能性があります。開けて忍び込まれないように。それ、確認しました？」

「例えば、窓自体を敷居に打ち付けてあるとか？　——してないよ。そんなの、想定してなかったもん」

「調べたほうがいいだろうな」ナルが言って立ち上がった。「窓にせよ裏口にせよ、打ち付けていようといまいと開くとは思えないが」

……そだね、と立ち上がりかけて、あたしは思わずへっぴり腰になる。

てことは、さっき死体が落ちてきたあの教室の前を通るわけで。マットを被せているとは言ったけど、……でも。

及び腰になったのが分かったのか、ナルが、

「麻衣と安原さんはいい」

「でも……」

「裏口と窓の様子を見てくるだけだ。あまり大勢で狭い場所に行って、また何かが起こってパニックになると収拾がつかない。松崎さんが消えたときのように、かえって敵に乗じる隙を与えることになりかねない」

う……うん。

「原さんも残りますか」

ナルが言うと、真砂子は、

「大丈夫です。参りますわ。レーダーの代わりぐらいできますでしょう」

ナルは頷き、そしてジョンとぼーさんのほうを見た。

「どちらか一人、一緒に来てくれ」

「んじゃ、俺が残って二人を護衛しとくわ」ぼーさんが手を挙げた。「まだ、ちょい胸

が悪いんで休んでる」

「二人を頼む」

ナルは言い残し、ジョンと真砂子を連れて、影壁のほうへ出て行った。

「ぼーさん、大丈夫？」

あたしが言うと、安原さんも、

「ひょっとして、天井裏の空気、吸いました？」

「ちょびっとな」

「腐敗ガスは――硫化水素とアンモニア？　呼吸が苦しいとか、あります？」

いや、と言ってぼーさんは苦笑した。

「とんでもない臭いだったから胸が悪いだけだよ。天井裏っても密閉された空間でなし、一発でどうにかなるほどの濃度じゃねえだろ」

そうですけど、と言って、安原さんはお茶のボトルを差し出した。

「お茶しかないけど、顔、洗います？　ひょっとして眼に影響があると困りますよ」

「ウーロン茶でぇ？」

ぼーさんが嫌そうに言う。あたしは周囲を見渡した。玄関の片側――校舎が続くのとは逆のほうに窓がある。

「雨水ならあるけど」

ガラスのないところから腕を突き出せば。

「どっちもどっちだが――んじゃ、雨水にしとくか。飲むわけじゃねえし」

あたしは立ち上がってハンカチを引っ張り出した。窓ガラスの割れたところから腕を突き出し、ハンカチに雨を受ける。腕なら通るのになあ――思うと、本当に苛立《いらだ》たしい。びしょびしょに濡らして駆け戻った。ぼーさんに渡す。入れ替わるように安原さんが立って窓に向かう。あたしは、ぼーさんが顔を洗うように拭《ぬぐ》うのを見守りながら、

「ナル……ぜんぜん事故のこと、知らないふうだったね」

「んだな」

「……ひょっとして、ナルはジョンみたいに外国から来たってこと？」

そ、とぼーさんは軽く頷いた。

「じゃないのかね。少なくとも、事故の当時、日本にはいなかったんだと思うぜ」

「……でも」

ぼーさんは苦笑する。

「偽名の可能性が高い、って話はしたよな？」

「……した」

「諸々《もろもろ》考えるに、『渋谷一也』ってのは非常に怪しい。名前だけじゃない。そもそもナル坊の私生活というのはほとんどが謎なんだよな。学校に行ってる様子がない、ってのはこの際、措《お》いとこう。どこに住んでるか分からない。自宅の連絡先を教えない。――これってどう考えても不自然じゃないか？」

「……とは、思うけど」

「問題は、なぜ隠すのかってことなんだよ」

「それはやっぱり……ファンが押し掛けてくる可能性を考えて？」

「却下だ。オフィスを構えていちゃあ、自宅を隠したって意味がない」

「秘密主義者だから」

「それも可能性の一つだけどな。あいつが極端に自分のプライヴァシーに干渉されることを嫌う、って可能性は確かにある。むしろ、らしいって気もするが」

「でしょ？」

「ただ、麻衣にしても俺たちにしても、一緒に仕事をしてるわけじゃん。緊急の連絡ってもんがあるだろが。いざという場合に備えて自宅の連絡先を教えることを、そんなに嫌がる必要があるか？」

「それはそうだけど……でも、人それぞれだし」

ちょっと極端かな、とは思うけど。

「そう、人それぞれではあるよな。そういう個性なんだったら仕方ない。仕事上に不都合があってもプライヴァシーに侵入してきてほしくない、そういう奴もいるだろうさ。――じゃあ訊くが、麻衣はリンの連絡先なら知ってるのか？」

あたしは思わず口を開けた。

「……知らない」

だろ、とぼーさんは、苦笑した。

「ちなみに、俺もだ。──何度も言うが、仕事上、急を要する連絡ってのはある。自分がどうあっても自宅連絡先を言いたくないってんなら、せめて相棒の連絡先ぐらい教えておかないか？　それとも絶対に自宅を知られたくない変わった個性の持ち主が、たまたま二人でコンビを組んでるって話か？」

ナルとリンさんは同じところに住んでる。これは以前、本人から聞いたから確かだ。その二人が二人とも、まったく連絡先を教えてくれない。──これって？

「……なんか妙だね」

「だろ？　すると、考えられる可能性は一つしかないわけだよ。つまり、ナルの住んでいる場所は、それがどこだかバレただけで、あいつの隠したがってることを暴露してしまう危険性があるってこと」

「隠したがってること？」

ぼーさんは首を傾げた。

「名前が偽名らしいことから考えても、自分のプロフィールを隠したがってるとしか思えないよなあ。……たぶん、あいつが住んでる場所は、それがどこだか分かったとたん、奴のプロフィールを暴露する危険性を孕《はら》んでいるんだ。だから、隠す」

隠す、という言葉が胸に痛かった。ナルはあたしたちに自分のことを知られたくないんだ。──思いながら影壁のほうに眼を向ける。すっかり暗くなった廊下の奥のほうから、ナルたちが何かを探し廻る物音がしていた。

「でも……」あたしは首を傾げた。「住んでる場所がどこだかバレただけで、そう何もかもが分かるものかなあ……」

分かることなんて、たかが知れてる。だったらそこまで意固地に隠そうとしなくても、とあたしは言いたかったのだが、ぼーさんは、

「家を見て、その家の住人について分かることがいくつもあるよな。一戸建てかマンションかアパートか。建物の規模や程度、周囲の環境、車の数、住人の数――そこからずいぶん、たくさんのことを推測できる」

「……うん。それは、まあ」

「もしも『渋谷』が偽名だとすれば、そこには本名の表札だってぶら下がってるわけだ。だから家を隠すのは分からないでもないんだよ。しかしだな、なぜ電話番号まで隠すんだ？」

「それは……局番が分かればどのへんに住んでるか分かるし、電話帳を根気よく探したら住所だって分かるかもしれないし……」

「局番だけで家を探せるか？」

「えーと……」

どうかなあ？

「電話帳なんて番号を載せてなきゃ、どうしようもないだろ。つまり、ナルが個人的に

持ってる電話なら番号を隠す必要はどこにもないんだ。個人の電話を持ってないから隠す必要がある。例えば、呼び出しだったり？」

「呼び出しぃ？」

「そ」と、短く言って、ぼーさんは顔を拭う。「その最たるものが、家族と同居している場合だよな。この場合、家族はナルが故意にプロフィールを隠していることを知らない。もしも知ってりゃ、適当に話を合わせてくれるだろうからさ」

「そだね」

「でなきゃ、共同の電話しかない場合だな。古い建物で、各部屋に電話の回線が来ていない。電話は共同の公衆電話を使うか、誰かに呼び出してもらうしかない。この場合は隠すしかないよな。電話をかけると事情を知らない他人が出てしまうからさ。プロフィールを隠したい人間としちゃ、それはちょっと拙《まず》いだろう」

……共同の電話しかないって、あたしの住んでるアパートとか、だよなあ。アパートというより下宿屋さん。共同の玄関で、トイレも共同で、お風呂はなくって——って、そういう部屋に住んでるナルって、考えがたいというか……想像力の限界を超えちゃってるんですけど。

「……周囲の人間に口止めするってのは、駄目？」

「その手はあるよな。適当に話を合わせてもらうとかさ。しかし、あいつはそれをしてないんだよな。できない事情があるんだろう」

「個人的に電話を引くっていうのは？　不自然に電話番号を隠すより、そのほうが自然じゃないかな。電話なんてあれば便利なことは確実なんだし、ナルは収入だってあるわけでしょ？　だったら電話を引くのは簡単だと思うんだけど」

「その通りだ。――これは何を意味していると思う？」

　ぼーさんに問われ、あたしは宙を見上げる。

「収入的に電話を引けないとは思えない、よねえ？　すると、家族が電話を引かせてくれない。そうでなきゃ、大家さんが電話を引かせてくれない？」

「そう」

「しかも、家族にしろ大家さんにしろ、ナルのプロフィール隠しに協力してくれない、ってことだよね？」

「そういうことだ。しかもこのうち、家族が電話を引かせてくれない、ってのは可能性が低いと思う」

「どして？」

　おいおい、とぼーさんは苦笑する。

「ナル坊は未成年だぞ？　事務所を借りる、電話を引く、何をするにも保護者の同意が必要なんじゃないか？」

「あ、そっか」

「事務所の責任者だ、つって、ナルは堂々と顔出ししてるじゃないか。つまり、ナルがやってることに、少なくとも親が協力してないはずはないんだ。だったら電話ぐらい引かせてくれそうなもんだろ？」

「……確かに」

「つまりだ、ナル坊の住んでる場所というのは、賃貸住宅もしくはそれに類する場所で、大家を抱き込みにくく、かつ個人的に電話を引きにくい場所ってわけだ」

……それはどういう場所なんだろう？　あたしの住んでるアパートでも、電話は引ける。共同の電話しかない、気むずかしい大家さんのいるアパートか、それとも……。

「そういうアパートなんだ、じゃ駄目かなあ？」

ぼーさんは苦笑する。

「そういうアパートである可能性はあるが、俺はそうじゃないと思うがな」

ふに？

「家でもなきゃ、マンションでもアパートでもねえ。——ホテルなんじゃねえの」

——あ。

ぼーさんは頷いた。

「住んでる場所がホテルだとしたら、電話番号を教えるのは拙いよな。フロントが出ちゃうからさ。フロントを抱き込んで話を合わせてもらうのも難しそうだ。電話を引かせてくれるところもあるが、まあ、話がややこしいわな。とりあえず切実に個人の電話が必要ないなら、電話番号を隠しておいたほうがよっぽど話が早い」

「でも、ということは……」

どういう人間ならホテルに住む？　それもこんなに長い間。

「ナル坊は東京の人間じゃないってことだよ。東京に定住する気もまったくない」

……そういうことだったのか……。

「兄貴をずっと捜してたと言ってたろ？　あいつはおそらく、兄貴を捜すために東京に来て、とりあえずホテルに入ったんじゃねえかな。こんなに長い時間がかかるとは思わなかった。だからちゃんとした住まいを探す気がなかった」

そっか――という気分。そういうことだったんだ。一人納得していると、戻ってきた安原さんが新しく濡らしてきたハンカチを差し出した。安原さんも心得顔だ。

始終寄り集まってひそひそ話をしていたのは、こういうことだったのかなあ。

そう思ってふと、

「ちょい待ち」

「ん？」

「ナルがお兄さんを捜してたのはいいとして、ここは長野県だよ？　ナルが前から旅行だって言って出掛けてたのは、ここを見つけるためだったんじゃないのかな。でも、ナルがうろうろしてたのって、日本全国津々浦々って感じだったんだよ？　だったら、なにもわざわざホテルに住んでまで東京に足場を置く必要なんてないんじゃないの？」

「だよなあ。――例えば麻衣だったらどうする？」

「そんなの当然、自分ちを足場にして捜すよ。そのほうが合理的だし安上がりだもん」

「その通りだ。だがな、もしも自宅がうんと遠かったら？　自宅から北海道に行くほうが、東京から北海道に行くよりもうんと遠かったら、仕方がねえんじゃねーの？」

「それはそうだけど……。でも、それってどういう場所？」

　あたしが訊くと、ぼーさんは笑う。

「自分の場合で考えてみればいいのさ。麻衣にとって大切な人がどこかで眠ってる。それがどこだったら、わざわざ引っ越しする必要があるか？」

　ナルは本当に日本中を駆け廻ってた。つまり、お兄さんがいる場所は北海道かもしれないし、沖縄かもしれなかったわけだ。だったら自分がどこに住んでても一緒だという気がする。わざわざ引っ越しする必要なんかない。……いや、待てよ？

「……外国」

　もしも誰かが失踪した場所が日本ではなくアメリカだったら。だったら、とにかくアメリカに渡ってホテルなりアパートなりに落ち着かないと仕方がないんじゃないの？

「……そうか」あたしは呟いた。「だから、事故のことを覚えてなかったんだ……」

　ぼーさんは頷いた。

「だと思うぜ。――補助要因もあるしさ」

「補助要因？」

「んだ。例えば、あいつは格言や諺《ことわざ》に弱いんだよな。漢字にも弱い。自分でも『漢字は苦手だ』と言ってる。調査のときのメモは横文字、オフィスでデータの整理にも横文字が多々使われる。日本語を読んでいるところは見かけるが、日本語を書いているところを見たことがない」

ほんとだ、と納得して、ふと、

「あ……」あたしが声を上げると、ぼーさんはあたしを見た。「最初に会ったときに、何年生、って訊いたら十七って。すごく変な答え方だと思った……」

学校に行ってないせいだと、あとで勝手に納得してたんだけど。

「きっと、とっさに出てこなかったんだろうな。——そういうのをさ、実は偽名なんじゃないか、というのと結びつけると、収まるべきところにピタッと収まるんだよな。特に、『渋谷一也』は偽名で、『ナル』のほうが本名または本名に由来する名前なんじゃないか、と考えると。あいつはたぶん、日本人じゃない」

「でも……だって」

「顔が日本人に見えるからといって、日本語が喋《しゃべ》れるからといって、日本人だとは限らない。リンがいい例さ。そうだろ？」

リンさんの日本語はとても流暢《りゅうちょう》だ。外見だって日本人にしか見えないけど、それでも彼は日本人じゃない。

「そう考えると、学校に行ってないのも当然だよな。ホテルに住むくらいなら、転校手続きなんて取っちゃいないだろう。行きたくても行けないし、行く気もない、と」

「……そうだよね。じゃあ、香港？」

「それは俺も考えた。ひょっとして中国人かな、ってさ。それでもナルという名はあまり考えられんわな」

「そだねえ……」

中国人の名前に明るいわけじゃないんだけど。なんか、耳慣れないというか。

「でも——じゃあ？」

「ナル坊は麻衣に『ナル』と呼ばれて『呼び捨て』って言ったろう？　ここまでの仮定が正しいとして、あいつが日本人じゃないってことにするとだな、これにもひとつの解釈が成り立つんだよ」

「どういう？」

「トムは男の名前だが、愛称でもある。なんの愛称だか知ってるか？」

はあ？

「……えーと、トーマス？」

「そう。マイクは？」

「マイケル」

「トニー」

「アンソニー」

「よしよし。今度はちょっと難しいぞ。ディック」

「えーと……」

ずっと黙っていた安原さんが助け船を出してくれた。

「リチャード」

「OK。では――ナル」

……え？

まじまじ見つめるあたしにちょっと笑って、ぼーさんは、

「ナル坊を例えば、イギリス人だと仮定する。つまり、英語圏の人間だと。するとだな、兄弟でも、兄ちゃん、姉ちゃんなんて呼び方はしない。たいがい名前を呼び捨てにする。友人、知人もまたしかり、だ」

「……うん」

「ま、呼び捨てにされることに、耐性があるんだな。逆に言えば、『ジョン』って言葉に『ジョンくん』と、『くん』がついてるようなもんだ。じゃあ、ごく親しい人間が、親しみを込めて名前を呼び捨てにしたいような場合には、どうするのか？」

「……それが愛称、ってやつ？」

あたしは安原さんを見る。安原さんは、軽く頷いた。

「そういうことだな。『ジョン』なら『ジャック』か。……特別の愛称、特別のミドルネーム。あるいは、その愛称。つまりだ、ナル坊はほとんど初対面に近いお前から、ごく内輪の人間しか使わない、ある愛称でもっていきなり呼ばれたので言ってしまったん

だよ。『呼び捨てにした』ってな」

——そうか。それで。

「でも、ナルって？」

ぼーさんは答えなかった。安原さんも。ここまできてそれはないよう、と厳重抗議しようとしたときだ。影壁のほうから戻ってくる足音がした。

4

「——どうだった？」

ぼーさんは何でもないように、戻ってきた三人に声をかけた。

「駄目だ」

短く答えたナルを、あたしはしみじみ見つめてしまう。改めて、あたしはナルとぜんぜん知り合いなんかじゃなかったんだ、と思った。知らない人と同じだ。行きつけのお店でよく顔を見かける人、会って時々話す人。……その程度。

……その程度の関係だったんだ。

「裏口のほうは、内側から棚とロッカーで覆ってあった。全部動かして確かめたが、どうやら外から完全に板で覆ってあるようだな」

「開きそうにねえ？」

ナルは肩を竦《すく》めた。代わりにジョンが、

「押しても引いてもびくともしませんです。窓は、よう見てみたら、窓枠を釘で打ち付けてありました。桟が入ってますよって、開かへんかったら、それでかまん、ということだったんとちゃいますやろか。錆《さ》びてますし、ところによっては敷居のほうが腐りかけてますから、もうほとんど意味はないと思うんですけど、前にリンさんが椅子で叩き壊そうとしたときかてぜんぜん影響なしでしたから、釘はこの際、関係ないんやろうと思います」

「……駄目か」

ぼーさんは大きく顔を拭って、ハンカチを安原さんに返す。安原さんが、

「これで、開口部からの脱出は無理だってことが確定したわけですよね。他に方法がありますか？」

これに対し、答えられる者は誰もいなかった。

……あたしたち、どうなるんだろう。完全に閉じ込められて出られない。こうやって集まっていれば、とりあえず誰かが消えることは防げるかもしれないけど、それだけで本当に身を守れるんだろうか。――それに、リンさんと綾子は？

重い沈黙が降りた。雨の音だけが響く。校舎の中はいよいよ暗い。窓にはほのかに残照がとどまっていたけれど、建物内のあちこちの隅には闇がわだかまっている。徐々にその範囲が広くなる。――こちらへ侵蝕《しんしょく》してくる。

「少しリラックスしましょう。こうやって黙り込んでいても、少しもマシにならないんですから。ペンギンのカップは誰でしたっけ」

安原さんが言って、ジョンが手を挙げた。

「僕です。すんまへん」

「いえいえ。ウサギのは誰の？」

――ウサギ。

真砂子が少し嫌な顔をした。

「……松崎さんですわ」

「あっと……」

安原さんはちょっと気まずそうにする。全部のカップにお茶を入れてしまったんだ。

「すみません」

誰の手にも渡らない二つのカップが切ない。

「内心、動揺してるな、少年」

ぼーさんが揶揄《やゆ》するように笑うと、

「やあ。これはバレてしまいましたね」

「まだまだ修行が足りんのう」

「なにぶん若輩者でして。僕、早く滝川さんみたいな素敵なおじさまになりたい」

「気持ち悪いから、やめろって」

安原さんはニンマリする。

「へえぇ、そちらを取りましたか」

「あ？」

「気持ち悪いと抗議してくるか、まだ若いと抗議してくるか、興味津々だったんですが」

「お前なー」

「おじさんであることを認めましたね」

「どーせオイラは日本一さっ」

「──それは、富士山」

「どーせ、俺は桃太郎の子分……」

「それはキジさん」

「ど、どーせ俺は朝御飯……」

「それはクロワッサン。──ちょっと苦しかったですね」

「うーん」

くっくっく。

人間、こういう状況でも笑えるからすごいよなあ。

笑いながら、そうしみじみ思ったときだ。横合いから手が伸びてきて、ちょうどあたしと安原さんの間に残されたまま放置されていたカップを取り上げた。

5

「これ、あたしの」

カップを取ったのは小さな女の子だ。

――――。

――この子は……。

あれ？　あたし……。

「ウシさんのは、タカトくんのでしょ」

女の子が見たほうに、もう少し小さな男の子がいる。

あたしはなんとなくキョトンとしてみんなの顔を見る。安原さんが少し眼をぱちぱちさせてから、苦笑した。

「やだな。どうしたんですか。ぼーっとして」

「え？　……そう、そだね」

「麻衣おねーちゃん、変なの」

マリコちゃんは笑う。

……そう、この子はマリコちゃんだ。あたし、何をぼーっとしてたんだろ。

「ごめん。ちょっとくたびれてたかなー」

「半分寝惚《ねぼ》けてたんじゃねえのか？」

苦笑したのは、ぼーさんだ。

「違わいっ。――ごめん、タカトくんはこれね。はい」

「ありがと」

あたしはタカトくんに笑って、それから何かが胸の中につかえたような気分に囚《とら》われた。なんだろう……この感じ。みんなを見渡すと、誰もが何かを気にかけているような顔をしている。

ええと、何だっけ。何の話をしてたのかな。……あれ？

「どしたの？　麻衣おねーちゃんもみんなも、ちょっと変だよ」

「そ、そかなー」

「とにかく」と、何かを吹っ切るみたいな声を出したのはぼーさんだ。「どうやら脱出路はなさそうだ、と。だったら、つべこべ言わずに除霊したほうが早いんじゃねえ？」

「そうだが……」

ナルは言って、何やら考え込むような表情をした。

「うかつに動くと相手に隙を見せるだけ、という気もするが。陽も落ちたし、相手が何を仕掛けてくるか分からない。さっき死体を落としてきたように、陽動してこないとも限らないし……」

「陽動？」

あたしが問い返すと、

「相手はそのつもりだったんだろう。あれに驚いて、全員が前後を見失って逃げ出していたら、誰かが消えていただろうということだ」

「そっか」

あたしは何気なく頷いたのだけど、ぼーさんが、いきなり笑った。

「そりゃ、考えすぎじゃねえの？　消えるって、どうやって消すんだよ」

あたしはちょっと驚いてしまう。

「何ふざけてるの？　げんにリンさんも、あ……」

言いかけてあたしはふと口籠《くちご》もる。

……あれ？

マリコちゃんが不思議そうに見上げてきた。

「麻衣おねーちゃん、それ、だあれ？」

「えーと……」

ぼーさんが苦笑する。

「完全に寝惚けてるんじゃねーのか、お前」

「あれえ？」

真砂子も呆《あき》れた顔をする。

「麻衣は眼を開けたまま寝るのが得意ですものね」

「うるさーいっ。ちょっとボケただけじゃんっ」

「ちょっと？　大ボケですわよ。誰ですって？」

あたしは首を傾げる。

「誰、って言った？」

「自分で言って忘れたんですの？」

「えーと……」

ありゃあ？　あたし今、誰って言ったんだっけ？

「大馬鹿者は無視しよう」

ナルの冷たいお言葉。

「とにかく——変に刺激するよりも、やはり、まずは脱出方法を探すべきだという気がするが」

ナルの声は、自分に言い聞かせるような響きをしていた。どこか釈然としない表情に見えるのが不思議だ。

「消極策だねえ。——なんでそんなに及び腰になるかなあ」

ぼーさんが呆れたように言う。ナルは何かを言いかけ——そして沈黙した。

「第一、脱出路の探しようがなかろうに」

ぼーさんは言ってから、宙を仰いだ。

「……最後の手段なら思いつかないでもねえけど」

あたしはちょっと身を乗り出す。

「最後？」

「燃やす」

あのう。……もしもし。

安原さんも呆れ顔だ。

「僕ら、中に閉じ込められたままなんですけど」

「だから、最後の手段。燃えてるのを見た近隣住民が消防署に連絡して、消防車が駆けつけて来るのが早いか、俺たちがこんがり調理されちゃうのが早いか」

「多少の火なんて、敵さんが消しちゃうんじゃないですか？」

「だったら、天井裏に火をつける、とか？　腐敗ガスにはメタンも含まれる」

安原さんは顔をしかめた。

「下手《へた》したら爆発しちゃいますよ。それ、僕らのほうに分がなくなるだけ、って気がするんですけど」

「だから、最後の手段だって。——やっぱ、除霊したほうが早かろうよ」

……確かに。あたしは思ったのだけど、ナルは、

「ここに結界を布《し》けるか？」

「やってもいいが、そこまでする必要があるのか？」

ナルは眉をひそめる。

「それはそうだが……。用心に越したことはないだろう」

でも、と声を上げたのは安原さんだ。

「そうやって結界を布いたところで、中に閉じ籠もっていなければ意味はないでしょう？　閉じ籠もっていても、相手が温かく見守ってくれるとは思えないし、よしんば見守ってくれるとしても、最終的に校舎を出られなければ、どのみち行き着く先は同じじゃないですか？」

「だよな」ぼーさんが頷く。「やっぱここは除霊にかかる手だと思うぜ。脱出路を探すにしても、結局それが一番早道なんじゃないか？　いまいち相手の正体が見えんが、揺さぶれば存在感が出てくるかもしれんし、校舎を封じた力だって緩むかもしれん」

ジョンも頷く。

「さいですね。――ここには小さなお子もいるんやし、とにかく校舎を出ることを考えないと。そのためには相手の力に綻《ほころ》びを作ることやと思います」

そうだよねえ。

あたしはおとなしく坐っている二人を見る。マリコちゃんは十一歳、タカトくんは九つだ。何よりも二人を守ってあげないと。

「……そうだな」ナルは少し躊躇うようにしてから、頷いた。「とりあえず、もう少し脱出路を探す努力をしてみる。幸いこの建物は木造だ。壁に穴を空けられないか、やってみる」

ナルの言に対してぼーさんが首を傾げる。

「どうやって？　道具はないぜ」

「まず家探しをして何か道具になるものがないか確認するんだな。それで駄目なら、ぼーさんが言ったように火を使うか」

おい、とぼーさんが慌てたように手を振る。

「冗談だってば」

「燃やすとは言ってない。壁を焦がしてみるだけだ。それで多少は脆《もろ》くなるかもしれない。壁を壊せるような道具があればいいが、そうでない可能性のほうが高そうだからな」

……ああ、そうか。

「それで駄目なら、除霊してみるしかない。霊を追い詰める方法でいってみよう」

「追い詰める？」

「特定の場所に霊を追い込んでいくんだ。そこで一気に除霊をする」

ぼーさんとジョンが頷いた。

「——あいよ」

「全員で校舎内を調べる。——原さん、ついでに各教室の様子を見てもらえますか」

「ええ。……分かりましたわ」

第七章

1

教室の様子を見ていく真砂子について、あたしたちも真っ暗な教室を家探ししていく。見つけた空缶を教室の真ん中に置き、そこに木くずを入れて燃やし、カンテラ代わりにしてはいるけど、探し物はほとんど手探りが頼りだ。

ジョンの言葉で、マリコちゃんとタカトくんも家探しに参加している。

「さあ、お子たち。何か硬いものを探すのを手伝ってください」

「はあい」

「うんっ」

放置された道具を掻《か》き分ける手を休め、あたしはなんとなく、熱心に探し物をしている二人を見つめた。ジョンと何かを話しながら、子供らしい熱心さで埃《ほこり》だらけになって手を動かしている子供たち。ときどき脱線して遊び始めては、ジョンに軽く窘《たしな》められて慌てて作業に戻る。

それは微笑《ほほえ》ましい光景だ。……少なくともそのはずなのに。……どうしてなんだろう……何か、すごく……。

「どうかしました？　谷山さん」

安原さんが訊《き》いてきた。

「なんだか、気分が悪いの……」

「大丈夫？　風邪かな」

「ううん。そんなんじゃなくて。なんだか、胸の中がモヤモヤするの。何かが喉《のど》に引っかかってるみたいで、すごく気持ち悪い……」

安原さんもふいに不安げな顔をする。

「谷山さんも？」

「も、ってことは安原さんも？」

「うん。なんか、こう……。どっかに何かが引っかかってる感じなんだよね」

「うん……」

ね、と安原さんは声を潜めた。視線がジョンのそばにいる二人の子供たちに向かう。

「マリコちゃんとタカトくんを見てると、変な気分がしたりしませんか？」

「安原さんも？　あたしもそうなの。二人を見てると、何か嫌なことでも起こりそうでドキドキする……」

「僕もです。どうしてでしょうね」

「危険だから、じゃないかな。こんなところにあんな小さい子がいるから」

「そうか。……そうだよね」

とても危険。それは確かだ。でも……それ以上に何か……。

あたしは一つ頭《かぶり》を振って、箱の中に入った雑多な物を掻き分ける作業を再開した。

「やだな。ちょっと気弱になってるみたい」

「僕もそうみたいだな」

言って、安原さんはふいに怪訝《けげん》そうな顔をした。

「どうしたの？」

「いや、今、何か引っかかったんだけど……」

首を傾げると、背後から声がする。

「何ぞありましたか？」

ジョンが立ち上がってこちらを見ている。その両脇にはジョンに手を引かれたマリコちゃんとタカトくん。カンテラの光が背後になって、揺らめく光で三人の表情は翳《かげ》っている。

それはなんだかすごく不安な構図に見えた。

2

一階のどの部屋にも、壁を壊せそうな道具はなかった。

二階に上がるとき、ドアを――すでにドアはなくて脇に立てかけてあるだけだから、正確には入口を――越えるのがなんだかとても嫌なことに思えた。自分でもその理由は分からない。

ほとんど何もない部屋を家探ししながら、あたしたちは一番奥の教室に辿《たど》り着く。当然のように、どこにも壁を壊せそうな道具はなかった。

「こりゃ、危険な方法に頼るしかねえみたいだな」

ぼーさんの言葉にナルが頷《うなず》く。

「ああ」

大丈夫なのかなあ、火なんか使って。

そう思いながら教室を出ようとしたとき、マリコちゃんとタカトくんの後ろを歩いていた安原さんが急に立ち止まった。

「安原さん？」

安原さんはすごく奇妙な表情をしている。

「どうしたの、お兄ちゃん」

マリコちゃんが声をかけると、安原さんは一、二歩その場を退《さが》る。教室の中に安原さんだけが取り残された。

「どうしたの？　お兄ちゃん、変」

タカトくんはくすくす笑う。

あたしは廊下を先に行こうとするナルたちに声をかけた。

「ナル、待って。――どうしたの、安原さん？　ナルたち、行っちゃうよ」

「谷山さん。……車」

「え？」

「どうして車が二台あるんです？」

……どうして……二台……？

ぽかんと考え込んだのと同時だった。

その瞬間のことをどういうふうに形容したらいいのか、分からない。突然、教室の壁が火を噴いたのだ。――安原さんを呑み込んだまま。

充満していたガスに誰かが火を点《つ》けたように見えた。実際、そんな音がした。眼の前が眩《まぶ》しいほど明るくなったと思ったら、鼻先に炎の壁ができていた。

「――や――ぁぁっ!!」

「安原さん！」

「おいっ!?」

半分開いた教室の戸の、その向こうには炎が充満している。廊下側の窓からも、教室の中が幾重もの炎で満たされているのが分かる。

――そんな。

――そんな、馬鹿な！

「安原さんっ!!」

「麻衣、駄目！　離れて！」

真砂子が腕に縋《すが》りつく。

「でも！　だって——」

「お願いですわ！　無茶をしないで……！」

真砂子が腕に額を擦《こす》りつける。真砂子と火の海になった教室を見比べて、あたしは深い溜息をついた。溜息というより、嗚咽《おえつ》だった。しがみついてくる真砂子にしがみついて、眼を閉じた。


火は数分の間燃え続けて、唐突に弱まって消えた。消えたあとにはガランとした教室が残された。焦げ跡もなければ、煙も何もない。火事があったのが嘘のようだったけど、その代わり、あるはずのものが消えていた。安原さんの姿はもちろん、床の上に散らばっていたガラクタも、壁に貼ったままになっていた地図も、溜まった埃も。


誰かが完全に掃除をしたように、本当に何一つ残っていなかった。

「どうやら、火で脱出路を探すのは無駄らしいな」

ナルの冷静な声にあたしは顔を上げる。呆《あき》れた。呆れたというより、不快だった。

——そんなことを淡々と言っている場合!?

「そのようだな。やれやれ」

ぼーさんの声にあたしは振り返る。真砂子も驚いたようにしていた。

「ぼーさん！」

ぼーさんは軽く息を吐いて、あたしと真砂子の頭を小突く。

「お前たちもいい加減に泣きやめ」

そんな、と絶句するあたしに向かって、ジョンが困ったように微笑《わら》う。

「驚かはったんでしょう。無理もないです」

「驚く……って、そんな——」

あたしの服を誰かが引っ張った。

「麻衣おねーちゃん、どうしたの？」

「マリコちゃん、今——」

言いかけてあたしは言葉を失う。マリコちゃんの顔を見たとたん、何を言いたかったのか、忘れてしまった。

あたしを三人の子供たちが不思議そうに見上げていた。

3

玄関で火を焚《た》いた。ナルとぼーさんとジョンはその傍らで除霊の打ち合わせをしている。あたしは焚火《たきび》を守りながら、ぼんやりガラスの外を見ていた。と言っても外はもう暗いので、鏡を見るのと大差ない。暗い玄関と、ほんのり赤い焚火の明かりと、それに照らされ、濃い影をまとわりつかせたあたしたちの姿が映っている。

「醜態ですわね」

隣に坐っていた真砂子が小声で言う。

「……うん」

「自分でも呆れてしまいますわ。規模が大きいとはいえ、発火現象ぐらいで泣き出してしまうなんて」

「そうだね……」

真砂子の声は本当に忌々しそうだ。

「麻衣おねーちゃん、真砂子おねーちゃん、ジュースのんでいい？」

タカトくんが訊いてくる。

「いいよ。入れたげる。タカトくんはどれだっけ」

「ウシさん」

「ウシさんね、はい。マリコちゃんは？」

「ウサギ」

「おっけー。ツグミくんはカニさんだっけ？」

「うんっ」

「ツグミ、こぼしちゃ、だめよ」

マリコちゃんはお姉さんっぽく世話を焼く。ツグミくんはマリコちゃんの弟だ。

それを少し微笑ましい気分で見てから、あたしは視線をガラスの外に戻す。なんでだか、すごく憂鬱《ゆううつ》で、意味もなく気分が沈んでしまう。暗がりの中に雨が降っている。焚火の光に照らされてガラスを横切る滴が薄赤く光る。焚火の明かりがふっと弱まると、雨の向こうに二台の車が黒い影の形で見えた。

……二台の……車……。

あたしはなんとなく、誰にともなく訊いてみる。

「ねえ、車を運転してきたの、誰だっけ？」

ぼーさんが呆れたような顔をした。

「お前はもうアルツハイマーか？　俺だよ」

「もう一人は？」

ぼーさんはふいに眉をひそめる。すぐにジョンが笑った。

「麻衣さん。僕です」

「ジョン、車の運転できたっけ」

ジョンもちょっと奇妙な表情をした。

「ええ……そうやと……。そうです」

「麻衣、大丈夫か？　本当に惚《ぼ》けてんじゃねえだろうなあ」

ぼーさんが笑う。

「違わいっ。ちょっとド忘れしただけじゃない」

「熱でもあんじゃねえのか？」

――ふーんだ。ちょっとしたミスじゃん。

あたしは視線をガラスの外に戻す。

……そっか。ぼーさんと、ジョンだったよな。

ああ、あたし本当にどうしたんだろう。どうもおツムの調子が可怪《おか》しいわ。どこか調子が可怪しいのは、他のみんなも同様だ。なんだかみんな気もそぞろな感じ。何か気にかかることがあって、眼の前のことに集中できない、そんなふうに見えた。

隣にいる真砂子もそうだ。真砂子はさっきから、何度も数珠《じゅず》の玉を爪繰《つまぐ》っている。

「……どうしたの？」

声をかけると、真砂子は手を止め、はっとしたように顔を上げる。何か気にかかることを考え込んでいた、そんなふうだった。

「……あたくし？　何か？」

「ううん。――日が暮れたけど、真砂子は何か感じる？」

ああ、と真砂子は呟《つぶや》いた。

「あまり……もっと存在感が出てくるかと思ったのですけど、それほどでも……」

「ここに残ってる霊の思念とか」

言うと真砂子は眉をひそめる。

「寂しい感じはしますわ。そして、とても辛《つら》い感じ。……あとは何か焼けつくような思い——そう、滝川さんが仰《おっしゃ》ったように、餓《かつ》えてる感じはします。何かが欲しくて欲しくて、矢も盾も堪《たま》らない感じ……」

　そっか、とあたしは呟いた。

「……ただ、もっと切羽詰まった感じを受けるのですけど。……切羽詰まった、という言い方は微妙に違っていますかしら。もっと悲愴《ひそう》な——」

　宙を見つめるようにして言って、真砂子はふっと息を吐いた。

「駄目ですわ。上手《うま》く言葉にできません」

「体調、悪い？」

「そういうわけではないのですけど……何か……疲れているのですかしら」

　そう、とあたしは呟いた。あたしも疲れているのかな。なんだか、すごく気怠《けだる》いというか……いろんなことが億劫《おっくう》な感じ。

　思っていると、唐突にぼーさんが、

「……なあ？　『渋谷サイキックリサーチ』の運営って、やっぱ、ナルがやってんだよな」

「え？　もちろん——」

　あたしはナルのほうを見る。ナルは怪訝そうな顔をした。

「てことは、事務手続きとかも？　経理も？」

　もちろん、とあたしは思った。あたしもタカも、しがないバイトだし、お金の勘定や帳簿をバイトに任せるはずがない。てことは、ナルがやるしかないわけで。

……だよな？　改めて考えると、電卓を叩くナルってのは、かなりシュールな感じがするけど、他に該当者がいないわけで。思いながら振り返ると、ナルはなんだか虚を衝《つ》かれたような表情でぼーさんを見ている。見られるぼーさんのほうも、なぜか困惑した表情だった。

「代表責任者もナルで間違いないんだよな」

「当然、そうだよ」

　あたしは、同意を求めてナルを見た。ナルは戸惑ったように頷き、

「……それが何だ？」

「何もかも、お前一人でやってんの？」

「当然、顧問の会計士や司法書士がいるが」

「ああ、……そっか。そりゃそうだ」

　ぼーさんは一人で納得している。いったい、何がどうしたんだろう、と思ったのだけど。なんだろう……なんか、釈然としない感じ。心のどこかで、そんな馬鹿な、という気がするのだけど、――馬鹿な、って何が？

　思っていると、突然、腕を引っ張られた。

「ねえ、麻衣おねえちゃん！」

マリコちゃんが、あたしの手を引っ張っている。

「あ……はい？」

「ねえ！　ツグミがお金を落としたんだって」

「え？　お金？　どこで？」

ツグミくんは泣きそうな顔をしている。

「二階。ぼくの貯金なの。五百円もあったんだよ」

「ありゃー。それは大変だ」

タカトくんが首を傾げた。

「二階の入口を入ったところに、メダルみたいなのが落ちてたよ。あれかなあ」

「見に行っていい？」

「あ、一緒に行ったげる」

「麻衣」ぴしゃりとナルの声が飛んでくる。「勝手にふらふら歩くんじゃない」

「でも、ちょっとだけ」

「駄目だ」

……なんだよー、けちー。

「あたくしも行きますわ」

真砂子が言うと、ツグミくんが真一文字に口を結んで首を横に振る。

「いいの。ぼくのだから、ぼくが行くの」

「でも、一人じゃ危ないから」

あたしが言っても、ツグミくんは頑強に首を振る。

「いいのっ」

「あたしはべつに、ツグミくんのへそくりを盗《と》ったりしないぞー」

「だめーっ！」

……やれやれ。

「ツグミくん」ナルの声は相手が子供だろうと、優しさの欠片《かけら》もない。「ここは危ないところなんだ。一人で出歩かせるわけにはいかない」

「いやーっ」

「泣いても駄目だ」

「おねえちゃんと、タカトくんが行くもん」

「駄目だ」

ツグミくんは泣きべそをかいてる。あたしはナルに、

「ねえ、ちょっと上までだから」

「麻衣に子供を守る力があるのか」

……ないけどさ。ぶつぶつ。

「あたくしが行きますわ。あたくしと一緒に行くか、行かないか、どちらにします？」

真砂子がツグミくんの前に屈《かが》み込む。

「どっちもいやー」

「我《わ》が儘《まま》はいけませんわ。もうこんなに暗いでしょう？　子供だけで行ったら危険ですの。ね？　あたくしだけ、連れていってくださいな」

「……真砂子おねーちゃんだけ？」

「ええ、あたくしだけです」

「おねーちゃんだけならいいよ」

「その代わり、二階の入口のところだけですわよ。そこになかったら諦《あきら》めてくださいね？」

「いやだもん」

「じゃあ、行っちゃいけません」

きっぱりと言われて、ツグミくんは、ようやく涙を零《こぼ》しながら頷いた。

「ナル、よろしいでしょう？　すぐに戻りますわ」

ぼーさんが立ち上がる。

「俺も行ってくるわ」

「だめっ。真砂子おねーちゃんと行くのっ。おねーちゃんだけだって、約束したもんっ！　ほかの人は来ちゃだめ！」

「はいはいはい」

ぼーさんは苦笑する。真砂子に向かってライターを投げた。

「ほらよ」

「どうも。——さ、ツグミくん」

「うんっ」

真砂子に手を引かれて、ツグミくんは嬉しそうに階段へ歩いていく。そのあとを小走りにマリコちゃんとタカトくんが追いかける。

もう建物の中は暗い。階段を少し昇ったところで、真砂子がライターの火を点けた。オレンジの揺れる明かりに照らされた真砂子の顔が踊り場を横切る。なんだか眼を離せなくて、あたしはじっとそれを見ている。いつの間にか、両手をしっかり握り合わせていた。

……どうしたんだろう、あたし。すごく、不安だ。

踊り場の壁に黄色っぽい光が、影と混じってゆらゆら揺れる。どうして炎の光って、あんなに不安な輝き方をするんだろう。あたしだけじゃない。ナルもぼーさんもジョンも、階段のほうをじっと見てる。

あった、とすぐに声がして、あたしは息を吐いた。壁を照らした光が強くなって、すぐに光が降りてくる。オレンジの光に照らされて、降りてくる人影もオレンジがかって揺れて見えた。

……大丈夫。全員、ちゃんと降りてきた。

ほっと息をついて、あたしは階段を降りてくる四人の子供たちを見守る。

なぜだかふと、とてもとても嫌な感じがした。

4

雨は続いている。校舎の外にも完全な闇が落ちた。玄関で燃やされている焚火だけが、唯一の光源だ。決して大きい焚火ではないので、玄関の隅々にまで光は届かない。建物の隅に、階段の下に、黒々と闇が蹲《うずくま》っている。

あたしは焚火に向かって身を縮めている。周囲に見える人影を何度も見渡した。ナルと、ぼーさんと、ジョンと、そして四人の子供たち。マリコちゃん、ツグミくん、タカトくん、ミカちゃん。

……誰も欠けてない。なのにどうして、こんなに頼りない気がするんだろう。

「教室を一つずつ浄《きよ》めて、封じていく。最終的に一階奥の教室だけを残す」

「それしかねえわな」

「問題は、あの子たちだ」

ナルがあたしと、周囲にいる四人の子供たちを見る。

「さいですね」

「力を分散したくないが、一緒に連れていけるか？」

「ちーっと厳しいなあ」

ぼーさんが顔をしかめると、ジョンが、

「僕か滝川さんが残るしか……。どっちかいうと、教室を封じていくのは滝川さんのほうが適任やと思いますけど」

「俺とナルだけ、ってのも若干不安があるな」

「なんとかなるだろう」

あっさり言ったナルを、ぼーさんは見る。

「なんとかなるのか？　退魔法は」

「できないが、いざとなればどうにかする」

「冗談じゃねえって。どうにかされちゃ困るの」

……どこかで、こんな会話を聞いたなあ。ずいぶん前だ。誰かが同じことを言ってナルを叱った。ぼーさんだったかな……。

「救急車を呼ぶ方法はねえんだからな」

「さいですよ、渋谷さん」

ナルは気功を使えるけど、使えば倒れてしまうという厄介な体質。やっと退院したところなのに、同じことを繰り返されちゃ堪らない。

「どっちかと言うと、ナルは子供の組に勘定したほうが良さそうだな。ここでおとなしくお留守番しててちょーだい」

「まさか」

ナルは言ったけれども、

「いざというとき、除霊能力のないゴーストハンターさんは足手まといっす」

ぼーさんは、ものすごく勇気のあることを言った。ナルは明らかにむっとしたようだったけど、

「そのうえ、いつ切れて伝家の宝刀を抜くか心配までしてたら埒《らち》が明かんわ」

……それもそうだ。ナルはものすごく不本意そうだったけど、さすがに異論は唱えなかった。

「ジョン、こっち一人でなんとかなるか？」

ぼーさんに問われ、ジョンは頷く。

「はいです」

「麻衣。悪ぃが付き合ってくれや」

「うん。あたしでもいいなら」

「いねえよりマシだろ。九字切れるぶんだけ、ナルより役に立つ」

「う、うん……」

不安だなー。あたしにできるんかなー。

5

「ほんじゃ、チビさんたちを頼むぞ」

ジョンにそう言って、あたしたちはまず二階に上がっていく。途中にあるドアのところに、ナルとジョン、子供たちが待機する。階段を昇りきり、二階の廊下を曲がるとき、あたしはちょっと階段下のナルとジョンを振り返った。

一番手前の教室に入って、ぼーさんが祈禱《きとう》をする。部屋を浄めて霊を追い払い、部屋を封じる呪法だ。とはいえ、修法壇を作るような本式の祈禱はできない。とりあえず結界としてチョークで線を引いただけ、蠟燭《ろうそく》の代わりにオイルライターを立て、その場を浄める浄水は空き瓶に雨水を溜めて代用する、というお粗末さだ。これで本当に効果があるのやら。

そこを疑ったらすべきことがないもんな。これでも何かの足しになるはずだと信じるしかない。黙々と祈禱を行なうぼーさんのすぐ後ろに立って、あたしは周囲に眼を配る。教室の中は暗い。祈禱が終わってライターを消すと、闇に眼が慣れても手の届く範囲しか見えなかった。そろそろと足許《あしもと》を探りながら四つ目の教室を出る。

「ね、できたと思う？」

間近にいてもよく顔が見えない。だからって、ずっとライターを点けてるわけにもいかない。オイルが切れてしまうから。

「……分からん。どうも、手《て》応《ごた》えがねえな。何の反応もねえし。……麻衣は何か感じないのか？」

「だから、あたし今、起きてるってば」

「ほんと、お前の能力ってややこしいのな」

「しょーがないじゃないのよー。あたしのせいじゃないもん」

寝惚けてないと無能なのは体質だもん。

「……ところで、ねえ？　さっきなんであんなこと訊いたの？」

「あんなこと？」

「オフィスを運営してんのは誰か、とか」

ああ、とぼーさんは声を上げた。

「なんか、ふっと思ったんだよ。無茶苦茶な気がしてさ」

「無茶苦茶？」

「だって、お前んちのオフィスって未成年しかいないじゃん」

「あれ？　そっか。そうだねえ」

……あ。

だろ、と言って、隣の教室の戸を開けながら、ぼーさんはあたしを振り返った。

「考えてみるとすごくねえ？　正式な従業員が所長一名のみで、あとバイト。しかも全員未成年」

「……すごいかも」

「もともと胡散臭《うさんくさ》いとは思ってたけど、冷静に考えると無茶苦茶だよな」

「胡散臭いだとー」

「……だって、そう思わないか？　所長が未成年だぜ？　しかも、あんだけの機材、ナル坊はいったいどうやって手に入れたんだと思う？　総額で幾らよ。言っとくが、ん千万の桁《けた》じゃないぜ。億だろ、たぶん。十七かそこらのお坊ちゃまが手に入れられるような額か？」

「そっか……そうだよね」

ぼーさんはライターに火を点ける。それを床の上に立て、

「なあ。……あのオフィスの正式名称って何なんだ？」

「正式名称って」

「俺たちのとこに来る振込通知って『渋谷サイキックリサーチ』から来るけど、通帳に書き込まれてる振込元は『ＳＰＲ』なんだよな」

「うちもそうだよ。それがどうしたの？」

「オフィスを構えて営業するためには、登記ってのをしないといけないんだよ。お上に届け出る必要があるんだよな。その登記上の名称はどっちなのかと思ってさ。——東京に戻れば、登記簿を調べるなり何なりできるんだろうが」

「そんなの、調べてどうすんの？」

「そーねー。単なる好奇心っつーか、野次馬根性というか」

呟くように言いながら、ぼーさんは床にチョークで線を描き始めた。

首を傾げつつ、あたしは瓶を割れたガラスの隙間から外に差し出す。手に当たる雨滴が少ない。少し小降りになってきたようだ。

「……どうも不思議なんだよな。もともと、なんで麻衣に電話を取らせないのか、釈然としなかったんだよ。手紙の開封もさせない。それどころか、そもそも郵便物に触らせない。全部、選別してから麻衣なりタカなりに渡す。——麻衣、事務所に来た郵便物をそのまんまの状態で見たことあるか？」

「……ない」

あたしやタカの手許に来るのは、誰かが（……誰が？）仕分けしてからだ。場合によっては、中身だけを渡されることもある。

「本当なら、電話番とか手紙の仕分けなんてのは、雑用係の仕事じゃないか？　しかし、それをさせないんだよな」

……確かに、言われてみると可怪しい……。

「高いアルバイト料払って、なんだってそのくらいやらせないのか、費用対効果ってのを完全に無視した人間の使い方だよな、とは思ってたんだが。——でも、さっきしみじみ考えてみてさ。これって太っ腹とかいうレベルでないんじゃないか？　あのオフィス、ナルが一人で仕切ってるわけだろ？　せっかくバイトが二人もいて、そのバイトに雑用をやらせない訳が分からない。まるで他人を郵便物や電話から遠ざけようとしてるみたいじゃないか」

「なんで遠ざけるの？」

ぼーさんは線を引き終えて両手をはたいた。窓際にやってきてそのへんに凭《もた》れ、

「さあねえ。……でも、普通は理由なんて一つだろ。郵便物や電話には、非常にしばしば、他人には知られたくないデータが含まれているんだ。手紙の例で言えば、宛名、消印、リターンアドレス、そういうの中に知られたくないことが出ている」

「なるほど。つまり、偽名を使ってるからだ。手紙には本名がきっちり書かれてる可能性があるもんねえ」

「ところが、そうもいかないんだな。あそこはオフィスだろ。基本的にナル個人宛の郵便物は来ないだろうし、来るとしたら、事前にオフィスを連絡先として教えたってことなんだから、だったら偽名宛で送るよう言えば済む。あるいは、オフィス宛にしてくれと言っておく、とかな」

「あ、そっか。——じゃあ、ひょっとして外国から郵便物が来るのを隠したい？　……ってことはないか。外国から本が送られてくることもあるし、べつにそれは隠してないもんなあ。電話だって、どこからかかってきたかなんて分かんないし」

「だろ？　それで俺は、つい想像を逞《たくま》しゅうしちゃうわけ。例えば、手紙の宛名が違っ

ていたら？　ナルと同様、『渋谷サイキックリサーチ』ってえ事務所名が偽名だったら、隠す必要があるんじゃないか」

「偽名ぃ？」

　ぼーさんは頷いて、

「郵便物なんてのは結局のところ、どんな名前でだって届くんだ。郵便屋さんは郵便物を人じゃなく所番地に届けるんだからさ。確実にしようと思うなら、郵便受けに表札さえ出しておけばいい。だからって、『田中サイキックリサーチ』として登記してあるもんを、『渋谷サイキックリサーチ』と看板出しするわけにはいかんでしょーが」

「……なの？」

「なの。——でもさ。『渋谷サイキックリサーチ』として登記して『SPR』と看板を掲げても、さほど問題はないよな。逆もまた然《しか》りだ。『SPR』として登記して『渋谷サイキックリサーチ』と看板を掲げても、やっぱり大した問題じゃないだろ。横にちょこっと『Shibuya Psychic Research』と書いておけば、なるほどこれの略か、と誰もが納得する」

「……う、うん」

　瓶の中の水位はまだ一センチ程度。

「振込元は『SPR』だろ。そっちのほうが正式な名称なんじゃねえの」

「ええと、登記とかの上の？」

「そう。正式な名前は『ＳＰＲ』で、『渋谷サイキックリサーチ』はそれを適当に開いた偽名なんじゃないのか。偽名だから、略して『ＳＰＲ』になれば何でも良かった。『佐々木サイキックリサーチ』でも『散歩サイキックリサーチ』でも『さんまサイキックリサーチ』でも。たまたまオフィスを置いた場所が渋谷だったから、『渋谷サイキックリサーチ』にしたんじゃないかって話」

……はあ。

「で？　それでどうなるの？　仮に『ＳＰＲ』が正式名称だとして、だよ？　なんであたしたちに郵便物を開封させないかというと、『ＳＰＲ』宛に手紙が来るから？　だったらそれ、不思議でも何でもないんだけど。半分くらいは『ＳＰＲ』宛だし」

「だろうな。しかし、他の名前が書いてあったら？　『ＳＰＲ』というのは、当然、何かの略称だろう。例えば、『シマウマ・パンダ・ラッコ』だとする。ナルはこの本名を隠したかった。だからその略称である『ＳＰＲ』を登記上の名称として採用した。さらには『渋谷サイキックリサーチ』と偽名まで添えて、あたかも偽名が本名で、『ＳＰＲ』はそれを略したものであるかのように誤認させてたわけさ。だが、『ＳＰＲ』は本来、『シマウマ・パンダ・ラッコ』の略だ。それを知っている誰かからそっちの名前で手紙が来たら？」

「……可怪しいと思うよね、いくらあたしでも」

なんだろう。胸がどきどきする。この先を聞きたい——でも、聞きたくない。

「ぼーさん、これくらいでもいい？」

一センチ半ほど瓶の中に溜まった水を示した。

「贅沢《ぜいたく》は言ってられんか。小降りになってきたな」

「うん。……『ＳＰＲ』なんだね」

多分な、と言って、ぼーさんは瓶を受け取った。

——高価な機材。一等地の広いオフィス。そして、たぶんナルは日本人じゃない。

ＳＰＲ。Society for Psychical Research。——通称、『英国心霊調査協会』。イギリスにある、最も古い、最も権威ある心霊調査団体。

事務所も機材も、べつにナルの私物じゃない。そう考えれば納得がいく。もっと大きな団体の所有物で、あのオフィスはその日本における出張所みたいなもんで。でもって、ナルがその所長なのだとしたら。

「——だとすると、まあ、普通は隠すだろ。あのＳＰＲが日本に支部なり何なり出したらさ、話題騒然だぜ。ナル坊の嫌いなマスコミは事あるごとに押し掛け、ろくでもない依頼者が門前市をなす」

「だよね」

そりゃー、隠すはずだわ……。

ぼーさんは瓶を受け取ってチョークの線で囲った中に水を撒《ま》き、中央に独鈷《とっこ》杵《しょ》を据えた。一つ深呼吸して指を組む。真言を唱えながら指を組み替えていく。それを黙って見守りながら、あたしは喉元まで込み上げるものを必死で飲み下していた。この先について、あまり深く考えたくない。——それだけじゃなく、考えようとすると、何かとても不快で不安な気分になる。何か間違っている、という気分。それが何かは分からないけど、何かがすごく可怪しい。

……そんな気分にかまけてちゃ駄目だ。ちゃんと周囲に気を配ってないと。

周囲は呆れるくらい静かだ。——いや、廊下のほうから下で子供たちの喋《しゃべ》る声が聞こえてきていたけど、物音の有無の問題じゃない。とにかくまったく反応がないのだ。

普通は、除霊のために祈禱をすれば、反発なり反応なりある。多少の家鳴りぐらいして当然なのに、それがない。ぼーさんの祈禱がぜんぜん無駄に思えるほどだ。

五つ目の教室を封じ終わって、六つ目の教室に移動しようと廊下に出たとき、廊下の向こうから「やだー」と子供の泣き声がした。ツグミくんだろうか。また何か駄々を捏《こ》ねてるのかな。思いつつ次の教室に入り、祈禱の準備にかかろうとしていると軽い足音が聞こえた。

あたしはとっさに両手を組んで振り返る。ぼーさんも戸口のほうを見た。誰かがやってくる足音がする。——たぶん、一人。

緊張して見つめていると、入口に姿を見せたのはナルだった。

「……どうしたの」

あたしが言い、ぼーさんも、

「一人で来たのか？　お留守番してろって言ったのに」

ナルはげんなりしたように溜息をついた。

「子供たちは僕がいると怖いんだそうだ」

……あらま。

およそナルって、子供が相手だからって、配慮するタイプじゃないもんなあ。物言いだってぜんぜん手心を加えないしさ。どうしても子供はビビるんだよねー（他にも誰か……？）。

「だから、子供相手のときぐらい、もうちょっと愛想をすればいいのに」

呆れ半分に言いつつも、なんか可笑《おか》しい。怖いって、追い出されちゃったんだ。

ナルは無言のまま、憮然《ぶぜん》としている。それがまた、ちょっぴり可笑しかったり。

やれやれ、とぼーさんも苦笑した。

「麻衣。――ナルを頼むわ」

はあい。努力しますー。

ようやく全ての教室を封じ終わって。ぼーさんは力なく教室を見廻した。

「自分で言うのも業腹だが、これで効果があるのかね」

「あるって信じようよ」

あたしが言うと、ぼーさんは、

「敵さんの様子はどうだ？」

「ぜんぜん分かんない」

答えると、ぼーさんは、がっくり肩を落とした。

「頼むぜ、なんとか頑張ってくれよ。お前しか霊視の能力がねえんだからさあ」

「そう言われましてもー」

お役に立ちたい気持ちは山々なんですけどね。思いつつ、あたしはちょっと足を止めた。

「どうした？」

「なんだか……変……」

また胸がつかえる感じがする。もやもやしたものが喉元で膨れ上がる感じ。

「何が」

「ねえ……？　あたしたち、今までどうやって除霊してたんだろ？」

「どうやって、って」

「ハンデつきのあたしとぼーさんとナルとジョンで、それで今まで、どうやって凌《しの》いできたのか、すごく不思議な気がする。……いまさらだけど」

すごく大変なケースが多かったって気がするのに。今はちょっと具体的には思い出せないものの……。

ぼーさんが失笑した。

「そりゃ、本当にいまさらだぜ」

「だって、ジョンもぼーさんもナルも見えないでしょ？　そしたら霊がいるのかいないのか、いるとしたらどういう霊なのか、確認のしようもないわけじゃない。今みたいに、祈禱したって効果があったかどうかすら分からない」

「お前がいたろうが」

「でも、あたし、寝惚けてないと駄目なんだよ？　いちおう九字は切れるけど、ほとんど除霊の役に立ったことなんてないし。ナルだってできるけどさせられないし。基本的に除霊できるのって、ぼーさんとジョンだけじゃない。それで今みたいに二手に分かれたら、除霊できる人間とお荷物しかいないってことになっちゃうんだよ？　ぼーさんもジョンも、常に背後に誰かを庇《かば》いながら除霊することになっちゃう」

　すぐ隣のナルが呆れたように、

「何をムキになってる」

「だってなんか変じゃない？」

　……何だろう、ものすごく喉元がもやもやする。これまでどうしていただろう——それを思い出そうとするたびに感じる、ものすごい違和感。

「なんか気持ち悪いの。二人は感じない？　あたしたち、いつもこんなに霊能者のやりくりに苦労してたっけ？」

「やりくり、って、お前ねえ」

ぼーさんの呆れた声に、ナルが低い声を漏らす。

「確かにそうだな……。いつもどうしていたんだろう」

なんだかじわじわと不安が足許から這《は》い上がってくる。

その不安が感染したように、ナルが硬い声で言った。

「戻ろう。……ジョンが気になる」

6

階段まで行くと、薄明かりで四角く入口が見えていた。玄関の焚火の明かりがほのかに届いている。かすかに明るんだ入口に黒い影が五つ。

あたしはちょっとホッとした。馬鹿みたいだけど、ひょっとしたらもうないはずのドアが閉まってるんじゃないか、たとえ開いていても誰もいないんじゃないか——そんな気がしてた。

階段を一段降りる。焚火の明かりは——踊り場の壁の照り返しでしかない明かりは、すごく薄い。闇に慣れた眼にはずいぶん明るく感じるけれど。

くっきりと黒く切り取られた入口に並んで、こっちを見上げている五つの人影。そのシルエットはどれも小さくて頼りない。下に残した子供たちだ。

マリコちゃんとツグミくん。タカトくんとミカちゃん。そして、アイちゃん。

よかった。心配だった。子供だけで――。

（アイちゃん……）

あたしは半分まで降りた階段の途中で立ち止まった。

「待って！」

ぼーさんとナルが振り返った。

……やっぱり変だ。

だって、子供だけ残したりするはずがない。あたしたちはそんなことしない。少なくともあたしとぼーさんは、そういうことのできない性格だ。ナルだってしない。すごくすごく用心深い性格だから。

あたしは手を伸ばす。ぼーさんとナルの服をしっかり掴《つか》んだ。

「ねえ……戻ろう」

後退《あとずさ》りながら、二人を引っ張る。

「おい、麻衣」

「どうしたんだ」

怪訝そうな二人には構わず、力任せに引っ張る。

「絶対、変だよ……」

子供たちはものも言わずにこっちを見上げている。

「変、って何が」

「こんなの、可怪しいよ。絶対に何か間違ってる」

「可怪しい、って、お前」

ぼーさんは引っ張られながら、困惑したように階段の上と下――あたしと子供たちの影を見比べた。

「あたしの勘。……それじゃ、駄目？　ねえ、戻ろうよ」

「チビさんたちをどうすんだ」

子供たちがふいに顔を見合わせるようにした。

「お願い、戻ろう！」

「麻衣」

（二台の……車……）

（どうして……）

心臓が強く鳴った。

「どうして、車が二台なの？」

「それは……」

「一台を運転したのが、ぼーさんで、じゃあ、もう一台は誰なの⁉」

はっ、と二人が息を呑む気配が伝わってきた。

「あたしもナルも、免許なんてまだ取れないのに‼」

突然ナルがあたしの腕を掴む。抜けるほどに引っ張った。

「麻衣、来い！　ぼーさんっ！」

　ぼーさんを見て、あたしを引っ張ったまま上へ向かって駆け上がる。その声に弾《はじ》かれたようにぼーさんが印を構えた。

「ナウマクサンマンダバザラダンカン！」

　入口に集まっていた子供たちが、こちらへ飛び出してきた。——そんなふうに見えた。小さな身体がゴムみたいに伸びたように。身体を引き伸ばし、階段の半分までを一瞬のうちに飛来してきて、そうしてぼーさんを捕まえる。捕まえたところから、真っ黒く変色して形を変えた。

「ぼーさんっ!!」

　まるで闇が粘液になったみたいだった。粘って絡みついて、ぼーさんを呑み込もうとしている——。

「ナル！」

　ぼーさんが言って、何かを投げた。それはあたしの足許に突き刺さる。闇の中、微《かす》かに金の色が煌《きら》めいた。——独鈷杵だ。とっさにそれを拾い上げる。

「ぼーさんっ！」

　あたしの腕をナルが引っ張る。あたしはそれを振り解《ほど》いた。振り解いた手で、独鈷杵を握ったまま不動明王印を組む。

「麻衣！」

——邪魔しないで！

「ナウマクサンマンダバザラダンカン」

指を解いて剣印へ。独鈷杵ごと左手から抜いて構える。

「臨兵闘者皆陳烈在前っ！」

闇に描いた九字の中央を斬り払う。

——だけど、それはぜんぜん間に合わなかった。気合いを発射したときには、すでにぼーさんの姿は闇の中に沈んで見えなかった。

「麻衣、来い！」

腕を引かれるまま、逃げるしか、なかった。

第八章

1

あたしとナルは近くの教室の中に逃げ込んだ。ぼーさんが浄《きよ》めた場所だ。だから、少なくともしばらくは安全なはず。

教室の中に入るなり、あたしは坐り込んだ。握ったままの独鈷《とっこ》杵《しょ》を両手で抱きかかえる。次から次へ涙が零《こぼ》れた。

「どうしよう……」

どうしようもないんだって、分かっているけど。

「どうし……よう……」

ナルの冷静な声が響いた。

「誰かもう一人、運転のできる人間がいたはずだ。車が二台あるんだから。その人物は、下に子供たちといたはずなんだ。子供だけを残すはずがない」

あたしは頷《うなず》き、隣に立ったナルを見上げる。

「……そうだよね。なのに、あたしたちはその存在を忘れた……？」

「そのようだな」

もう一人、仲間がいたんだ。――そう思って記憶を探っても、なんだか霞《かすみ》でもかかってるようではっきりしない。長い間、一緒に行動してきた。いろんなことを経験して、喧嘩《けんか》したり笑ったりした。――そんな懐かしいような気分だけが残っている。

「僕らは町長に除霊を依頼されてここへ来た。その途中であの子たちに道案内を頼んで、結果として一緒に閉じ込められた……？」

「そうだったと思うよ」

「五人の子供を残して除霊にかかったような気がしているが、これは嘘だ。実際にはもう一人の仲間が下にいた」

「うん。絶対にそうだよ。子供だけを残すなんて考えられないもん」

「だとしたらその一人は霊能者として有能だった。少なくともぼーさん程度にはあてになると思っていたから、子供と一緒に残したはずだ」

「そうだよね」

「その人物は車の運転ができた……？」

ナルの声にあたしはふと思い出す。

（僕です）

甦《よみがえ》った声のイントネーションが違うのは、彼が関西訛《なま》りで喋《しゃべ》ったからだ。

「……ジョンだ」

「そうか……、下にはジョンがいたんだ」

「でも、待ってよ。ジョンに車の運転ができた？　あたし、なんだか覚えがない」

「自分でそう言ってたろう」

「言ってたけど。でも、それも間違いだった、ってことはない？」

下にいるのが五人の子供たちだったと思っていたように、ジョンは車の運転ができるんだと、ジョン自身もあたしたちも、そう思い込んでいた可能性は？

そうか、とナルが呟《つぶや》く。

「僕らは総勢で八人いた。それはカップが示している」

「……うん」

「下には子供が五人いた。僕と麻衣とぼーさんで三人。合計で八人。ジョンを入れると一人多い」

「そうだね」

「だとしたら、下に残っていたジョンは子供に取って代わられた可能性がある」

……そうか。ジョンが四人の子供たちと下に残る。子供たちはジョンをどうにかして、そうしてジョンの代わりに子供が一人増える。

「でも、……だとしたら」

「そうだ。——消えたのはジョンだけじゃない。僕ら三人の他の五人。この全員が、あの連中に取って代わられたと考えたほうがいい」

「……あ」

「僕らは八人いたんだ。子供は一人もいなかった。そのうちの五人が、連中に取って代わられた——」

あたしと、ナルと、ぼーさんと、あと五人。ジョンと——。

「……真砂子と、綾子」

「安原さんと、リン」

……そうだったんだ。ライターを掲げて行った真砂子。炎に包まれた教室と安原さん。廊下を消えていったリンさん。そうして、『あやこちゃん　おめでとう』というあの悪意に満ちた悪戯《いたずら》。

「……桐島裕紀《きりしまゆうき》だ」

ナルが唐突に言った。

「——？　誰？」

「新聞のコピーを読まなかったのか。死んだ教師だ」

「桐島先生が、なに？」

「この現象の犯人。糸を引いているのは桐島だ。ほかにあり得ない。子供があんな姑息《こそく》なことをするか？　陽動のあげくに一人ずつ消す。警戒が強まれば子供を中に放り込んで仲間だと錯誤させて警戒を解くよう仕向ける。子供の意志じゃない。子供の手管じゃない。——桐島が背後にいるんだ」

……桐島先生。

そう、確かに事故に遭ったバスには、引率の教師が同乗していた。運転手とガイド、そして先生と生徒の全員が死んだんだ……。

「現象の核には桐島がいる。――そう、そもそも事故に遭った子供たちが、学校に留《とど》まっていること自体、納得できなかったんだ。子供の精神構造はストレートだ。突然の死に際して祟《たた》りを引き起こすほどの無念を残す、ということも信じがたいし、思いを残して留まることがあるとすれば、事故の現場で当然だろう。自分たちの死が了解できず、その場に留まり助けを求める――それならば分かるんだ」

「うん……そうだね」

「死ぬ前に思い浮かんだ心に残る場所があるとすれば、まず第一に両親のそばだろう」

「でも……だとすれば？」

「学校に思いを残していたのは、むしろ桐島じゃないのか。桐島が子供たちをここに引き留めていると考えたほうがいい。なぜ留まっているかまでは分からないが」

あたしは頷いた。

「核になるのが桐島先生なら……控え室が震源地？」

「即断するのは危険だが、いずれにしても一階のほうが可能性が高い。彼が校舎の中に囚《とら》われるとすれば、使っていた教室か控え室か、そのどちらかだろう」

「……うん。そうだよね」

そのどちらかを除霊すれば。——でも、どうやって？　ナルには絶対、させられない。あたしにできるとは思えない。思ったのを察したように、

「……僕がやるか、麻衣がやるかのどちらかしかないな」

「ナルは駄目だよ！」

思わず立ち上がると、ナルは間近からあたしの顔を見る。

「では、麻衣がやってみるか？」

「あたしに……できると思う？」

「除霊は厳しいと思う」

……やっぱり。

「説得してくれ」

「——え？」

驚いて見返したナルの表情までは見て取れない。けれども声はいつも通り平静で、しかもとても真剣だった。

「桐島を説得するんだ。僕は霊と意思の疎通ができない。麻衣なら、できる可能性がある」

「説得なんて、あたしにできるかな」

すぐ間近で小さく笑った気配がある。

「いつも僕を怒鳴りつけている覇気でやれば」

……あう。

「やってみる」

「一階に行く。霊と交信がしやすいよう、僕が暗示でトランス状態に入れる」

「トランス状態？」

「霊能力を発現しやすい状態。霊媒などが、霊を降ろすときの状態がこれだ」

「……分かった」

左の腕に触れる手がある。それがあたしの掌《てのひら》を探し出して握る。ひんやりした、けれども確かに体温のある手だ。

「降りるぞ。手を放すな」

「うん」

手を引かれて立ち上がって、あたしは右手に独鈷杵を握ったままなのに気づいた。

「……みんな、大丈夫だと思う？」

低い声が答える。

「それは、分からない」

「これ」

あたしはナルに向かって独鈷杵を差し出した。左手を握った手はそのまま、もう一方の手がそれに触れた。

「何……？」

気がついてなかったのか。

「ぼーさんの。ナルに、って投げて寄越したんだよ、これ」

ナルが独鈷杵を取り上げる。そして、ひとりごちるように、

「……そういうことか」

「何？」

「なんでもない。どうやら僕は、ぼーさんを見くびっていたらしいな」

……はにゃ？

「まだ、間に合う」

「えーと？」

「──とにかく、行こう」

あたしは、とりあえず頷いた。──ナルの手をしっかり握って。

2

手を引かれて階段を降りる。校舎の中は物音一つしなかった。雨の音も聞こえない。

ひょっとしたら、やんだのかもしれない。

自分たちの足音だけが響く中を、一階へ向かって降りていく。階段の途中ですごく寂しい気がしたけど、それをなんとか踏み越える。もう、周囲は何も見えない。おそるおそる空いたほうの手を周囲に伸ばしながら歩いて、指先が一階と二階の間の壁に触れて大きく息を吐いた。

そこを潜《くぐ》り抜けたナルに続いて、あたしも出ようとしたときだった。

突然、激しい音がした。眼の前の闇にさらに黒いものが突進してきて、鼻先をかすめて通り過ぎていった。思わず退《さが》って、階段の段差に足を取られ、転んでしまう。

「いたた……」

段の角にぶつけた腰をさすって、ようやく何が起こったのか分かった。

あたしが出ようとしたときに何かが倒れてきたんだ。おそらくは——立て直しておいた影壁。それでとっさにナルの手を放してしまった。

「ナル！　大丈夫？」

「大丈夫だ。……麻衣は」

くぐもった声がした。

「転んだけど、平気」

階段に坐り込んだまま両手で手探りすると、入口に靴箱が倒れかかっているのが分かった。マッチ一本の明かりでもあれば一目で分かるのに、指で触って確認しないと、外に出られるのか出られないのか分からない。そのまだるっこしいことといったら。

入口の形を確認するように手を動かしていると、その手に誰かの手が触れた。

「出られるか？」

安心してナルの手を掴《つか》む。手を差し込めるぐらいだから、完全に入口を塞《ふさ》がれたわけじゃないんだ。

「うん」

引き起こしてくれる手に従って立ち上がった。倒れた影壁も、べつに入口を塞ぐというわけでもなくて、ちょっと足を上げて踏み越えれば問題はなさそうだった。そう思って入口を潜ろうとしたのだけど。

ごちん、と硬いものが額に当たった。空いた手でそれを確認する。ごつごつした木の手触り。……影壁？

慌てて手探りをする。あたしが思った以上に、入口は塞がれてしまっていた。

「……ちょい、待ち」

ええと、これはどういう状態になっているんだ？　焦りながら手探りをしていると、

「どうした？」

問いかけてくるナルの声を聞いた瞬間、あたしはぽかんとし、次いで頭から水を浴びせられた気分になった。

かち、と歯が鳴った。一度鳴ると止まらなかった。

「麻衣？」

声は少し離れた位置から聞こえる。右手。少し下方。

まるでナルは、踊り場を越えて一階へ向かう階段を降り始めているようだ。

だったら――今、あたしが握っているこの手は？

ナルの片手が二メートル近く伸びるのでなかったら、握っていられるはずのない、でも、実際にあたしの左手の中にあるこの手は……？

振り解《ほど》きたかったのに、左手が上手《うま》く動かない。凍えたような手を苦労して開くと、あたしの手を握った力が強くなる。

「……ナル」

助けて、という言葉は声にならない。

「どうしたんだ」

その声はさらに離れてしまっている。あたしは一歩も動けないでいるのに！

急に左手を握った手が萎《しぼ》んだ気がした。確かな手の感触が縮んだように萎んで、かさかさとした、しかも細い――細すぎる感触に取って代わる。それが力を込めてあたしの手を握る。尖《とが》った爪が肌に食い込む感じがして鋭い痛みがした。

手を振り解こうとしたけど、骨がぎしぎしいうほどの力で握りしめられ、到底振り解けない。

「誰……？」

呟くと、するりと闇が解けた。眼の前に黒い人影が現れ、それがさらにバラバラに分かれて、七つの小さな影になる。七人ぶんの手が、あたしの手を——腕を握っている。

「おねえちゃん」

「どうしたの」

「おねえちゃん、誰と間違えたの」

子供の笑い声が踊り場に響いた。あたしは空いた右手を振り上げる。

横から、縦へ。

「臨兵闘者皆陳烈在前！」

ふっと、手を掴んでいた力が緩んだ。それを振り解いて、あたしは身を翻す。二階へ向かって駆け上がった。

3

教室に飛び込んで戸を閉める。しばらく戸に凭《もた》れて肩で息をしていた。

耳を澄ます。追ってくる足音はもちろん、ナルの声も聞こえない。何の物音もしない。聞こえるのは自分の息と鼓動だけだ。

「……しっかりしろ」

しっかりしなきゃ。とうとうあたし一人になったんだから。もう、他には誰もいないんだから。

「落ち着け……！」

もう、ナルもぼーさんもジョンも、真砂子も綾子も安原さんもリンさんもいないんだから。

「……どうする」

自分に訊《き》く。どうするもこうするもない。たとえあたし一人になっても、ちゃんとやらなきゃ。除霊する。除霊ができないなら、説得する。みんながどうなったのか、考えても仕方がない。とにかく、やるべきことをやって、ここを抜け出して、そうしてそれでもみんなの姿が見つからなかったら捜すだけだ。

その場に坐り込む。

「ナルはいない……」

だから、暗示でトランス状態に入れてくれる人もいない。

「自分で、やらなきゃ」

眠ればいいんだ。眠れないなら、できるだけ眠ったような状態にする。

自分に言い聞かせて眼を閉じた。深く何度も息をして、できるだけ身体から力を抜く。

——だめだ、震えてちゃ。緊張しないで、リラックスして。何も考えないように。

……そう思えば思うほど緊張してしまう自分を感じる。どうしても眼を閉じ続けていることができない。眼を閉じても開けていても、見えるのは闇しかないのだけれど。頭の中を記憶と想像が駆け廻る。楽しいこと、悲しいこと、怖いこと……。

「羊が一匹……」

羊を数えてみようとしても、羊の姿を思い浮かべることができない。

「お願い、落ち着いて……！」

眼の前の闇に何かチラチラするものがある。瞼《まぶた》を閉じたときに見えるあれだ。何度も深呼吸しながら、あたしはその模様を見るともなく見ている。

やがてその中に赤いものが見えた気がして、あたしは眼を見開いた。

赤い小さな光が見える。部屋の中を見渡すと、部屋中に赤い光の粉が薄く舞っていた。ごくごく小さな光だ。それでも確かに、見える。

「これ……」

こんな色を何度も見たことがある。

「これ、ぼーさんの色だ……」

身を起こして振り返ると、戸口にも窓にも光の粉がまとわりついて、薄く光っている。無数のごく小さな、赤い色の蛍がいるみたいに。

……ぼーさんが封じた跡なんだ、これ。

「すごい……綺麗《きれい》……」

あたしは立ち上がる。なんだかひどく温かい気分がした。

……一人じゃない。ちゃんと守ってもらってる。

視線の端に白い光を感じた気がして、あたしはそちらを見る。足許《あしもと》のさらに下、闇の奥底に大きく白い光が見えた。

……あれはリンさんだ。たぶん、リンさんの護符。一階の影壁に貼った護符が、あんなふうに光を放っている。階段の下の護符は見えない。そういえば、あの影壁が倒れたとき、もとに戻しただけで護符をちゃんと確認しなかった。

「それで、真砂子は二階に消えたのかな……」

二階の入口は開いていたから。

「そう」

声がして、あたしは顔を上げる。眼の前にナルが立っていた。

「……よかった。ちゃんと眠れたんだ」

ナルはちょっと微笑《わら》う。夢の中でしか見られない柔らかい笑顔だ。頷いてから、口を開いた。

「――それじゃあ、始めよう」

4

「……もう、誰もいないの」

じっと白い顔を見上げるあたしに、ナルはちょっと微笑ってみせる。

「よく、見てごらん」

言って、白い手が壁の一方を示した。示した先の壁が透けていく。

あたしはじっと眼を凝らす。壁だけじゃなく床も何もかも透けていって、闇の中に教室の輪郭だけが細い線で残る。そこに飛んでいるいくつもの光。

「一階の控え室にたくさん鬼火が集まってる……」

「うん。今はあそこにいる。……ほかに、見える？」

「ふらふら動きまわっているのも、いるよ」

小さな白い鬼火が、一階の廊下を漂っている。数を数えると二十かそこら。

「それから？」

訊かれて問い返す。

「それから？」

「他には？」

あたしはもう一度周囲を見渡す。明るい光がいくつか見えるのに気がついた。

すぐ間近に見える光はピンクがかっている。よく見ると光の中に人影が見えて、それは、坐り込んでいる自分の姿だった。

隣の教室にはうっすらと赤い光が見える。その光の中にも人影が見える。

「……ぼーさん」

ぼーさんは隣の部屋にいる。壁に凭れて何かを考え込むようにしている。

「……生きてるの……？」

言った瞬間、頭の中をひとつのイメージが通り過ぎる。階段の途中で身を起こす。階段を見上げても誰もいない。二階を捜しても、誰もいない。

……そうか。

あたしは横で微笑っているナルを振り返る。

「ひょっとして、ぼーさんにとって消えたのは、あたしたちのほうなのね？」

「そう」

「それじゃ、みんなもそうなの？　ジョンも真砂子も……みんな？」

「たぶん」

ナルの声が本当に優しい。

視線を一階に向けると、玄関にいくつかの人影が見える。何かを唱えながら歩き廻っているのはジョンだ。壁際に坐ってるのがナル。その隣に坐っているのが安原さん。反対側に立っているのは真砂子だ。誰の周りにも、うっすらと光が取り巻いている。総じて白い光だけど、ごく淡く色がついていた。

一階の廊下には綾子とリンさんが歩いているのが見える。綾子が奥から歩いてくる。リンさんが奥へ歩いていく。二人はぶつかりそうになって、すっと重なるようにしてすれ違ってしまう。

「あれ……」

あたしが指差すと、ナルは頷く。

「みんなここにいる。だけど、お互いの存在が分からない」

「そうなんだ……」

　泣きたいぐらい、嬉しかった。ちゃんとみんないる。一人も欠けてない。

「これからあたし、どうすればいいの？」

　訊くと、肩に手が載せられる。

「もうそろそろ、一人でできるようになってもいいね」

「訊いちゃ、ダメってこと？」

「そうじゃない。――もう落ち着いた？」

「……うん」

「ここはまだ、しばらくは安全だ。だから安心して、もう一度やってごらん」

「もう一度？」

　ナルは頷く。

「そう。僕に引っ張り出されるんじゃなく、自分で出てくるんだ」

　……引っ張り出されるんじゃなく、出ていく……。

「じゃあ、ずっとナルが夢を見させてくれたの？」

　……ひょっとして、暗示で？　そういうこと？

　ナルの返答はない。綺麗な笑顔が返ってきた。

「身体の中に帰すから、もう一度、自分でやるんだ」

「……うん」

「戻ったら、坐ったまま緊張して身体を縮める」

「緊張するの？」

「そう。全身に力を入れて、両手は上げておいたほうがいい。胸の前で指を組んでおく」

「こう？」

やってみせると、頷く。

「うん。それから、ゆっくり息をして、自分の呼吸を数える。手の指の先から力を順番に抜いていく」

「よく、分かんない」

「全身に力を入れて、ゆっくり息をする。息をするときに、自分がどういうふうに呼吸をしてるのか、それに意識を向ける。吸って、吐いてを三回繰り返したら、まず手の指の力を抜くんだ」

「三回、ね？」

「何回でもいいけど、仮に。三回ごとに、少しずつ力を抜いていく。指の次は手首、手首の次は肘《ひじ》。肩の力を抜いたら、今度は足の力を抜く。腕のときと同じように指から。関節ごとに順番に抜いていくんだ。――分かる？」

「うん。分かった」

「手足の力を抜いたら、今度は腰から順番に胴の力を抜いていく。姿勢が崩れるけど、気にしないこと。倒れそうになったら、倒れてしまっていい」

「うん」

「首の力まで抜いて、全身の力が抜けたら、桐島のことを考える。ぼんやり意識するだけでいい。うまく意識できないなら、控え室の鬼火のことを思い出すんだ。桐島という文字を思い出すのでもいい」

「……分かった」

「目覚めるときには、自分の身体のことを思い出す。それでちゃんと帰れるから」

「うん。やってみる。——でも、説得って？　どうすればいいの？」

ナルは笑う。

「光を吹き込むこと……かな」

「光？」

「うん。——僕にもよく分からない。イメージとしてしか語りようがないから。けれども確かに人の物理的な身体の内側には、霊とか魂としか呼びようのない何かが宿っているんだ、と思う」

「うん」

「ただ、それは単一の何かじゃない。霊——人の内部に宿ったものをそう呼ぶなら——霊には、その人そのもの——その人物の本質のような部分と、そうでない部分——後天的に作り上げられ、ときにはその人の本質と反することさえある部分とがある、という感じがしている」

「本質と反する？」

「そう。例えば、とても本質的に臆病な人物がいたとする。けれども周囲の環境が臆病であってはいけない、と彼に強制する場合がある。社会や家庭――彼の接する世界が臆病であることに対して否定的だと、彼は臆病であるまいとする。臆病である自分を恥じて、ことさら剛胆に振る舞おうとする。それどころか、臆病な自分を認められず、剛胆こそが自分の真実だと自分自身でも信じていたりするんだ」

「ああ……うん。分かるような気がする」

「本質的に臆病なのに、自意識としては剛胆で、彼の自我は彼を剛胆であるよう常に規制しようとする。彼の本質を魂と呼ぶなら、魂を自我がくるみ込んでいる。……いや、こういう言い方は違うかな。彼は本質的に臆病な部分も持っていたんだ。それが人と比べてどの程度なのかは分からない。ただ、彼が望んでいた自分よりは、はるかに臆病だった。そんなふうに彼の本質――魂みたいなものには明らかな形がない。彼は環境によって、臆病でもあり得たし、剛胆でもあり得た。ちょうど水のように形の曖昧《あいまい》な魂を、自我はくるみ込んで、統一的な人格として整える役割をする」

「へええ……」

あくまでも、自分の個人的なイメージにすぎないのだけど、とナルは微笑った。

「イメージとしては魂は水だ。自我は透明な膜のようなもので、形のない魂をある形に整える役割をする。けれども自我の下には本人の魂の色が透けて見える。剛胆な膜の下に臆病な本質が透けて見えるから、他者は彼に対して、常に虚勢を張っているように見えた、と評価をする」

あたしは考え——そして、頷いた。

「なんか……分かる気がする。行動を見る限り、その人は剛胆だし、それを疑う根拠は何もないわけだよね。なのになぜかしら、この人は実はすごく臆病で、剛胆な振りをしてるだけなんじゃないか……そういう感じがすることってあるから」

「うん、そういうことなんだ。——そういう人が死ぬ。身体は消滅して霊だけが残る。本人に何か強い思いがあると、それは幽霊としてこの世に留まることがある。浄霊はその霊とコミュニケートして強い思いを解いてやることで成立する。けれども、例えば強い怨《うら》みを抱いた死者に、怨みを捨てるよう説得をしてもまず成功しない。怨みには怨みが生じた原因がある。その原因のほうを取り除かなければ効果はないんだ」

あたしは首を傾げた。

「でも、その原因の取り除きようがなかったら？　桐島先生の場合は、きっと自分や自分の生徒が死んだことが無念だったんだよね？　でも、これって……もう取り除きようがないでしょ？」

可哀想だし、とても残酷なことだと思うけど。

「うん……そうなんだ。たとえ取り除くことのできる原因があったとしても、原因を他人が知るのは容易なことじゃない。ただ、光を吹き込むことで相手が浄化されることがある」

「……その、『光』ってなに？」

「明るい気分、かな」

……へ？　すごく単純な言葉に、あたしは首を傾げてしまった。

「これもイメージでしかないのだけど。人には霊があって、霊は魂と自我でできている、と言ったろう？　魂は光や――その逆の闇を溜め込むんだ」

「溜め込む……」

「うん。なんとなく楽しい気分が伝染することがあるだろう？　逆に暗い気分が伝染することもある」

「……あるね」

「それに似た現象だと思うんだ。明るい気分、楽しい感じ、優しい、温かいなどのポジティブな感情――というよりも雰囲気？　それが光で、その逆のネガティブなものが闇だ。それは常に魂の中で作られて放射される。同時に吸収もする」

「……うん」

「便宜上、単純に光と闇と呼ぶけれども――光は軽くて闇は重い。そういう感じがするんだ。人の魂の中には両者が混沌《こんとん》と混じっている。けれども成分として光が多ければ、その人の魂は総じて軽い。だから浮くんだ」

「……う、浮く？」

　言うとナルは微かに苦笑した。

「イメージだけのことだから、単にそう表現するしかない、ということなんだけど。上昇する感じ。ひょっとしたら、天国は上にあって地獄は下にあるというイメージからの連想にすぎないのかもしれないけど」

　……へえ。

「霊が上昇すると、重い闇は霊の中に留まっていられないから人の中から吐き出されてしまう。逆に闇が多いとその人は重い。重みで沈んでいく。すると軽い光は、やはり留まっていられずに弾《はじ》き出されてしまう。そのぶん重くなって、沈んでいって、それだけ闇を吸収しやすくなって、さらに重くなってさらに沈む。やがては闇そのものになってしまう」

「ああ……分かる、ような気がする」

　人間って、いったん思考がネガティブなほうに傾くと、どんどんそっちに引きずられちゃうんだよな。そういうときって、明るいものが疎ましくて、暗いものに親和力を感じちゃう。善い言葉は空々しく感じられて、嫌な言葉のほうがよく耳に入ってくるし、心にも残る。

「……そういう感じ？」

そう、とナルは頷いた。

「人が死ぬと霊だけになる。そのとき、魂が光をたくさん含んでいると昇っていける。逆に闇をたくさん含んでいると重いから沈んでしまう」

「……桐島先生も子供たちも、闇が多すぎて沈んでしまったんだね？」

「——うん」

言って、ナルは眼を伏せる。

「……彼らはみんな、死にたくなかった。だから死んでしまった事実を受け入れることができない。苦しかった、怖かった、悲しかった。そして今、寂しく、辛《つら》い。ああやってこの世に留まっていても、少しも満足できないでいる。もうこの世は彼らのものじゃない。彼らの死はどうあがいても修正できない」

「……可哀想……」

ナルはちょっと陰のある笑いを浮かべた。

「闇をいっぱいに溜め込んで、暗い底に沈んでいる。だから、彼らを救うために必要なことは、光を吹き込んでやることだ。するとそのぶん、軽くなって昇っていけて、昇ったぶんだけ光を取り込みやすくなる」

「でも……どうやって？」

「まず第一に、麻衣自身が光になることだな」

「光になる？」

「そう。光は、温かい優しい感情のことだ。同情じゃいけない。哀れみでもいけない。本当に純粋に優しい気分になって、それで相手に語りかける。それが相手に光を注ぎ込むことになる」

「難しいね、それは」

ナルは笑った。

「少しも難しくない。すごく素直に優しい気分になれた瞬間や、本当に温かく思ったときのことを思い出していればいいんだ」

……温かい、優しい記憶……。

「そういう気分になれない人もいるけれど、麻衣は違う。——だろう？」

「……そうかな」

「生きたまま闇の中に沈んでいる人もいるんだ。本当は魂の在り方に、生死は関係ないから。けれど、生きている人の自我は厚い。だから、いくらこちらが光を与えようとしても、なかなか相手の内部に届かない。生きている人を他人が救うことが難しいのは、それだからだね」

「……死んだ人の自我は薄い？」

「とても薄い。自分を信じて。絶対にできる」

「……うん」

ちょっと笑って、ナルが距離を開ける。——ああ、あたし、目覚めようとしている。

「あのね、……一つだけ訊いていい？」

少しだけ遠ざかった影に呼びかけた。

「なに？」

「……ナル、って何の愛称？」

ほんの少し間があった。困ったような白い顔。

「ジャックならジョン、ディックならリチャード、でしょ？　ナルは？」

「……Oliver……」

なんだか少し、悲しそうな声に聞こえた。

「……Noll なら、オリヴァーの略だよ」

ナルは言って、それからあたしの肩をそっと押す。すっとナルの姿が遠ざかった。

ふと、我に返った感覚がする。

ぴくん、と、掌が痙攣《けいれん》する。

あたしの眼の前には闇が広がっている。正面の窓だけが微かに明るい。

あたしは戸に凭れかかっていた身体を起こした。

「ナル……」

あたし、なんだか分かってしまった。あたしがああやって身体を抜け出すことができるなら、ナルにだってできないとは限らない。ナルはあたしがトランス状態に入れるよう、暗示をかけてくれるはずだった。分断されてそれができないから、それで……。

きっと、そうなんだ。

あたし、ナルの夢を見てるんじゃない。本当にナルに会ってるんだ。

──ああ、だから、と思う。

いつか真砂子が言ってた。真砂子が霊に捕まったときだ。ナルがそばにいたって。きっとナルは、真砂子を励ましに行ったんだ。

「……すごい。考えられない」

あいつがそんなこと、するなんて。

でも、身体を離れて会うナルはすごく優しい。身体を抜け出していくのが霊で、身体がないほうが自我が薄くなるのだとしたら、身体を離れた霊だけのほうが、より相手の本当が見えやすいということなんじゃないだろうか。だとしたら、そういうことなのかもしれない。たぶん、奥底であんなに優しい……。

「あたし……ナルが好きだなあ……」

……でも。

オリヴァー。SPR。

真砂子は「もう会えないかも」と言った。

プロフィールを隠すわけ、自信家で偉そうで。時々、あたしたちなんて眼中にないふうに見えるわけ。

仕方ない。そもそも住む世界が違う。

ＳＰＲのオリヴァーさんと言ったら、一人しかない。

「……デイヴィス博士」

5

言われた通りに身を縮める。全身に力を入れて、ゆっくり呼吸をする。

それから順番に力を抜いていく。まず、手から。肘の力を抜いたところで胸の前で指を組んでいた手が膝の上に落ちる。――それから足。力を抜くと足が横倒しになって。胴の力を抜いて。

首の力を抜くと、コクンと首が俯《うつむ》いてしまう。そのままじっと息をしていると、ふわっと身体が浮き上がる感じがした。

――そして、突然の衝撃。

「…………！」

身体が横に放り出される。全身を息が詰まるほど強く打って、眼を開けると視野は真っ暗な闇に閉ざされている。

何が起こったの？　あたし、失敗したんだろうか。

何一つ見えない闇の中を見渡す。動悸《どうき》が少し治まると、耳に細い声が響いた。

眼を見開いて耳を澄ます。闇に眼が慣れるようにして、徐々にまわりの景色が見え始めた。それと一緒に、声がいくつもの細い泣き声だと分かる。

周囲にはシートが並んでいた。バスの中だ。あちこちが歪《ゆが》んでひしゃげ、窓のガラスも全部割れてて、そうして大きく傾いている。シートも傾き、折り重なるように横倒しになり、押しつぶされた車体が伸《の》しかかっている。握りつぶされたように狭まった空間に、細い悲鳴と泣き声が満ちていた。

「……マリコ」

人の声がした。男の人の声だ。

「ツグミ。タカト」

一番前の座席の下から男の人が身を起こした。

「大丈夫か？　全員、大丈夫か？」

彼は膝立ちになって、後ろに向かって這《は》っていく。すぐ後ろの座席から小さな女の子を引きずり出して抱え上げた。

「アイ、しっかりしろ。大丈夫か？」

尋ねているというより、縋《すが》っている声だった。言外に、頼むから大丈夫だと言ってくれ、という悲痛な願いが込められている。

女の子はぐったりしたまま、弱い呻《うめ》き声を上げるだけ。

「……ミカ。……マサミぃ」

彼はアイちゃんを抱いたまま、中腰になってふらふらと後ろへ向かう。座席にも通路にも倒れてしまった子供たちの姿が見えた。彼は通路に倒れたツグミくんの間近に跪《ひざまず》く。片腕にしっかりアイちゃんを抱え直して、ツグミくんを抱き寄せる。そうしながら、彼は周囲の惨状を見渡している。ひしゃげて傾いたバスと、そこで最期の声を上げている十八人の子供たち。

彼は子供たちの名前を呼びながら、小さな身体を掻《か》き集めた。全員を抱きしめることなんかできるはずもないのに、全員を腕の中に抱き寄せようとする。

「……どうして……なんだ」

嗚咽《おえつ》が聞こえる。あたしは男の人が声を上げて泣くのを初めて見た。

「どうして、こんなことが」

弱い声が、先生、と呼ぶ。

「……いたいよぉ……」

「せんせぇ……」

あたりは苦しそうな子供の泣き声でいっぱいになる。それを見廻してから、彼は号泣するようにしてその場に突っ伏した。

「せんせい、こわいよ」

マリコちゃんが泣きながら彼の服を引っ張る。次々に小さな手が伸びて、彼に助けを求めた。

「いたいよ、せんせい」

「こわいよぉ」

彼は周囲に集まった子供たちを見渡す。一つずつ彼に縋る手を励ますように叩いた。

「大丈夫だ。……大丈夫だからな」

「せんせぇ……」

「心配ない。学校に帰ろうな。帰って、手当てして、そしたら何にも心配することはないからな」

「でも、いたくて、動けないよぉ」

「心配ない。全員ちゃんと先生が連れて帰ってやるから。だから、帰ろう」

彼は泣きながら、それでも子供たちに笑ってみせた。

視野がぼやけた。瞬《まばた》きすると涙になって零れて、もう一度視野が澄むと、バスの奥にぽっかり空いた暗い穴に向かって子供たちの手を引いていく彼の姿が見えた。

「……待って」

あたしは思わず声を上げた。

「待ってください、桐島先生！」

彼が振り返る。

「駄目です。そんなこと、しちゃ、駄目」

暗い通路を彼は歩いてくる。顔に影が落ちて、どこか陰惨な顔に見えた。さっきまでの優しい先生にはとても見えない。

「……連れて行っちゃ駄目です。先生も、その子たちも、死んでるの」

彼はあたしのすぐそばにやってくる。

「分かってください。もう、全員死んでるの。連れて行っても苦しいだけで、楽になるわけじゃない。家にも帰れない、お母さんにも会えない。辛いばっかりで、何一つ良くならないんです……！」

腕が伸びて、あたしの肩を摑んだ。骨が音を立てるほど強い力で両方の肩を摑んで、力任せに横を向かせる。

「先生！」

無理矢理横を向かされて、そしたら眼の前に教室があった。

あたしは教室の黒板の前に立っている。教室には十八の机が並んでいて、そこには子供たちが坐っている。あたしに向けられる十八人ぶんの視線。

「転校生を紹介するぞ」

先生がそう言ったので、あたしは彼を振り返った。彼の顔には明るい温かな笑みが浮かんでいる。

「谷山麻衣さんだ。みんな、仲良くするんだぞ」

はあい、と全員が声をそろえて笑う。

「谷山さんの席はそこだ。サオリ、面倒みてやれよ」

はい、と返事をしたのは一番大きな女の子だ。先生に背中を押されて、あたしは教室に押し出される。どの子もすごく嬉しそうにしている。

「谷山さんはみんなよりずっとお姉さんだから、困ったことがあったら相談してみろ。――谷山さんも、みんなの面倒をみてやってくれな」

　小さな椅子に座らされる。隣のサオリちゃんがにこにこと笑った。

「……先生、駄目です。こんなことしちゃ……」

　あたしが振り仰いだ桐島先生の脇に、小さな女の子がいる。

「せんせい、これでぴったり四十人だね」

　先生は女の子の頭を撫《な》でた。

「偉いぞ。ちゃんと計算できたな」

「うんっ」

　せんせい、と別の子が桐島先生を呼ぶ。

「何人になったら、べつのクラスができるの？」

「そうだな。もうそろそろ二組に分けてもいいなあ」

「そしたらクラスどうしで、ドッジボール、できるね」

「そうだな」

「でも、せんせいは？　クラスが二つで、せんせいが一人なんて、へんだよ」

「大丈夫だ」

　先生は笑う。

「先生になってくれる人がいるから」

「ほんと？」

「本当だ。もうすぐ先生が増えるぞ。そしたら職員室を作らないといけないなあ」

「すごいねえ。はやく学校がいっぱいになるといいね、せんせい」

「そうだな」

あたしは悲しい気分で先生と生徒の会話を見守った。

……突然の悲劇。悲しい心が作った、寂しい学校。寂しいから学校が生徒でいっぱいになればいい。もう新入生はいないから、せめて転校生を。寂しくて寂しくて、餓《かつ》えて餓えて。気持ちが分かるから、泣きたいぐらい切ない。

「桐島先生、やめてください」

先生は怪訝《けげん》そうにあたしを振り返る。

「もう、やめてください。校舎がいっぱいになっても、寂しいのは止まらないんです。みんなが寂しいのは生徒が少ないからじゃない。もう生きてないからなんです」

「……何を言ってるんだい？」

先生は笑う。その眼が不穏な色をしている。

「みんな、死んでるんです、もう。遠足の帰りにバスが事故に遭って、みんな死んでしまったの。忘れた振りをしたって、みんな覚えてる。だから、いつまでも辛くて寂しいの。友達がどんなに増えたって、学校がどんなに賑《にぎ》やかになったって、もう生きることができない寂しさは癒《いや》されない」

「君は、何を言ってるんだい？」

「先生の気持ちは分かります。こんなに小さな子が、突然死んでしまって。未来も夢もあったはずなのに、全部断ち切られてしまって。怖い思いをして、痛い思いをして死んでしまって。そんなの、なかったことにしたい気持ちは分かるけど、こうしている限り辛いままなんです。連れてこられた転校生だって、同じように辛い……」

先生は冷ややかにあたしを見降ろした。

「谷山さんは、ちょっと変な子だね」

「もうやめてください！——みんなも、思い出して」

あたしは自分を見つめている子供たちを見廻す。いつの間にか三十九人に増えている生徒たち。十八人ははっきりと姿があるけれど、その他の生徒は白い朧《おぼろ》な影に見える。それを取り囲むように、子供たちよりも大きな白い影がいくつかあったけど、それはいっそう淡い翳《かげ》りで、陽炎《かげろう》のように揺れているだけ。

「怖い事故があったの。それでみんな死んでしまった……」

突然、前の席の男の子が泣き出した。それが伝染したように、ほかの子も泣き始める。

「辛いよね。すごく悲しいの、分かる。でも、連れてこられた転校生も同じように辛いんだよ。辛くないようにするには、橋の向こう側に行くしかないの。川を渡ってしまえば、辛いのも苦しいのも全部なくなる。お友達を増やしても、辛いのはなくならないの」

　教室中が泣き声と、痛いよ、という声でいっぱいになった。虐《いじ》めている気分がするけど、みんなを楽にしてあげるにはこうするしかないから。

「おうちに帰った人、いる？　お母さんやお父さんに会った人、いる？」

　腕を激しい勢いで摑まれた。

「酷《ひど》いことをする子だね、君は」

　桐島先生があたしを睨《にら》んでいる。

「酷いことじゃない」

「酷いことだ。みんなこんなに泣いて。可哀想だと思わないのか！」

「このままのほうがずっと可哀想じゃないの！　帰りたくても帰れない。会いたくても会えない。それが死ぬということだ。この子たちはみんな死んでる。だから、どれほど願っても家には帰れない。お父さんにもお母さんにも会えない。

「あたしのお父さんもお母さんも死んでしまったの。あたし、二人がこんなふうにどこかに捕らわれていたらすごく悲しい。あたしのことなんか忘れてしまってもいいから、早く橋を渡って楽になっててほしいと思うの。だから、みんなにも楽になってほしい」

　いっぱいの泣き声。みんな忘れてない。こんなふうに、いつまでも辛い。

「嘘だ！」

大声を上げたのは桐島先生だった。

「死んだなんて、嘘だ。信じるんじゃない」

「先生、やめて！」

「僕の生徒に勝手なことをするな！」

突然、何かが飛んできた。それが身体を切り裂いた気がする。怪我なんてないけど、突き抜けるような痛みが全身を痺《しび》れさせる。

「先生、分かってください！」

「うるさい！　僕も生徒もこのままでいいんだ!!」

どんっ、と、何かが飛んできた。あたしは弾き飛ばされそうになる。廊下に叩き出されて、壁に激突する刹那《せつな》、ナルの声を聞いた。

「麻衣っ！　戻れ！」

——戻る？　戻るって、どこへ？

「自分の身体を思い出すんだ！」

第九章

1

ふいと我に返って、あたしは覚醒《かくせい》した。

眼の前には深い闇。あたしはほとんど寝転がりそうな姿勢で戸に凭《もた》れている。

「失敗……」

失敗したんだ、あたし。

——頑《かたく》なで。

あんなに、頑なになってしまった人を説得する言葉があるとは思えない。

「……桐島……先生」

彼の辛《つら》さは分かる。なぜ彼がここに留《とど》まっているのかも、分かった気がする。

「全部、なかったことにしたいんだ……」

あまりに突然の悲劇だったから。何の理由もなく唐突に奪われてしまった彼の生徒たち。先生はたぶん、誰一人失いたくなかった。みんな元気で、怖いことも苦しいこともなくて、もとのように学校に戻ってクラスを続けたかったんだ。十八人の生徒、たった一つの彼のクラス、――彼の学校。

歪《ひず》んだバスの中、子供たちを必死に掻《か》き集めようとしていた先生の姿が甦《よみがえ》った。

誰一人失いたくなくて。失わずに済むよう、全員を抱きしめて。自分の中に抱え込んだまま学校に戻ってしまった……。

先生の気持ちは分かるけど、このまま放っておけない。

あのままじゃ、子供たちが可哀想だ。死んでしまった悲しみでいっぱいで、身動きできなくなってる子供たち。彼らはもう生きてない。懐かしい家も両親も、世界も未来も手の届かないところに去ってしまった。それがあまりに寂しいから、寂しさを埋めてくれる何かに餓《かつ》えて、仲間を呼んで――でも、それは少しも彼らを慰めない。

白い朧《おぼろ》な影。子供の姿を保っている生徒たちに比べ、仲間として引き寄せられた子供たちは姿すら保持できていない。生徒たちのようにこの世に残るだけの強い思いがないから。――何が何でもこの世に引き留めようとする桐島先生の思いの中には、最初から含まれていないから。きっとそこにいるだけ。引きずり込まれたからそこに留まっているけれども、漂っているだけの存在。そんな存在を増やしたところで慰められるはずがない。手に入れた端からどんどん悲しい。

生徒たちを浄化してあげて、二度とここで子供が死ぬことがないようにしなくちゃならない。寂しいのを止めてあげなくちゃ、いけない。

そして、桐島先生。

自分の命を失くして――その何倍も生徒の命が失くなったことを悲しんで。全部をなかったことにしようと、頑なになっている人。

彼の気持ちは分かるけど――本当に、痛いほど分かるのだけど。とても優しい人なんだとは思うけど。

でも、彼が生徒たちを大切にしてあげたかったように、あたしもあたしの仲間を大切にしたい。ちゃんと全員が会って、一緒にこの校舎を出て、「またね」って言って別れるんだ。

思ってあたしは、ふいにナルの言葉を思い出した。

「そっか……」

なんて、馬鹿なの、あたしってば。

「同情とか、哀れみじゃいけないって言われたのに」

コツンと頭を小突く。

叱ったって意味がないんだ。光を吹き込んであげるんでなきゃ。

「よしっ」

一人で呟《つぶや》いて、あたしは大きく弾みをつけて立ち上がる。

「再チャレンジだ」

2

あたしは教室の戸を開ける。なんとなく、ここからいくら声を上げても意味がない気がした。

——教室に行こう。

桐島先生が、子供たちが拘《こだわ》っている場所に。きっと、あそこのほうが、先生にとっても子供たちにとっても、少しでも温かいだろうから。

暗闇の中、壁を手で探りながら階段のほうに歩き出すと、かたかたと小さな音がした。ちょっと足を止めると、前方から音が近づいてくる。

立ち止まったままで待つと、壁際に黒い小さな影が現れた。ちょっと鼓動が高くなる。

曲がり角のところに現れた影は三つ。子供くらいの大きさだけど、どこかシルエットが歪《ゆが》んで見えた。小さな頭と、棒のような手足。胸も肩もあんなに小さいのに、おなかだけが異様なくらい大きい。棒のような足では真っ直ぐ身体を支えられないのか、しゃがみ込むように足を曲げ、両手を使って奇妙な歩き方をする。

——危険だ、という思考。

警戒心はネガティブな気持ちだろうか、ポジティブな気持ちだろうか。

あたしは深呼吸した。

「……ねえ、教室に行こう」

そろそろと歩み寄ってきていた影が止まった。

「あのね、教室に戻ろう？」

あたしはしゃがみ込む。

異形《いぎょう》のものだと思うからいけない。今眼の前にいるのは、子供たちだ。人が身体と霊でできているなら、この子たちには身体がないだけ。

――子供は好きだ。

小さくて柔らかくて、そりゃ、憎まれ口をたたくと生意気で憎ったらしいけど、それでも子供って、抱き寄せずにはいられない雰囲気を持っている。『渋谷サイキックリサーチ』でバイトをするようになって、調査に行った先でもいろんな子に会ったな、と思い出して、あたしは軽く笑う。

ついこの間までいた能登のおうちにも小さな子が三人いて、だらだらと滞在する間に仲良くなった。帰るときに、泣きそうな顔で「また来てね」と言ってくれたのが嬉しかった。みんな今頃どうしているだろう。――って、この時間じゃ当然、寝てるか。

本当に微笑《わら》いが零《こぼ》れた。

「あのね、教室に行きたいの。一緒に行こう？」

子供たちはちょっと首を傾ける。それが本当に子供特有の傾げ方で、愛らしい。

「クラスのみんなと、桐島先生に会いたいの。さっき意地悪をしてしまったから、ごめんなさい、って言いたいの。……ああ、あれって、夢なのかな、現実なのかな」

子供たちはやっぱり首を傾けたまま、動かない。

「よく分かんないや。——とにかく、ごめんね、って言いたい気分なの。だから、教室に行こう？　連れてって？」

子供たちはもう一度顔を見合わせて、それからカサコソと動いて背中を向ける。階段のほうに向かって一人、二人と歩き始めた。

「……ありがとう」

階段へ行くと、階段の下にも何人かの子供が見えた。気にせずに歩いていって階段を降りる。誰もあたしに危害は加えない。それが嬉しくて、どんどん気分が明るくなってしまう。

——そうか、こういう単純さって、重要なんだなあ。

玄関にも二人ばかりの子供がいて、その子たちに笑って教室へ向かって歩いていくと、あとをちょこちょこついてくる。五人ばかりの子供が周囲をついてきて、それがなんだか楽しい。そのうち、そばにいた一番小さな子が折れそうなほど細い手を上げてきて、あたしは手を繋《つな》いだ。

枯枝のような手触りの小さな手を握ったとたん、愛《いと》しさで胸がいっぱいになった。

3

教室に入ると、中には子供たちがいっぱいいた。机に向かって坐っている子、教室の後ろで集まっている子、机の間を歩き廻っている子、いろいろいて、本当に休み時間の教室に入ったようだ。

教壇の脇のほうの机には、大きな影が坐っていた。大人くらいの大きさで、角のない鬼に似ている。先生は立ち上がった。立ち上がったまま黙ってあたしを見ている。

「さっきはごめんなさい」

先生に軽く頭を下げて、そうしてあたしのほうを見ている子供たちにも頭を下げる。

「ごめんね」

言って、それから教室を見渡した。

「酷《ひど》い言い方をしたから、ごめんなさい。でも、あたし、同じことを言います。もう、お友達を増やすのはやめてください」

先生が立ち上がり、一歩、足を踏み出した。あたしは先生を真っ直ぐに見る。

「あたしの仲間を返してください」

さらに一歩、近づく距離。

「先生がみんなを大切に思ってるように、あたしも仲間が大切なんです」

言って教室を見渡す。

「みんなが先生やお友達を好きなように、あたしも仲間が大好きなの」

ナルとリンさん。綾子と真砂子。ぼーさんとジョンと安原さん。

オフィスにいたら、当然のように会えた人たち。

みんなのこと、好きだった。友達という言い方は変だけど、きっと兄弟か親戚《しんせき》みたいに思ってた。根拠もないのに、ずーっとこういう状態が続くんだって、思ってたんだ。

「……実を言うと、すごくショックだった――もう会えないかも、って分かったとき。本当にもう二度と会えないわけじゃないんだけど。あたしは、みんなみたいに本当にお別れしてしまうわけじゃないんだけど。会いたければ、厚かましく会いに行けばいいんだよね。……それ、頭では分かってたけど辛かったの。会えないからじゃなくて、オフィスが失くなったら、もう顔を合わせる理由がないんだ、って気づいたから。仕事上のお付き合い以上の人間関係なんて持ってないんだ、って分かっちゃったから」

言って、ふとナルの顔を思い出した。

「……本当に二度と会えなさそうな人もいるしね」

……デイヴィス博士。SPRに所属している研究者で、業界の超有名人。お兄さんの遺体を捜しに日本にやってきた。お兄さんの遺体が見つかったら、きっとイギリスに帰っちゃうんだろう。

「強引に会いに行くのは難しそうだなあ。貧乏人のあたしじゃ、とても会いに行くチケットなんて買えそうもないし。バイトをいっぱいして貯金したんじゃ、いつになるか分からないし、そうまでして行っても会ってもらえるか疑問だし……」

苦笑になってしまった。オフィスにいる間は上司のナルちゃんだったけど、イギリスに戻ったらディヴィス博士なんだよな。あまりにも有名人で、本来ならば一介の女子高校生が会いたいなんて言って、会える人でもあるまい。それでも訪ねて行ったら、会うぐらいは会ってくれるかなあ。なんだか勝手に、頭っから拒絶されたりしないはずだ、とは思うんだけど。でも……。

「会っても、お久しぶり、って言って、それで終わりになっちゃうんだろうなあ」

あたしは苦笑した。

「考えてみると、共有できるものが何もないんだよね。ナルに限らず——みんな、それぞれに仕事を持った大人で、大人なりの生活とか人間関係とかあるんだと思うし。今までは仕事のついでで会えたけど、これからは、会おうと思ったら仕事やら用事やらで忙しい合間の時間を割いてもらわなきゃならないんだよね。そこまでしてもらえるか疑問だし……あたしだって、そこまでしてって言いづらい。正直言って、仕事を離れたら、何を話せばいいのか分からないし……」

言って、少し寂しくなる。

「うん……きっと、無理に会ってもずいぶん変わっちゃうね。今までは、みんなで一緒に仕事をしてた。でも、今後はもう『みんなで一緒に』しなきゃならない何かなんて失くなるわけだし。——本当はね、みんなみたいに駄々を捏《こ》ねたい気分。今まで通りでなきゃ絶対にやだ、って。やだやだって泣いて手足をバタバタさせたいぐらいだけど……でも、そんなことしても意味がないもんね。だって、誰にもどうにもできないんだから」

ナルがオフィスを構えていたのは、お兄さんを捜すためだ。お兄さんが見つかった以上、オフィスを維持する理由がない。お兄さんを連れて帰らなきゃならないし、たぶん向こうにはナルを待ってる人がいるんだろう。少なくともお父さんとお母さんは絶対に待ってるはず。倒れて入院しても（きっと連絡ぐらいは行ってるだろう）簡単に駆けつけることができないほど遠い異国。いつまでもこんな遠くに離れていたくはないと思う。

オフィスが失くなるのは仕方のないことだ。きっと莫大《ばくだい》な経費だってかかってるし、誰もナルの代わりにオフィスを維持したりできない。できたとしても、そんなことする理由だってないわけで。

「神様がいるなら、足許《あしもと》に縋《すが》ってお願い、って言いたいところだけど、あたし、神様の居場所を知らないし……。だから、どうしようもないことってあるんだと思う」

……別れのない人間関係なんか、ない。

「諦《あきら》めたくないけど諦めるしかないことってあるし、……あたし、馬鹿だけど、諦めるしかないことを受け入れられないような本当のお馬鹿さんにはなりたくない。馬鹿な奴だって嫌われたり、困った奴だって負担に思われるのは、別れるより辛いし。……だって、仲間のことが、すごーく好きだから」

会えなくなるのが辛いのは、みんなのことが好きだからだ。辛い自分に囚《とら》われているより、みんなを好きだって気持ちのほうを大事にしたい、と思う。

「ナルはね、すごい冷血漢に見えるけど、実は意外に優しいところもあるの。手品が上《う》手《ま》いんだよ。前にそれで励ましてもらったことがあるの」

すっと音を立てるようにして教室の中に光が射し込んできた。単にそれは雲が切れて月の光が射し込んできただけなんだけど、なんだかとても励まされる気がする。

「我は強いし自信家だし、時々本気でむかつくんだけど、でも、偉そうにするだけのことはちゃんとやるし。だから仕方ないかなあ、って。——リンさんだって、すっごい無表情で無口で取っつきにくいけど、やっぱ実は優しい人なんだと思う。それにね、そういう無愛想な人だから、たまに微笑ってもらえたりすると、なんか儲《もう》けた気がして、すごく縁起がいいような気がして嬉しくなるんだ」

微笑ってもらえたことなんて、片手で数えるほどしか、ないけどさ。

「取っつきが悪いというと、真砂子だってそうなんだけどね。ツンケンしてるようだけど、しっかりしてる奴なの。チャッカリもしてるけどね。じつは結構健気《けなげ》で、あたしガラッパチだから、真砂子の女の子っぽいところっていいなあ、って思う。だから、真砂子と仲良くなれてすごく嬉しい。——うん、第一印象はぼーさんだって綾子だって悪かったんだけど。でも、みんな結構いい奴なんだよね」

ホント、考えてみると、みんな外面《そとづら》よくないなあ。最初はなんて性格の悪い連中、と思ったんだけど。今から振り返ってみると分かる。とにかくみんな、霊能者のくせに霊能者が嫌いなんだよな。それはたぶん、霊能者の多くが非常に胡散臭《うさんくさ》いことと無縁じゃないんだろう。実際、以前の調査で出会った霊能者たちは、どいつもこいつも胡散臭かったしなあ。

「みんな仕事に関してはすごく真面目だし、依頼者に対しては誠実だから。だから、そうじゃない同業者に我慢できないんだと思う。でもって残念ながら、そうじゃない同業者のほうが多いんだよね」

おかげでみんな、常に胡散臭い眼で見られるし、酷いときには詐欺師みたいな扱いを受ける。それどころか――と、あたしはちょっと不愉快な気分を思い出した。当の依頼者のほうが騙《だま》してくることだってあるしな。

「変な仕事だから仕方ないけど、理不尽な扱いを受けることもあるし。でも、だからといってみんな仕事を適当に投げたりしない。引き受けた以上はベストを尽くす――そういうのって、当たり前なんだけど、すごいなって思うんだよね」

一番適当に見える綾子だって、実は適当なことなんてしない。本当にそれって当たり前のことなんだけど、不当な扱いを受けたりしつつも、当たり前を貫けるのっていいなあ、と思うんだな。

「それに、綾子って実はすごく世話好きなんだよね。喧《やかま》しいけど。ホントはあたし、綾子に煩《うるさ》く世話を焼かれるの、好きなの。お母さんを思い出して嬉しい」

お母さんはもうちょっと静かだったけどね。

「綾子と話してると捨て鉢な元気が出ちゃう。だから、好き。ぼーさんに小言をもらうのはお父さんに叱られてるみたいで嬉しいな。おっきな手でポコポコ殴られたり、ぐしゃぐしゃ撫《な》でてもらうのも、本当はすごーく好きなの。内緒だけどね」

言うとあのおじさんは、図に乗ってやるに決まってておる。

「ジョンのちょっと変な関西弁が好き。万事に控えめでおとなしくてねー。でも、ふっと思い出して振り返ったときに、優しい眼で見守っててくれたんだ、って気がつくような、そういうことが何度もあって素敵なの。安原さんのすごーく明るいとこも好き。一緒にいると元気が出るんだよね。どんな大変な状況でも、安原さんの軽口とか、安原さんとぼーさんの漫才とか聞いてると、なんとかなるや、って気分になるんだ」

――うん。あたし、本当にみんなが好きだ。

「だから、返してほしいの。あたし、みんなが大切だから。みんなと一緒に校舎を出て、一緒に東京に帰りたい。オフィス、失くなっちゃうけど、それでもちゃんと帰って、ちゃんとお別れを言いたいの。今までありがとう、って。……良かったら、これからも時々は会おうね、って。たとえ言葉だけの約束でも」

言ってあたしはちょっと照れ笑いする。

「……うん。あたし、もう会えないかも、って思ってたけど、オフィスが失くなっても付き合ってね、って言ったら笑われるような気がしてたけど、そんなことあり得ないのが分かった」

結構馬鹿だよなー、あたしって。

「だってみんな、あたしに良くしてくれたもん。ここにいる間だって、みんなに守ってもらえて。二度と会いたくないほど嫌いな奴とか、二度と会えなくても構わないぐらいどうでもいい奴のために、あんなにしてくれないと思うんだ。あたし今、みんなが大切だから一生懸命になってる。そんなふうにね、一生懸命に守ってもらえたのは、あたしのことを気に入ってくれてたからだって、ちょっと自惚《うぬぼ》れてる」

桐島先生はあたしを見ている。

教室にいっぱいの子供たちもあたしを見ている。

「実際には、忙しかったり予定が折り合わなかったりして、もう会うこともないかもしれないけど。いろいろ噛《か》み合わなくてフェードアウトしちゃうだけなのかもしれないけど。でも、それは決してみんながあたしのことを、どうでもいいと思ってるわけじゃないと思うから。またね、って言ったら、またね、って本気で言ってくれると思うんだ」

……それで充分。いっぱい楽しくて、いっぱい温かかったから。

「だから、みんなを返して。それでね、もうお友達を連れてくるの、やめてほしいの」

軽く手を引かれて、あたしは小さな子の手を握ったままなのを思い出した。月の光が闇に慣れた眼に明るくて、その子が人の形をしてないのがはっきり分かる。

　手を繋いだ小鬼は、あたしを見上げている。あたしはちょっと微笑ってみせた。

「連れてこられたお友達にも、あたしがみんなを大切に思って心配してるように、大切に思って心配してくれる人がいるんだと思うの。あたしみたいに、大好きな人がいたんだと思うの。大好きな人と会えないのは辛いよ。大好きな人がいなくなってしまったら、悲しい。——それはみんなも一緒だと思う」

「いっしょ？」

　そう声を上げたのは、あたしの手を握ってる子だった。

「そう。——お名前は？」

「すぎうら、あやの」

　あやのちゃんの背筋が伸びて、いつの間にか真っ直ぐに立ってる。あんなに細かった手がちょっと太くなって、握った手の感触が少し柔らかい。

「あやのちゃん、お父さん好きでしょ？」

「すき」

「お母さんも好きでしょ？」

「うんっ」

「あたしも、仲間が好き。あやのちゃんと一緒」

「いっしょだね」

「うん。先生も好きでしょ？」

「だーいすき」

あたしは笑った。

「すごく優しい、いい先生だもんね」

「うんっ」

頷《うなず》いた顔に、十歳くらいの女の子の顔が重なって見えた。

「でも、怒るとこわいんだよ」

「そっか」

「鉄棒がすごくじょうずなの」

「へええ？」

「でも、ちょっとオンチなの」

あたしは笑った。教室のみんなのほうを見る。

「みんなも、先生、好き？」

訊《き》くと、好き、という声が返ってくる。

「もしも、先生がいなくなったら、寂しいでしょ？　嫌でしょ？」

頷く、小さな顔。

「そんなふうに、転校生のみんなにも、寂しがる人がいたの」

しん、と沈黙。

「みんな、寂しかったから、遊ぼ、って連れてきちゃったんだね。でも、そうやって連れてこられた子にも、大好きな先生がいたの。……だから、もう、やめて」

席についた子供たち。月光の溢《あふ》れた教室。

「あたし、仲間がいたから、お父さんもお母さんもいないけど、寂しくないよ。みんなは、先生やお友達がいても、クラスが一つしかなかったら寂しい？」

「そんなことない」

背後から声が聞こえて、振り返るとツグミくんだ。

あたしはツグミくんの頭をくしゃくしゃ撫でる。

「えらい。男の子だなー」

「うん」

ツグミくんに笑って、あたしは桐島先生を見る。もう鬼には見えない。うなだれて俯《うつむ》いてる男の人だ。とても寂しそうな男の人。

「みんな、すごく、先生のことが好きなんですね」

「………」

「先生がみんなをとても可愛く思っているの、すごくよく分かります。先生はみんなをどこにもやりたくなくて、それでみんなを抱え込んじゃったんですよね……」

全員を失いたくない一心で。

「でも、みんなだって先生じゃなかったら、ついてきてくれなかったんじゃないかな。先生ならきっと助けてくれて、怖いことからも辛いことからも守ってくれるって思ったから、先生と一緒に来ちゃったんだと思うんです」

　あたしが言うと、先生はぽつりと、

「でも、僕には助けてやれなかった……」

　誰にもどうにもできないことだったんだ、と言いたかった。でも、たぶんそんな慰めには意味がないんだろう。できるかどうかじゃない。不可能なことだろうと何だろうと、先生は子供たちを助けたかったんだ、と思う。もとのように、元気に笑って、この教室で人生の続きをやらせてやりたかった。

「……みんな、今、笑ってますよね」

　はっと先生があたしを見た。

「さっき、先生の話をしてたとき、みんな笑ってたでしょう?」

　先生は子供たちを見る。十八人の子供たちが、明るい眼をして先生を見つめている。

「生徒を大好きな先生がいて、先生を大好きな生徒がいて、それってすごくいいな、って思う」

「……そうでしょうか」

「はい」

　先生は長いこと黙っていた。やがて、ぽつんと、

「ひょっとしたら僕は、大変な幸せ者かもしれないですね……」

「……はい」

頷いたときだ。背後から光が射した。振り返ると、すぐ後ろにある教室の戸の隙間から、明るい光が漏れてくる。手を伸ばして戸を開けてみると、教室の外は真昼だった。今まで暗いところにいたのに、少しも眩《まぶ》しい気がしない。入口のすぐ外は廊下ではなく草原だった。綺麗《きれい》な緑の柔らかそうな草がずっと続いていて、そこに明るい光がいっぱいに降り注いでいる。

わあ……と子供たちが小さな声を上げた。

先生は外を眩しそうに見て、それから教室の中を見渡す。

「……みんな、遠足のやりなおしをしようか？」

小さな歓声が上がった。

「バスでいくの？」

そう不安そうに訊いたのはマリコちゃんだ。いいや、と桐島先生はマリコちゃんの頭を愛おしそうに撫でた。

「バスは使わない。みんなで歩いていくんだ。……どうだ？」

「じゃ、あんしんだね、せんせい」

「うん。大丈夫だ」

笑って、桐島先生は戸口のほうに歩いてくる。あたしはちょっと脇に避《よ》けて場所を空けた。戸の脇に先生が立つ。

「行くぞ。――小さい子は上級生と手を繋ぐこと。よそ見して遅れちゃ駄目だぞ」

はあい、と元気な声がする。

そうして子供たちは、ある子は一人で走って、ある子は小さな子の手を引いて、教室を順番に出て行った。

先生はそれを見守って、そうして最後まであたしの手を握って放さなかった、あやのちゃんに向かって手を差し出した。

「あやのも行こう」

「はあい」

あやのちゃんはあたしの手を放し、先生の手を握る。振り返って小さな手を振った。

「おねえちゃん、ばいばい」

「ばいばい」

桐島先生がちょっと頭を下げる。そのまま、あやのちゃんの手を引いて教室を出ていく。ドアが閉じて——そうしてあたしは教室の中に残された。

埃《ほこり》の積もった床。埃の積もった机と椅子。それだけが残された教室。ガランとした空間に月の蒼《あお》い光がいっぱいに満ちている。

そこで少し泣いたけど、決して辛かったわけじゃない。

4

廊下に出て、ちょっと立ち止まった。閉じた窓を見つめる。

そっと手を伸ばして動かしてみると、ギシギシ揺れるだけで動かない。力を込めて手をかけると、敷居のあたりで木の裂ける音がして、少しばかり隙間ができた。ふわっと夜の風が吹き込んでくる。湿った草の匂いがした。

あたしはにんまり笑って、今度は力を込めて窓を開ける。建て付けの悪い窓はつっかえ、引っ掛かりしながら大きく開いた。

「へへへ……」

校庭にも月の光がいっぱいに降り注いでいて、すごく明るい。

あたしは窓枠によじ登る。

「えいっ」

声を上げて、校庭に飛び降りた。

なんとなく着地するなり走り出した。ざかざか濡れた草を踏み分けて走って、振り返る。

木造の校舎の全部が見渡せた。

月の光で銀色に見える瓦屋根。黒い穴のように見える窓、灰色の壁。いい風が吹いている。虫の声が高い。

「おーいっ」

声を上げると同時に、二階の窓が派手に粉砕されて落ちた。

「あっれー？」

素《す》っ頓狂《とんきょう》な声とともに、窓枠から姿を見せたのはぼーさんで。

「ぼーさんっ」

手を振ると、何か思い悩むようにする。

——あり？

「どうしたのー？」

「年齢と形式の問題について、考えてる」

ぼーさんの声はよく通る。

「なに、それー？」

「ま、いっか」

言うなり、ひょいと窓枠を乗り越えて。そりゃ、年寄りの冷や水よ、と言う間もなく二階の窓から飛び降りてくる。確かに形式としちゃ、望むべき行動だけど、着地でよろめいたから減点だ。

「いやあ、まだまだお若いですねえ」

そう声がして、見ると安原さんが二階の端の窓から顔を出している。

ぼーさんは校舎を振り返った。

「よう、本当に若いもんの腕前を見せてもらおうか」

「ええ、僕も飛び降りるんですかあ？」

「若いんだろ？」

「受け止めてくれます？」

「お断り」

「なあに、恥ずかしいことやってんの」

そう声を上げたのは、一階の窓から顔を出してる綾子で。

「わーいっ、綾子ぉ。久しぶりーっ」

「ホント、久しぶりね。どこに消えたのかと思ったわよ」

あたしは笑う。

「あたしが消えたんじゃないもーん。綾子がいなくなったんだぞお」

「屁理屈《へりくつ》を捏ねないっ」

「あははは」

本当のことなんだけどなあ。……あ？　どっちも本当か？

玄関のドアが開いた。そこから最初に出てきたのはナルで。手を振ったら、興味なさそうにそっぽを向かれてしまった。――ちぇ。

続いて出てきたのはリンさんの長身だ。

「リンさんもお久しぶりー」

声をかけると、ちょっと怯《ひる》んだように立ち止まって、あたしに会釈する。次に小走りに出てきたのが真砂子で。

「麻衣！」

「やっほー、真砂子。元気だったあ？」

「いったい、何が起こったんですの？　そういうあなたこそ――」

言いかけて、真砂子は足を止める。こっちに駆け寄ってきそうだったのに、方向転換してナルのほうに駆け寄ってしまうから、女の友情は脆《もろ》い。この正直者めっ。

「麻衣さん、ダイジョブでしたか？」

そう言って本当に駆け寄ってきてくれたのは、一階の窓から飛び降りてきたジョンで。

ほんとーにジョンってば、優しい。うるるる。

「うん。大丈夫ー」

「よかったです。――みなさんも」

三々五々近づいてくる人影を見渡して。

窓から飛び降りるのを断念した安原さんと綾子が玄関から出てきて。

――それで全員が揃った。

「そんで？　誰が何をやったんだ？」

ぼーさんの声に誰もが首を傾ける。

へへへ。それはあたししか知らないのだよ。

「と、訊くところを見ると、滝川さんじゃないんですね」

安原さんの声に、ぼーさんが詰まる。

「……少年じゃねえのは確かだな」

「僕がやったんだったら、みなさんの立つ瀬がないでしょう？」

「そら、そーだけどね」

「渋谷さん……ということもないですよね。こうして無事立って歩いているところを見ると」

ナルは軽く肩を竦《すく》める。

「告白しておきますけれど、あたくしでもありませんわ」言ったのは真砂子で。「リンさんでもブラウンさんでもないと思いますわ。除霊ではなくて、浄霊でしたもの。浄化の光が見えましたから」

ジョンは頷く。

「さいです。僕は何もでけへんかったです」

そこで全員の視線が向かったのは綾子だ。

そりゃあ、あたしはミソッカスだけどさ……ぶつぶつ。

「あたしーぃ？」

綾子は眼を丸くしてから自分を指差して。

「ち、違うわよ。この近くにはお縋《すが》りできるような樹はないもん」

一拍の間。それから交錯する視線と視線。

ねえ、どうしてあたしを無視するわけ？

「……残るのは一人しかいませんね」

言ったのは安原さんで。

「まさか。勝手に浄化したほうに一票入れるわ」

憎たらしいことを言ったのは綾子だ。

「さーて、帰るか」

ひっどーい。しくしく。ぼーさんまでー。

んでも、ぼーさんは車のほうに歩き出しながら、あたしの頭をぐしゃぐしゃ掻き混ぜてくれた。綾子にも真砂子にも背中を叩かれて。でもってジョンと安原さんの笑顔と、リンさんの縁起のいい微笑いと。そして、ナルの一言。

「……お疲れ」

——まあ、いっか。

第十章

1

「いい加減に起きなさいっ」

綾子のツンケンした声に目を覚ますと、バンガローの中は呆《あき》れるぐらい明るかった。

「おはよ……」

眠いよー。眩《まぶ》しいよー。

布団に顔を埋《うず》めたら、頭に拳が飛んでくる。

「起きなさいってば」

「うーん……」

呟《つぶや》いたとき、いきなり地面が揺れて布団から放り出される。——正確には、敷布団を身体の下から引き抜かれて畳の上に転がり落ちたわけだ。

「いたーい……」

眼を開けると、御飯の用意が調った部屋の隅っこで、あたしはたった一人パジャマのまま薄い夏布団にしがみついていた。

「あー、御飯だー。オナカすいたー」

「ほら、しゃっきり目を覚ましなさいっ！　年頃の女の子がみっともないわねっ」

うるさいやい。眠いからどうでもいいや、そんなこと。

眠いまんまボンヤリ部屋の中を見渡して、あたしは跳ね起きた。

「……！」

呆れた顔であたしを見てるのはメンバー多数で。

――げっっ。

そーね。お布団を引き抜くなんて真似《まね》、ぼーさんでなきゃしないわね。ジョンも安原さんも苦笑ぎみで、ちょっくら赤面してしまう。

男の子の眼の前で、あたしってば、ぐーすか寝てたわけ？　そら、いまさら気取ってもたいがい本性はバレてるけど、これって最低でないかい？

「あああ、おはよ」

大慌てで顔を洗って、隣のバンガローで着替えて（なにしろギャラリーが多いので、その場では着替えられない）、御飯を食べに舞い戻った。

「いただきまーす」

綾子の料理はなかなか上手だ。派手な外見に似合わず、ひなびた料理が上手だったりするから、人間は分からないよな。

「御飯だー、御飯だー」

「昨日の昼から食べてなかったもんね。さぞかしあんたはお腹空いてるでしょ？」

「あたしが食いしん坊みたいな言い方、やめてくれる？」

「違うの？」

……違わないけどさ。

ゆうべ明け方近くに戻ってきて、とにかくお風呂に入って髪を乾かす間もなく寝てしまった。

「みんなは何時に起きたの？」

「あんたよりうんと早かったのは事実ね」

……そりゃ、どうも、失礼しました。

「役場に行って町長に会って、買い出しに行って、御飯を作って」

「お疲れさまです」

「ちょっとは申し訳なさそうな顔をしなさいっ」

はいはい。寝かせといてくれて、ありがとうございまする。

「んで？　結局、事後処理はどうなったの？」

「助役に責任を取らせた」

ぼーさんが言って、あたしはぼーさんの顔を見る。

「責任？」

「いまさら警察だのに煩わされたくないだろ？　かといって死体、ごろごろ見つけたあとで知らんぷりもできねえし」

　確かにねえ。

「そんで奴が発見したということで。あとは連中が勝手にするだろ」

「そっか。……ま、自業自得よね」

　ぼーさんたちの話を総合するに、あたしたちが学校で推測した通り、そもそも最初からものすごく卑怯《ひきょう》な話だったのだ。事故があったのが五年前、大量の土砂の下に埋もれたバスを掘り出して全員の遺体を収容するまでに犠牲者が出ていたことは推測の通り。以後、学校は封鎖したものの、近辺では子供の失踪《しっそう》が続いたし、現在でも間を置きつつ続いていた。遺体が学校にあるだろうことは以前の例で分かっていたけれども、捜索を出せば捜索に行った大人が消えることもあった。ゆえに一切合切、頬被《ほおかぶ》りを決め込んでいた、ってわけだ。

「ほとぼりが冷めたところで取り壊すんじゃないのか？　とりあえず、壊しても問題はないだろう、とは言っといたが」

　……そだ。死体といえば。

「ねえ、ダムの作業はどうなったの？」

　言いながら御飯を食べられちゃう自分が憎いわ。

「現在進行中。やっぱ昨日は雨で中止になったみたいだぜ」

「ふうん……」

大変だなあ……。

「んで？　これからどうするの？」

あたしが訊《き》くと、みんなは不思議そうな顔をした。

「だから。唐突に舞い込んだ依頼は片付いちゃったし。ダムのほうの結果は気になるけど、まさか見つかるまでここに残ってるわけにもいかないでしょ？」

「まあ……そうなんだけどさ」

「ナルだって余計なギャラリーには、いてほしくないと思うよ」

綾子が小首を傾げた。

「あんた……いいの？」

「なにが？」

「だって、帰っちゃったら、それきりよ？　高給優遇のバイトも終わり」

「それは痛いけど、だって仕方ないじゃん。ナルはそもそもお兄さんを捜すためにオフィスを構えてたんだし、お兄さんを見つけたらオフィスを続ける理由がないもん」

あたしが言うと、綾子は釈然としない様子で腕を組んだ。

「そこが納得いかないのよね。お兄さんを捜すこととオフィスを構えることの関係が」

「だから、サイコメトリしたって話なんでしょ？」

「はあ？」

綾子はきょとんとしている。あれ？　あたしはみんなの顔を見廻した。

「サイコメトリの能力者だったんじゃなかったっけ？　あたしてっきり、幻視としてお兄さんが湖に沈んでることは分かったけど、それが日本のどこのなんていう場所なのか分からないから、あちこち訪ね歩いてたんだと思ったんだけど……。実際に見て歩くしかないから、どっかに足場が必要で、だからとりあえず東京に落ち着いて、オフィスを構えてたって話なんじゃなかったの？」

綾子がずい、と身を乗り出す。

「能力者？　誰が」

「え？　だから、ナルが」

「そうなの!?」

「だってデイヴィス博士なんでしょ？」

綾子はかくんと口を開けた。他の面々も眼を丸くしている。

――オリヴァー・デイヴィス博士。イギリスにある最も古い、最も権威ある心霊調査組織、SPR所属の超心理学者。若くして超心理学博士号を取得した気鋭の研究者で、自身もサイコメトリとPKの保有者だ。業界関係者には超のつく有名人だけど、本人はほとんど表舞台に登場しないためにプロフィールははっきりしない。ただ、兄弟がいることは確かだ。優秀な霊能者で、ユージン・デイヴィス。

「ユージンが日本で消息を絶った、ってことだよね？　デイヴィス博士はユージンを捜すために来日する。それがマスコミに知られると大騒ぎになるでしょ？　前にも言ってたじゃない。偽デイヴィス博士の事件のとき。デイヴィス博士が本当に来日したらフルコスみたいにあちこちに引っ張り出されて、大変な騒ぎになるはずだ、って。だから身分を隠してたってことでしょ？」

　興味深そうな顔で口を開いたのはぼーさんだ。

「麻衣、お前、それ……」

「ぼーさんが言ったんじゃない。——言ったわけじゃないけど、あれだけ誘導されたら分かるよ、あたしにだって」

　言って、あたしはぼーさんの顔を覗き込んだ。

「あたしが何も分からなくてヘコんでたから、気を遣ってくれたんだよね。ごめんね、ありがとう」

「ああ……まあ……いや」

　ぼーさんは、ちょっと照れ臭そうにして安原さんとジョンを見る。心得顔の二人とは対照的に、怪《け》訝《げん》そうにしているのは綾子と真砂子だ。

「そっか、綾子も真砂子もいなかったのか。……でも、真砂子が知ってたのって、それなんでしょ？」

　ええ、と真砂子が頷《うなず》いた。

「でも——どうして？　……よく」

「あたしが考えたわけじゃないよ。だから、ぼーさんが教えてくれたの」

「ちょっと待ってよ！　どういうことよ！」

綾子が騒ぐので、ぼーさんがざっと説明をする。渋谷一也という名前は偽名としか思えないこと、だとしたら実は本名のほうが「ナル」なんじゃないか、ということ。実は日本人じゃないんじゃないか、ってこと。

「でもって、オフィスの正式名称がSPRか……なるほどねえ」

綾子はしみじみ感じ入ったように言って、ぼーさんと安原さん、ジョンの三人を見比べた。

「この夏、三人で隅っこに集まっちゃあ、何やらひそひそ話し込んでると思ったら。こういう話をしてたわけね？」

ぼーさんはちょっと顔をしかめて笑う。

「暇で他にすることがなかったんだよ」

そう言ってから、ちょっと真顔になって、

「実を言うと、おや、と思ったのは、こないだナル坊が倒れてからさ。非常識な気功を見せてくれただろ」

「ああ……あれ」

「俺も気功ってのはよく知らないんだが、ただ、あれが気功としても非常識なのは分からあ。スタイルも気功にしちゃ、変わってる」

あたしは頷いた。

「似てるけど違うものだって、リンさんも言ってた」

「それでだ、ありゃＰＫなんじゃねえかと思ったわけよ。もともと、気功＝ＰＫ説ってのはあるわけだし」

……ふむ。

「しかし、ＰＫにしろなんにしろ、ありゃあ破格だ。そう思ったときにだな、破格のＰＫっつーので博士のことを思い出したわけ」

「なるほど」

「考えてみると、妙にハマることが多いんだよな。以前、麻衣が見たとかいうスプーン曲げにしてもそうだ。俺たちが見たのはトリックを使ったやつだったが、お前が見たときにはスプーンの首を千切ってる。それが本当だとすると、立派なＰＫだ」

「そっか。……そだね」

「しかもナル坊は情報を集めるのが上手《うま》かったりするんだな。妙に勘が冴《さ》えてたり」

「ふに？」

「あれはどの事件だっけか。ほら、人形の出てきた事件で」

「ミニー？」

「そう。あのときも、人形には問題ない、なんて言ってたんだろ？　どっかの学校の事件でも教室を歩きながら、唐突に『降霊術をしなかったか』だの」

そ、そんなことがあったっけ？

「そういうのを考え合わせていくと、どうもサイコメトリ、もしくはポストコグニションの能力者くさい。おまけに、いつぞやの『偽デイヴィス』調査。なんであんなことをやる必要があるんだよ。それだって、ナルと森《もり》さんてお嬢さんがSPRの関係者なら、なんとなく納得がいくじゃねえの。――ま、そんなふうに、いったん怪しいと思うと、あれもこれも……ってわけ」

「へええ」

　ただ、と言ってぼーさんは頭を掻《か》く。

「どうしてもナルってのが何の愛称なのか分からなくてな。辞書を借りて引いてみても、載ってねえし。そんで少年とジョンに訊いてみたんだ」

　安原さんが神妙に頷く。

「最初に滝川さんがこれを言い出したときは、暑さで惚《ぼ》けたのかと思いましたが」

「どーせ、俺は年寄りだよっ」

　それは否定できない事実だな。

「ブラウンさんから『ナル』というのは、『オリヴァー』の愛称だと聞いて、その気になって考えてみると、怪しいことだらけなんですよね。僕らもよくもまあ、今日まで引っかかってきた、というか。――この件については、谷山さんを恨みます」

「あ、あたしぃ？」

「そう」きっぱり言って、安原さんはあたしに指を突きつける。「谷山さんが悪いんですよ。『ナルシストのナルちゃん』っていうのが、あまりにハマってたんで、さして疑問にも思わず、うっかり真に受けちゃったんですからね」

あああ……。それは、失礼をば……。

安原さんは笑って、

「僕らの中では、ほぼ確定だったんですけど、特に証拠のあることでもないし。あからさまに渋谷さんが隠している以上、やっぱりあまり触れるべきじゃないのかな、と思って。そのうち確認するチャンスもあるでしょう、なんて言ってたら、意外な展開になっちゃいましたからね」

確かにねえ、と綾子は呟いて、頬杖を突いたままぼーさんを見る。

「……結構やるじゃない、破戒僧」

ぼーさんは小指を立てて高笑い。

「ほほほ。見直して?」

そのリアクションは余計だ。安原さんも苦笑しながら、

「滝川さんは、見てないようで結構細かいとこまで見てますからねえ」

うん。それは言える。観察眼が鋭いと言えば誉《ほ》め言葉だけど、単に重箱の隅をつつくように煩《うるさ》い、という言い方もできるよな。

「なるほど、だからお兄さんの死因も、アクシデントだ——なんて、曖昧《あいまい》な言い方にな

るわけだ」

綾子が言うと、

「だろうな。ナル坊はユージンの死そのものをサイコメトリしたってことなんだろ。サイコメトリは品物から所有者の情報を読み取る能力だ。たぶん、兄貴の何かに触れて、兄貴が何らかのアクシデントに巻き込まれて死亡したことを察知したが、事件の詳細は奴自身にもよく分からないって話なんじゃないか？　ヴィジョンとして遺体がどこかの湖または水辺らしき場所に投げ込まれたのは目撃したが、それ以上の情報がなかった」

あたしはふと、

「じゃあ、いつかの調査で真砂子の櫛《くし》を持ってたのも？」

「そういうことだろうな。真砂子がどうしているか——平たく言やあ、生きてるのか死んでるのか、それを確認するために櫛を持ってたんだろ」

ぼーさんはちょっと申し訳なさそうに頭を掻いて、

「——真砂子ちゃんにゃ、残念なことだろうが」

けれども真砂子は、少し陰のある微笑《わら》い方をしただけだ。

「そういうことだというのは、存じ上げてましたわ」

「しかし、真砂子ちゃんはなんで知っていたんだ？」

「あたくし、ビデオを見ましたから」

……ビデオ？

「アメリカのASPRに招かれて行ったとき、そこでビデオを見たんですわ」

　ぼーさんが身を乗り出した。

「ビデオってまさか……あの有名な？」

「ええ」

　あたしはぼーさんのシャツを引っ張った。話が見えないよー。

「デイヴィス博士が以前、PKの実験をしたことがある。それのビデオがあるんだ。前に話をしたろう？　非常に厳密な実験で……」

「五十キロのアルミニウムの塊を壁に叩き付けた？」

「そう。そのビデオってのが、門外不出の代物で、大きな心霊関係の研究所、そういうところでなきゃ手に入らない」

「へええ……」

「ちょっと印象的なビデオでしたから、あたくし、記憶に残っていたんですわ。ですから最初に会ったとき、どこかで見た顔だと思って……」

　あ、そうか……。

「あの事件のあと、思い出したのですわ。それでナルに言ったら、秘密にしておいてほしいと……」

　あたしはチラリと真砂子を睨《ね》めつける。

「あんた、さてはそれをネタに脅したな」

「あら、なんのことですかしら」

　てめー、そういうことか。

　ぱちぱち、と気のない拍手をしたのは綾子だ。

「なんにしてもスッキリしたわ。これでイギリスでもどこでも、勝手に帰ってちょうだい、ってなもんよ」

「言われなくても帰るんじゃない？　お兄さんを連れて帰るために来たんだもん」

　あたしが言うと、綾子は沈黙する。

「でもって、もとの生活に戻るわけでしょ？　日本に来たのは、あくまでも特別な事態だったからなんだし。もとの生活がどういうのか想像もつかないけど、連絡を取ったりできるかなあ？」

　綾子は瞬《またた》いた。

「連絡？」

「うん。連絡先を訊いたら教えてもらえると思う？」

　誰にともなく言うと、ちょっとした沈黙が降りた。

「……あの二人には、デリカシーないからねえ」

　溜息まじりに言ったのは綾子で。

「あたしたちなんか、問題外でしょ。べつにこっちだって、連絡を取り合ってまで会いたいとは思わないけど」

「ホントにぃ？」

正直にならないと、後悔するぞう。

「あら、そういうあんたは、特に会いたかったりするわけ？」

「うん。御縁が切れても連絡が欲しい程度には、ナルもリンさんも好きだなー」

——我ながらこれって、正直じゃない意見だな。

そう思ったのだけど、綾子は眼を丸くする。

「……どうしたの。正直じゃない」

「うん。具合が悪いと心配になるくらいには好きだし、秘密を持たれるとイライラするくらいには好きなの」

……あたしって、ぜんぜん正直じゃない。

「あたしたちなんか問題外で、これっきり二度と思い出してもらえないとして、あたしは二人がすごい好きだから、それって片思いになるわけだけど」

「すごーく不毛な片思いよ」

「うん。でも、片思いが悲しくて、あたしだってあんたたちなんか好きじゃないよ、って言ったって、ぜんぜん意味がないもんね。そんなこと言ったって、二人にとってあたしは問題外だから、傷ついてもくれないでしょ？　さっさと帰っちゃって、それきり忘れられちゃうわけ」

「そう……ねえ」

「誰かに片思いして、振り向いてくれない悔し紛れに『あたしだってあんたのことなんて嫌い』って言うのって、すごーくいじましくて恰好《かっこう》悪い。両思いでないと、相手への好意を認められないなんて、かえってもの欲しげでダサイ」

綾子はちょっときまり悪げに、あらぬほうを見る。

「大人になったねえ」

ぼーさんにぱふぱふ頭を叩かれた。

「……うん。人間は成長する生き物なのよ。堕落もするけどね」

「そこが楽しいのよ、人間は。ぼーさんは、麻衣ちゃんの前向きなところが好きだぞ」

「あたしもー。ぼーさん、好きーっ」

懐《なつ》いちゃえ。すりすり。

「恥ずかしい連中……」

「あ、綾子、妬《や》いてんだ。大丈夫だよー、綾子も好きだよお。仲間に入れてあげるから、おいでー」

「やーよっ！」

「あ、赤くなってる」

「まっ。照れ屋さんね」

「ね」

「あんたたちはーっっ」

その騒ぎの中で、あ、と真砂子が声を上げた。安原さんが立ち上がる。

「渋谷さん」

勢いよく網戸を開けて出て行くと、テラスの前をナルとリンさんが通るところだった。ナルたちが使っているバンガローはここより少し奥だから、水際に出ようとすると前を通ることになるわけだ。

「……ちょうどいいや。お急ぎですか？」

ナルはちょっと怪訝そうにして、

「急いでいるわけではありませんが、暇というわけでもありません」

「ちょっとお尋ねしたいことがあって。お時間をいただけませんか？」

「……今からですか？」

「今のほうがいいんですけど」

……お尋ねしたいこと？

「お聞きします」

「じゃ、中へどうぞ」

「ここでお願いできませんか」

「ちょっと込み入った質問なもので。申し訳ありませんけど。——リンさんにもお尋ねしたいことがありますので、どうぞ」

ナルとリンさんは眼を見交わすようにした。眼を見交わすのは我々も一緒だ。

いったい何を始めたのやら。

二人はすぐにテラスを廻って玄関に姿を見せた。

「ささ、お坐りください」

あたしたちを掻き分けるようにして、安原さんは二人ぶんの場所を作る。そこにナルとリンさんを坐らせて、自分も真剣な表情で前に坐った。

「……それで、ですね」

何を訊こうというのだろう？

「お茶はダージリンとアールグレイと、どちらがいいですか？」

ナルは眉をひそめる。

「お茶は結構です。用件を――」

「ですから、どちらになさいます？　ホットにしますか、アイスにしますか？　濃さはどれくらいにします？　ミルクをつけますか、レモンをつけますか？　それともキャンブリックティーかチャイにします？　それともリンゴで匂いをつけますか？　クッキーと冷たいバターケーキがありますけど、どちらになさいます？　両方ですか？」

……ぽかーん。

「ね、込み入ってるでしょ？」

にーっこり笑う安原さんと、溜息をつくナル。

「それが、用件ですか？」

「それが用件です」

きっぱり真剣な返答に、ナルはさらに深い溜息をついた。

「……何でも結構です」

をを。ナルとリンさんをお茶に引っ張り出すとは。

「うまい。サスガは越後屋っ」

「なんつー、老獪《ろうかい》な」

「ナンパの達人っ」

2

「オフィスを閉めて、そのあとどうするんですか？」

お茶の途中で、そう勇気ある質問をしたのは安原さんだ。ナルは極めて素っ気なく、

「未定です」

……ほらね。訊いたって言うような奴じゃないって。

「けれども、渋谷さんの心づもりとして、こうしたいとか、あるんじゃないんですか？」

「あったとして——それが？」

「単に渋谷さんがどういうつもりなのか、意思の確認をしておきたいだけなんですが。渋谷さんはお兄さんが見つかるまで、ここに留《とど》まるわけでしょう？　僕らとしてもお兄

さんの行方《ゆくえ》はすごく気にかかることなんですけど、実際問題、いつになるか分からないものを見つかるまでここに留まっているわけにはいかないし」

「べつに残ってくれとお願いした覚えはありませんが」

……あーあ。

「もちろん、お願いされた覚えもありませんけど。純粋に、僕らの気持ちとして去りがたい、ってだけの話です。ただ、オフィスが失くなると渋谷さんに連絡をする方法はないわけで、このままここで別れてこれっきりなんてことになると、寂しいじゃないですか。だから、今後どうやって連絡を取ればいいのか知りたいなあ、と」

「用があれば、こちらから連絡をします」

安原さんは苦笑した。

「それだと心配だから、せめて連絡先を教えてもらいたいって話なんですけど。あるいは、ここでの用が済んだら連絡をしてもらえますか？」

「確約はできかねます」

けんもほろろの台詞《せりふ》に、さすがの安原さんも溜息をついた。

「それは、婉曲《えんきょく》なお断りだと受け止めるべきなんですか？　――なんだか、連絡を取る気はないし、連絡をされたくもない、って言われている気がするんですが」

「どう取っていただいても結構です」

安原さんは複雑そうな表情でナルを見た。

「渋谷さんは実は、この場にいる人間を嫌っていて、プライヴァシーに踏み込まれるのは気持ち悪くて我慢できない——そう思っても構わないということですか」

「それでも一向に構いませんが」

……こっのー、冷血動物がーっっ！

「分かった」

あああ、もう切れちゃうわ、あたし。

「あんたがあたしたちを嫌っているのは、よーく分かりましたとも」

はしたなくも、部屋の中央に仁王立ちしちゃう、あたし。そのくらい腹が立ってるんだ、今は。ええい、今日という今日は勘弁ならんっ。

「嫌いなら、嫌いでいい。でもね、だったらどうして、あたしたちに関わるわけ？」

ナルはちょっと眉をひそめる。

「関わる？」

「そうだよ。あたしをバイトに誘ったのは、あんただよ？ バイトでも調査員でもないみんなを、調査のたびに呼んだのだって、あんたじゃないのっ！」

お前なんか、お前なんかっ！

「あたしたちのことが、そんなに嫌いなら、最初から関わらなきゃいいじゃない！」

ナルは軽く額に指を当てる。

「……吠《ほ》えなくても聞こえる」

こっの――ぉぉ。

「どうせ、犬猫にしか見えないんでしょ。そんならそれでもいいけどね。みんながここにいるのはなんでだと思うわけ？　みんなあんたが入院したのを心配して残ったから、こうしてここにいるわけじゃない」

あたしが言うと、ナルは極めて皮肉っぽく、

「野次馬根性、という言葉もあったと思うが？」

「ふざけんじゃないっ!!」

むかむかむかむかむかむか。

「みんなが残ったのを野次馬根性のせいだと思うんなら、あんたは馬鹿だ」

「自分が馬鹿だとは知らなかったな」

「そう？　だったらいい機会だから覚えとけば？　みんなが心配してたのも分からないんなら、あんたって大馬鹿よ」

指を突きつけちゃう。

「あたしたちは善良で心優しい血の通った人間だから、知り合いが倒れれば心配になるの。――そもそもね、嫌な奴が相手だったら、調査のたびに呼ばれたって来るもんか。いっつもいっつも危険な思いして。あんたみたいな奴でも見所があると思うから、みんないっつも手を貸してくれるわけじゃない。あんたがそんな性格でも許してくれるわけじゃないの。それって好意なんだよ、分かってる？」

「好意をねだった覚えはないが」

「馬っ鹿みたい！　ほんっとうに頭悪いんじゃないの？　――もちろんそんなの、みんなの一方的な好意だよっ。でもね、その好意が迷惑なんだったら、手を貸してくれなんて言うべきじゃないんだよ。みんなの好意を分かってて利用したんならあんたは卑怯者だし、そもそも好意を分かってないなら、単なる馬鹿だ」

　ナルはちょっと溜息をつく。

「……それで？　僕にどうしろと？」

「他人に好意を向けられたときには、それなりの態度ってもんがあるんじゃないの？　あんたは今までみんなの好意のうえに胡坐《あぐら》をかいてきたんだから、少しは誠実な対応ってやつをする義務がある」

　対するナルは氷の無表情だ。

「義務でなくて、麻衣の勝手な希望だろう？　みんなの意見を代表しているかのような口振りだが」

「分かった。じゃ、あたしの意見。――あたしだって、あんたに好意を向けてきた一人なんだからね。誠実な対応を希望する権利がある」

「いつでも希望が叶《かな》うとは限らない」

「そっくりそのまま、あんたに返してやる。ナルはこのまま、あたしたちのことなんか知らんぷりで帰りたいんでしょーが、そうは問屋が卸さないんだからね。何もかもあんたの都合のいいように動くほど、世の中、親切じゃないんだからっ！」

「ふうん？」

　ふうん、だと？　こいつ、世の中をなめてるな。

「テレビ局に、これが気鋭の超心理学者で、おまけにサイコメトリだってPKだってできますって、あんたの写真を持ち込んでやる」

　ナルは眉をひそめてあたしを見た。

「……いったい、何の話だ？」

「言葉通りよ！」

ありとあらゆるマスコミに投書してやる。そんでもって、マスコミに追っかけられれば、ざまーみろだい。ほほほほ。

「どうどう」

　ぽん、とあたしの頭を叩いたのは、ぼーさんだった。

「気安く人をぽかぽか殴るなっ！」

「わーった、わーった。分かったから、ちったー落ち着け」

　なーにが、分かった、だよ。がるるる。

「お前が苛《いら》つくのは分かるが、ナル坊にも事情ってもんがあらあ。そうムキになるな」

「ナルが勝手にするんだから、あたしだって勝手にする」

「……麻衣」

「ナルの事情は分かるけど、この、人を人とも思わない態度が嫌なのっ。そりゃあ、ナルにとったら、あたしらなんて本当に有象無象なんでしょうよ。でも、だからってあの態度はあり？　絶対に納得いかないっ！」

麻衣、と今度は少し叱る口調だった。あたしはちょっと唇を噛《か》む。

ナルはものすごく険しい顔であたしを見ている。そんな顔をしたって怖くないぞ。それよりあたしは情けない。ああもう、こんな奴っ。

「……みんなが労を惜しまず手を貸してくれたのは、あんたに好意があればこそなんだよ。だったら当然、今後どうするつもりなのか、気になって当たり前じゃない。捜索の結果だって気になるよ。ナルのお兄さんのことなんだから。ここで別れてそれっきりになったら、無事に見つかったのかどうかすら分からないわけでしょ。見つかったら、ちゃんとお悔やみぐらい言いたいし、お兄さんをお家《うち》に連れて帰るんならお見送りぐらいしたいよ。それっきりもう戻ってこないんだとすれば、きちんとお別れぐらいしたい。そう思って当然なんじゃないの？」

言ったときだ。くすり、と小さく笑う声がした。はっとして周囲を見廻すと、リンさんが苦笑している。

「どうやらナルに分がないようですね」

ナルはリンさんを睨《にら》み——そして、うんざりしたように溜息をついた。あたしたちを一瞥《いちべつ》して立ち上がる。

「……ちょっと」

追いかけようとしたあたしに、邪険に手を振った。

「作業が気になる。見てくる」

……う。それを出されると通せんぼもできにくい。怯《ひる》んだあたしをよそに、ナルは外に出て行く。なんとか言ってやってよ、との意を込めてリンさんを見ると、リンさんが放っておきなさい、と言うように微苦笑を浮かべたまま頷いた。

「……逃げられた……」

あたしはがっくりと坐り込んだ。リンさんがさらに苦笑する。

「白旗を揚げて逃げ出したのだから、見逃してやってください」

「……は？」

「返す言葉がなかったようですよ、さすがのナルも。見事にやり込めましたね」

言ってから、ちょっと首を傾げた。

「それとも、返す言葉もないほど驚いたのでしょうか。……よく分かりましたね」

分かる……？　あたしは首を傾げ、すぐに、

「ああ。分かったのは、あたしじゃないけど」

リンさんは真砂子を見る。真砂子は首を横に振った。

「いいえ。あたくしは何も言っていませんわ。滝川さんのようですわよ」

はあい、とぼーさんが手を挙げた。リンさんは一つ頷き、

「ナルに代わって申し上げれば、今後については白紙です。とにかくユージンが見つからないことには、予定の立てようがありませんから。果たして見つかるかどうかも不明ですし。上手く見つけることができれば帰国することになるでしょうが、どうしても見つからないということになれば、引き続き日本に滞在して捜し直すことになるかもしれません。これについては、各方面の調整が必要ですが」

「各方面？」

あたしが訊くと、

「私費で滞在するのには限界があります。それで出資者や協会を調整して、とりあえず日本における心霊研究の現状と、心霊現象の調査という名目で分室を置いてあるんです。ただし、これは恒常的なものではありません。当初の期限は一年で、とりあえず一年更新してある状態です。さらに長引くようなら再度更新する必要がありますが、許可されるかどうか……これは調整次第でしょうね」

なるほどなあ、とぼーさんが呟いた。

「道理で依頼料が安いわけだよ。商売気がないのも当たり前ってとこか。ＳＰＲの分室じゃ商売はできんもんなあ」

「そういうことです」

「じゃ、分室ではナル坊がリンの上司？」

「はい。ナルが分室長ですから」

「ナル坊のほうが若いのに」

「年齢は関係ありません。ナルのほうが研究者として実績もありますし、研究員としては古株ですから」

「――ついでに、もう一つ質問をしても？」

「私にお答えできることでしたら」

「国籍はイギリス？」

「ナルですか？　そうです」

　ぼーさんはちょっとジョンに眼をやる。

「ナルってのは、アメリカ風の発音だと聞いたんだが」

「ナルは八つの頃までアメリカにいましたので」

「じゃ、御両親は日系人？」

　リンさんはちょっと首を傾げた。

「母親は日系人だったと聞いたような気がします。ただ、これは現在の両親の話ではありません。現在の両親――ディヴィス夫妻は生粋のイギリス人ですね。ナルとユージンはそもそも養子なんです」

――え？

　あたしはリンさんの表情のない顔を改めて見直した。

「孤児だったんです、二人は。それをディヴィス教授が養子になさった」

……そうか。ナルも孤児だったのか……。もっとも、あたしと違ってナルにはお兄さんがいたわけだけど、でも……、そのお兄さんも死んだ……。

「そもそも、ナルという呼び名はユージンが使っていたものですから」

そうか。……そうだったんだ……。思っていると、リンさんが極めて真面目な表情であたしたちを見渡した。

「こちらから、一つお願いをしてもよろしいでしょうか」

どうぞ、というぼーさんの声にリンさんは軽く会釈をする。

「どうかこのことは秘密にしておいていただきたいのです」

了解、と言ったのはぼーさんで、でも、と抗議の声を上げたのは綾子だ。

「そんなに神経質になるようなこと？」

「日本のマスコミは貪欲《どんよく》ですから。節操も節度もない。面白おかしく脚色されて愉快なはずがないでしょう」

「それは、そうだけど」

それに、とリンさんは床を見る。

「サイコメトリの能力者は、おそらくすべてのサイ能力者の中でももっとも不自由です。マスコミはすぐに飽きるでしょうが、飽きることのない人たちもいる」

「……？」

「日本に来る前、いったいナル宛に一日何通の手紙が来ていたか分かりますか？」リンさんは言って、「多いと五十、少なくても二十です。その全部が救済を求める手紙です。失踪した近親者を捜してほしいと」

「あ……」

「捜して生きていれば問題はないのですが、死んでいることも多い。そうやってわざわざ手紙を寄越す人は、消えた誰かがどこかで生きていてほしいと切実に願っているものです。彼らは肉親の生死を知りたいのではありません。現在の居場所を知りたいのです。そういう人たちに死んでいると伝えても、怨《うら》まれこそすれ感謝はされない」

「そうかもしれないね……」

　そうか、確かにそれは辛《つら》いかもなあ。マスコミに取り上げられたりすれば、きっとあちこちからお願いが殺到することになるんだろう。逃げ廻って当然かもなあ。

「しかもナルは優秀すぎる。捜している人物が死んでいたとして、それを単に情報として知るだけならよいのですが。対象との同調が激しいと、あたかも自分の体験のように感じるらしいので」

　綾子と真砂子が同時にあたしを振り返った。

「それって、いつか麻衣が夢に見た……」

　ああいうことかな？

「酷《ひど》い場合には実際に怪我をすることもあるのです。暗示効果の一種だと思うのですが。透視によって同調している人物が怪我をしたのと同じ場所にひどい痣《あざ》を作ったり、強い麻痺《まひ》が出たりする……。ですからナルはよほどの場合でないとサイコメトリをしません。手紙も全部、開封せずに返送していました。——それに」

言いかけて、リンさんは首を振った。

「——とにかく、くれぐれもお願いします」

3

外にはあいかわらず、白々しいくらい明るい陽射が溢《あふ》れていた。綺麗《きれい》に晴れた夏空と、高地に特有の爽《さわ》やかな風が吹いている。

あたしは、リンさんがナルを追って外に出てしまったのを契機に、なんとなく一人で散歩に出て、てくてく林を歩いた。

あっけらかんと明るい日向《ひなた》を歩く気にはなれなかった。林の中には緑の影が落ちている。陽射を遮る木立が高いので、影というより翳《かげ》りが漂っている感じだ。ところどころに木漏れ陽が射して、緑の下生えを柔らかく照らしている。

なんだか、もやもやしたものが胸の中に沈んでいる気がした。

……落ち込んでるなあ。どうしてだろう。

もっと清々していいはずなのに。長い間、気になっていたことも分かったし、いろんなことに区切りがついたし。

……何がそんなに気持ちに引っかかっているんだろう。

そんなことを考えながら、でたらめに林を歩いていて、あたしは前方に人影を見つけた。黒い——人影。

その姿を見たとたんに、すとんと納得してしまった。

そうか、あたし……。

ナルはこちらを見ている。細い幹が何本も集まった、株立ちの木に背中を凭《もた》せかけるようにして。

「……湖を見に行ったんだと思った」

そう声をかけると、真っ直ぐあたしのほうを見ていた漆黒の眼がすっと逸《そ》らされた。集まった細い幹からはそれぞれまばらに枝が出て、周囲に漂う緑陰の中、さらに複雑な影を薄く添えている。そのせいか、ちょっと翳りのある表情に見えた。

「……そだ」呟いて、あたしはナルが凭れている木のところまで歩く。「ごめんね。気安くナルちゃん、なんて呼んで」

「なぜ？」

顔を上げ、問いかけてきた眼の色が本当に深い。

「お兄さんだけの呼び名だったんじゃないの？　あたし、ぜんぜん事情を知らなかったから……」

「それは、うんと小さい頃の話」

……そっか。

リンさんだってそう呼んでるんだから、お兄さんだけってことはないだろうな、とは思ってたけど。でもたぶん、格別に親しくもない人間が——調査に行った先でたまたま出会っただけの有象無象が、気軽に呼んでいい名前じゃない。なんとなくそういう気がする。

ぷらぷらと歩き、ナルが凭れてる細い木の反対側に廻り込んで。そこで足を止めて細い幹に背中を凭せかけた。

「……ナルってすごい人だったんだねえ」

呟いた声に返答はない。

「なんか、距離を感じたとゆーか。……へへ。馬鹿だ馬鹿だって言われるわけだよねえ。ナルに比べたらあたしなんて、本当にお馬鹿だし」

……きっと、これが落ち込みの原因なんだと思う。

「ていうか、ぜんぜん所属してるレベルが違うんだもんなあ。こんな若いのに博士、だもんね。著作だってあって、しかもそれが日本語に翻訳までされてて……」

プロの間でも評価されてて。単に頭がいいとか、そういう話じゃないもんな。

「最初から、住む世界がぜんぜん違ってたんだねえ」

苦笑まじりに言うと、

「そんなことは、ない。単なる学者馬鹿だから」

あたしは思わず背後を振り返った。ナルがそういうふうに自分を評するのは初めてなので、ちょっと意表を突かれてしまった。当の本人はあたしのほうを見ることもなく、俯《うつむ》いている。株立ちの細い幹を透かして見える、背中。

すぐにあたしは視線を戻した。

「ナルも孤児だったんだね」

「そう。……ただ、麻衣とは事情が違う。兄弟もいたし、養父母にも恵まれたし」

「そっか。……お兄さんはどんな人？」

「さあ」

……やっぱり答えてくれないわけね。

「ばったり会えてよかったな。ちょっと謝っておきたかったし」

あたしが言うと、背後から静かな声がする。

「捜してた」

「え？」

「麻衣に言いたいことがあって、会えるといいなと思ってた」

「……何を？」

背後から聞こえるのは、声だけ。

「……ひょっとしたら、もう会うこともないかもしれないから、言っておきたいことがあったんだけど」

淡々とした声が言う。

「――やっぱり、やめておく……」

そりゃーないよ、と心の中で呟いた。気を持たせておいて。

言いなさいよ、と背後を振り返りかけて、あたしは下草を踏む足音を聞いた。それで思わず視線を音のほうへ向けたわけだけど。

「……は？」

4

……なに、これ？

あたしはちょっとの間、頭の中が真っ白になった気がした。すぐに我に返って、背後を振り返る。そこにもう、人影はない。

――あるはずがない。その人物は前方斜め十五度から近づいてくるんだから。

「……はあ？」

文字通り、狐《きつね》に摘《つま》まれた気分だ。

「どうした？」

前方斜め十五度から近づいてきた人物は足を止めた。

漆黒の髪と漆黒の眼。黒一色の姿。

「……ナル？」

彼は怪訝そうにしたが、怪訝なのはこっちのほうだ。

「本当に、ナルだよねえ……？」

「何を言ってるんだ。起きてるか？」

「……自信ない」

どうして？　いったい何が起こったわけ？　ついさっきまで後ろにナルがいて、会話だってしてて、なのにそのナルがどうして前からやってくるんだ？

「じゃあ、今までいたのは、誰？」

呟いた声に、ナルが少し首を傾けた。

「誰が、いたって？」

あたしは誰もいなくなった背後を指差す。

「ナル。今まで話してたの。確かに」

そうだとも。あれは夢なんかじゃなかった。立ったまま寝られるほど、あたしは器用じゃない。

「そこに凭れてた。あれは何だったわけ？」

「寝惚けたな」

軽蔑《けいべつ》も露《あら》わな声にあたしは思わず、

「違うって！　いつもの夢みたいだったけど、絶対夢じゃなかったもん！」

「……いつもの夢？」

あ。まずった……！

ナルは止めていた足を動かして、一歩だけ近づいてくる。

「何だ、それは？」

ナルの真剣な顔。それであたしも誤魔化《ごまか》すことができない。

「た、単なる夢……」

さらに踏み出される一歩。もう、手を伸ばすと届くほどの距離しかない。あたしの背中にはあいかわらず細い幹が当たっていて、それでなんだか追い詰められる気分だ。

「だから、どんな？」

「ナルには関係ない」

「あまり関係なさそうには聞こえなかったが？」

瞳《ひとみ》の色が深い。そのうえなんだかすごく不穏だ。

「僕がいた、とか？」

「か、関係ないでしょ」

「関係なくはないと思うが」

「そんなに突っかかること、ないじゃない」

「そんなに隠すこともないだろう？」

「隠してなんか……」

……えーい！　もう言っちゃうからね！　どーせあとなんかないんだいっ。笑われて一発横っ面を張り倒して、そんで終われば清々するってもんさ。

「ナルの……夢だよっ！」

……言った……。

顔が真っ赤になってるのが自分でも分かる。なのになのに、対する相手は、ただ怪訝そうにしただけだ。この、朴念仁がっ！

「——僕の？」

「そう。ナルの。あたしの勝手な夢なの。願望かもしんない。優しいナルの夢」

実際のあんたはぜんぜん優しくないけどね、と、これは精いっぱいの言外の皮肉。

「優しい……？」

「そ。優しそうに微笑ってるの。でもって優しい言葉をかけてくれるの」

あれが、あんたの無意識だなんて、絶対に認めてやらない。

ナルは眼を見開いたまま、あたしの顔に視線を注ぐ。

「……今まで話をしていたって？」

「そーだよ。悪い？」

なんだってこんな喧嘩《けんか》腰《ごし》になるのやら。

「——どんな？」

「他《た》愛《あい》もないこと。白日夢ってやつかな。——もちろん、夢ですとも。誰かさんは微笑いもしなけりゃ、他愛もない話に付き合ってくれもしないもんね。扱《こ》き使う用がなきゃ、あたしを捜すことだって絶対にないし」

　これじゃ、完璧な告白ですな。はっはっは。

さあ、いくらでも笑っていただきましょう。右手は早くも、張り手の準備。てめーみたいな冷血鉄面皮、どーせあたしのオトメゴコロなんて分かりゃしないんだ。

「……それは、どういうことだ？」

ナルは呆然《ぼうぜん》としているように見えた。

問われて、あたしだって呆れるしかない。

どういうことだって？　そんなの、見え見えじゃない。今日まで夢の中にコイツが出てきたことをひた隠しにしていたのは、どうしてだと思うてか。

「馬っ鹿じゃないの！　分からない⁉」

「理解、できない」

　ああああああ、もーあったま、来たっ。

「ええ、そうでしょうとも。分かってたわよ、あんたが血も涙もない冷血漢だってのは。そんでもね、そう見えるのは外見だけで、実は血も涙もあるんじゃないかと期待するのが人情ってもんじゃない。実際、夢の中にあんたが出てきてみれば、いつだって微笑ってて、そんでもって優しくて、あたしなんかのことを気にかけてくれてるふうで。——そりゃあ、そんなのあたしの単なる願望でしょうよ。そんでも、そういう夢を見れば、実はそれが隠された内面ってやつかな、と思うじゃない。それが続けば、魂だけがぽんと抜け出して、会いにきてくれたんじゃないかと思うのがオトメゴコロってもんよっ！」

さー、これでそのトンチキな頭にも分かったか。

「……僕は、体外離脱できない」

……は？

「それは、できない。才能に恵まれてない」

「分かってるわよ。どうせ、そうでしょうよ。あんなのあたしの願望だよっ」

「……違う」

「笑いたけりゃ、笑えば……え？」

ふと我に返ってみると、あたしが怒鳴りつけている相手は、ただでさえ白い顔に血の気がまったくない。

「それは……いつから？」

妙に気分をくじかれて、あたしはぽかんとしてしまう。

「いつからって、夢が？　最初から……」

「……僕じゃない」

……はあ？

「それは、僕じゃない。……ジーンだ……」

え？

「誰？」

彼は目《め》眩《まい》に堪えるように白い手を額に当てる。

「ユージーン……」

あたしは、ぽかんとした。

「ち……違うよ。いくら兄弟だって、分かるってば！　絶対あれはナルだったもん！」

「いや。ジーンなんだ」

「だって！」

見間違えたりしない。ナルのことだから。

「双子なんだ」

……え？

「無表情にしてれば、誰一人見分けられなかった。——双子の兄なんだ」

……そ……そんな……。

「……お兄さん？　あれが？」

彼は、だって。

——死んだ。

それでは。

「あれは……お兄さんの……」

ぱらぱらと記憶の断片がひび割れて落ちていく。

……どうして分からなかったの。考えてみれば、すごく単純なことだ。夢で会うナルは微笑う。現実のナルは微笑わない。ぜんぜん別人だったのに。

性格も喋《しゃべ》り方も、姿以外はぜんぜん別人だったじゃない……！

別人のようだ、と思ったことが確かにある。それもそのはずだ。まったく違う人だったんだ。あたしが気づかなかっただけで——。

同じ顔だから。同じ声だから。それをナルだと思い込んでいた。

「では……ジーンはまだこの世をさまよっていたんだ……」

そう言うナルの眼もまた、どこか彼方《かなた》をさまよっているように見える。

「この世に思い残すことがあるのか……。そうだろうな」

低いナルの声が悲しい。

「……もう会うこともないかもしれない、って」

呟くと、ナルが視線を向けてくる。

「さっき……そう、言ってた」

「うん。死体が見つかれば……」

それきり、ナルは口を閉ざす。

あたしにも、かける言葉なんかあろうはずがなかった。

5

「――麻衣。訊きたいことがあるんだが」

しばらく経《た》ってから、ナルが声を落とした。ナルはあたしの向かい側、白い幹に凭れて立っている。……ついさっき、消えたばかりの人がそうしていたみたいに。同じシーンの再現のようだ。本当に似ている。

「訊きたいこと？　あたしに？　なあに？」

「いつだったか、首を裂かれた過去視をしたことがあったろう。あのとき、何か奇妙な点はなかったか？」

「奇妙な点？」

ナルは少し言葉を探すようにする。

「僕はあの屋敷で、残されていた小物に対してサイコメトリを行なった。その中で見たヴィジョンにあれはひどく似ている」

「……え？」

「細部まで、ほとんど同じと言っていい。――麻衣がそれを夢に見る前のことだ」

「……それ、どういうこと？」

ナルはちょっと首を振る。

「質問の角度を変える。麻衣の夢の中で、ユージンはどういう役割を果たしていた？」

　——役割。

「……よく分からないけど、夢に入る方向を示した、って言われたことがある。あとは、忠告かな。いろんなことを教えてくれた。今回、トランス状態に入る方法を教えてくれたのもお兄さんなの」

「呼吸に注意を向けながら、全身から力を抜いていく方法？」

「うん」

　ナルは溜息を一つ、落とした。

「何をやっているんだ、あの馬鹿は……」

　馬鹿、って。——兄弟に対してもナルはナルだなあ。

「とっくに向こう側だと思っていれば」

「ナルのことが心配だったんじゃないかなあ」

　そう言ったのは、なんとなくだったんだけど。ナルは不快そうに顔をしかめた。

「ジーンに心配されるほど落ちぶれてない」

……左様ですか。——結論。こいつと兄弟をやってられたんだから、お兄さんの性格は、限りなく良かったに違いない。

「どういうつもりかは知らないが、あの馬鹿は麻衣の指導霊を気取っているわけだ。たぶん麻衣には、先天的に霊視の才能がある。それを見込んでか、そばについて才能を引き伸ばす役をかって出たつもりなんだろう。まったく……」

　こういう言い方をされたんじゃ、お兄さんも浮かばれないよなあ。

「トランス状態に入る方法も、ジーンがよく使っていた手。霊を光として認知するのも、そのときに風景が透けて見えるのもジーンの癖だ。そのうえ勝手にラインを繋《つな》いで」

「ライン？」

　ナルは本当に不快そうだ。

「僕とジーンの間にはホットラインがあったんだ。意識と意識の間に直通の」

「テレパシー？」

　ナルは頷く。

「の一種だろう。もっとも、兄弟以外の相手にはまったく役に立たなかったが。それを麻衣に中継したな。道理で同じヴィジョンを麻衣も見るわけだ」

　……へぇ。

「さっさと向こう側へ渡ればいいものを」

　それはとても理解できる気分だったので、ナルに対して、酷いとは思わないことにした。あたしだって、お父さんやお母さんが、いつまでもこちら側に残っていたら辛い。

「お兄さんは霊媒だったんだよね。ひょっとして、お兄さんも一緒にゴーストハントをしてた？」

　ああ、とナルは頷く。

「だったら、本当にナルが心配だったんだねえ。……お兄さんがいなくなって、霊を見る能力者がいなくなったわけでしょ？　それでなんとかあたしを、使い物になるよう指導してくれたんだよ」

優しいお兄さんじゃないか。粗末にしたらバチがあたるぞ。

「あいつは、お節介なんだ」

「親切、って言うんだよ、そういうのを」

あたしは苦笑し、

「……ねえ？　お兄さんはどうして日本に来たの？」

ひょっとしたら答えてもらえないかも、と思ったんだけど。

「降霊の実験をしてほしいという依頼があったんだ。日本には古いスタイルの霊媒が各地に残っているから、ついでにそれを調べてくるという話だった」

「ふうん……」

そっか、お兄さんもそういう研究をしてたんだ。でもって一緒に調査にも行ってた。きっとナルは調査の間、もどかしかったことだろう。ここにお兄さんがいれば、って。真砂子はときに何も見えないことがあるし、あたしはミソッカス霊能者だし。お兄さんなら即座に状況を把握できて、必要とあればどんどん浄霊できて——。

あたしは教えてもらった浄霊方法を思い出した。あれを、簡単だと言ってのけた彼は、きっと根っから優しい、温かい人だったんだろうなあ。

……そして、死んだ。今もダムの底に眠っている……。

「お兄さんが……その、ここにいるってどうして分かったの？　やっぱサイコメトリ？」

ナルは頷いた。

「それって絶対？　何かの間違いってことは……」

ないだろうな、とナルは苦笑した。

ないか……。ないよねえ。ナルが捜しに来てからだって一年半だもんね。それだけの時間、本人から何の音沙汰《おとさた》もないわけで。

「……どうして亡くなったのか訊いてもいい？」

ナルは少し考え込むようにして黙っている。それから、

「道を歩いていて、事故に遭ったようだな」

「リンさんは——その、殺されたって……」

ナルは軽く頭《かぶり》を振った。

「事故だ。山道で——カーブを曲がり損ねた車が突っ込んでくる」

きゅっと喉許《のどもと》が締めつけられた気がした。

「衝撃があって、倒れて。アスファルトに伏せていると、停まった車から人が降りてくる」

「……うん」

「膝下しか見えなかったから、どういう人物なのかは分からない。相手は狼狽《ろうばい》して、し

ばらく足踏みしたあげく、車に戻る。すぐに車が動く音がして、それが背後から近づいてくる……」

あたしは苦いものを呑み下した。それでは、その人は、ジーンに止《とど》めを刺したんだ。たしかに……殺された、と言っていい……。

「そこからはヴィジョンにグリーンのハレーションが起こる。対象が死んだときの癖なんだ。地面を引きずられて、車のトランクに積まれる。どこかガレージみたいな場所で銀色のシートに包まれる。それがボートの上から湖の中に投げ込まれる——」

「酷い……」

「そもそも事故に遭うところが迂《う》闊《かつ》で間抜けなんだ」

……また、そういう言い方をする……。ほんとにもう。

「早く見つかるといいね」

きっとそれで、さまよっているんだろうから。こんなに遠くで二度と家族にも会えなくなってしまって。冷たい水の底で、一人ぼっちで。

……早く帰りたいだろう。自分がいるべき場所に。

ナルは何かを言いかけた。言いかけて結局口を噤《つぐ》み、代わりに一つ溜息をついた。

そのときだった。遠くから明るい声が聞こえた。

「なーんだ、こんなところにいたの？」

それは女の人の声で、さりとて綾子の声ではなく、真砂子の声でもなく、でも確かに聞き覚えのある声で。

振り返ると林の間に手を振っている女の人の姿が見えた。

……あの人は。

「あら、谷山さん。お元気？」

ぱあっと明るい笑顔が懐かしい。

いつか会った、ナルとリンさんの不思議な知り合い。

「……森さん⁉」

第十一章

1

どうして、こんなところに森さんが？

疑問に対する答えはすぐに出た。森さんのほうへ小走りに向かうナルのあとをノコノコついていって、森さんの背後に三人の人影を見つけたから。少し離れたところでリンさんと、二人の人物が会話をしている。中年の男性と女性だ。しかも。

あたしは思わず足を止めてしまう。

が、外国人のひとだ。

——どうして、こんなところに？

その答えは漠然と分かった気がしたし、実際すぐに確定した。ナルが真っ直ぐに二人に駆け寄っていったので。振り返った女の人が両手を差し出した。ナルがそばに行くと、躊躇《ためら》うことなく抱き寄せる。男の人もナルの肩に腕を廻した。

そんな恐れを知らないことができる人間が誰だか、分かりきってる。

「お久しぶり」

いつの間にか森さんがあたしのそばに来ていた。

「お久しぶりです。──森さん、あの人たちがナルのお父さんとお母さん……？」

ふんわり微笑《わら》ってから森さんは、同じようにいつの間にかあたしのそばに来ていたリンさんを見る。

「──紹介してもいいのかな？」

彼女の問いにリンさんは頷《うなず》く。

「そう。谷山さん、紹介するわ。……少し、あとでね」

そうか。リンさんがいつだったか、「二、三日中に向こうを発《た》つそうです」と言っていたのは、御両親のことだったんだ。

イギリスから日本のここまで、どれくらいの時間がかかる旅なのか、あたしには分からない。それでもきっと、とても辛《つら》い旅だったろうと思う。消息を絶った息子の遺体が眠っているだろう場所。本当だったら、こんな遠い異国に分かれて住むはずもなかった、もう一人の息子との再会。

しんみりしていると、森さんが柔らかい声を出した。

「それより、他の人たちもみんな揃ってるんですって？　みなさん、お元気？」

「はい」

「そっか。じゃ、ちょっと御挨拶に行こうかな」

森さんが視線をちらと横に向けるので、あたしも同じ方向を見る。お母さんはナルに縋《すが》って泣いているようだった。

「――邪魔はしないでおこう？」

「そうですね」

その場にリンさんを残し、森さんとバンガローに戻ると、みんなはまだそこでゴロゴロしていた。あたしと森さんを見て、それぞれが驚いたように声を上げる。

「森さん」

「あら」

「うわ。お久しぶりです」

みんなの声に森さんは笑って、ひとしきり再会の御挨拶。

「なんでまた、いきなり」

そう訊《き》くぼーさんの声に、ナルの御両親を案内してきた事情の説明があって。前後の事情を交換し合っているみんなを尻目に、あたしは真砂子を脇のほうへ引っ張った。

「ねえ、ねえ」

「どうしたんですの？」

「いつか、真砂子が捕まったときに、ナルが励ましにいったことがあったでしょ？」

真砂子はちょっと周囲を窺《うかが》うようにしてから声を潜める。

「……ええ。それが？」

「あれ、ナルじゃないの、知ってた？」

真砂子は怪訝《けげん》そうに眉をひそめる。

「ナルでしたわ」

「違うの。お兄さんだって」

「そんなはずありませんわ。だってナルでしたもの」

うん。そう言ってしまう気持ちは分かる。

「違う。お兄さんなの。……双子の」

「双子――」

真砂子が声を上げて、背後の声がぴたっとやんだ。

「誰が双子なんですか？」

訊いてきたのは安原さんで、笑ったのは森さんだ。

「ああ、ナルとジーンね」

安原さんが驚いたように森さんを見た。

「お兄さん、って、双子のお兄さんなんですか」

「そうよ。一卵性双生児ってやつ」

ひええ、と安原さんは呟《つぶや》いて、

「……あんな顔が二つもあったのか。見物《みもの》だっただろうな」

た、確かに。

「双子だからって必ず似てるとは限らないわよ。そんなに似てない双子もいるもの」

綾子の言葉に、森さんは軽く笑った。

「それが、あの二人は似てたのよー。あえて似せているわけでもないのに、横に並べるとほぼ見分けがつかないくらい」

森さんはちょっと何かを思い出すように天井を見る。

「もっとも、性格はまったく違ってたけど」

「違うというと……」

「正反対、かな」

げげ。一方がアレで、その反対、ってことは。

「優しくて人当たりが良くて穏和で謙虚で……」

森さんは小首を傾げてから、

「まあ、あまり外れてはいないかな。でも、そういう言い方をすると、ものすごく出来た子みたいね」そう言って、森さんは笑う。「実際には普通の性格だったんじゃないかな。普通に穏和で人当たりがいい。双子の片割れがああだったから、ものすごく出来た子に見えたけど」

まあ、それはそうだ。

「ナルと違って明るいタイプね。人懐こかったし。やんちゃなところもあってね。よく、入れ替わってまわりの人を担いだり。ナルはそういう遊びをしないから、ああいうのはジーンの仕業なんじゃないかな」

「……け、結構、意外な性格」

ナルと同じ顔でそういうことをしてたんだと思うと、頭痛いぞっ。

「谷山さんに少しだけ似てたわね」

森さんはそう言って温かい笑みを浮かべた。

「……あたし？」

「うん。もちょっと印象として、もの静かなタイプだったけどね」

すみませんね。あたしは煩《うるさ》い奴で。

「リンもそう言ってた。似てるって」

リンさんが？

「谷山さんは、すぐ依頼人に同情するんでしょ？　関係者にのめり込んで一緒になって泣いたり笑ったり？」

……うう。そおいう性格なんです。

「そういうところがね、似てるって」

……そっか。

「だから、あの人見知りするナルとリンが、わりと簡単に谷山さんには馴染んだんじゃないかな。この間来たとき、すごく気安い感じで驚いたもの」

へええ。そうなんだ。……なんか、ちょっと嬉しいぞう。

それだけ仲が良かったのかなあ、と思う。ナルと誰かが仲がいいなんて、想像がつかないところがあるけど、双子の兄弟だもんね。兄弟のいないあたしには分からないけど、双子の兄弟って、普通の兄弟よりずっと親密な感じがする。

「ナルはお兄さんが死んで……それであんな性格になっちゃったのかなあ」

あたしは呟いた。突然、失くしてしまって。それも、たぶんとても酷《ひど》い状況で。だったら性格が多少厳しくなっても仕方ないかも、という気がしたのだけど。

「ううん」森さんは驚いたような顔をした。「ナルは昔からああだったわよ」

……げっ。

「ナルは小さい頃からああだったって。ジーンが言うんだから、間違いないと思うけど」

……うーむ。

「でも、やっぱ、仲良かったんですよね」

「んー。それはどうかなあ。確かに、一番距離が近い感じではあったけど……」

「兄弟喧嘩《げんか》なんかは」

「しょっちゅうよ。といっても、たいがいナルが一方的に怒るんだけど」

ありゃりゃりゃ。

「それでジーンのほうもナルを嫌ってれば、仲の悪い兄弟、で終わりだったんだろうけど、ジーンって基本的に人を嫌わない子だったから」

「ふうん……」

「──だから、ナルが遺体を捜しに行くって言い出したとき、正直言って驚いたわね。そういうことをするとは思わなかったから」

森さんにこう言わせるんだから、筋金入りだな、あの坊ちゃんは。

「ナルが日本に来たのって、いつ頃だったんですか？」

「谷山さんがバイトに来るようになった、三ヵ月ぐらい前じゃないかな。そのくらい」

「えーと、森さんはー、ナルとはどういう関係なんですかー？」

にぎにぎ。

森さんはあたしを見る。

「身上調査？」

「はい。今回は大手を振って」

言うと、森さんは軽く声を上げて笑う。

「あたしは、そうね、平たく言えばナルの上司ね」

じ、上司ぃ⁉

ぼーさんが軽く身を乗り出した。

「と、いうことは、『ＳＰＲ』の？」

「ええ。『ＳＰＲ』にプラット研究所というのがあって。そこのフィールドワーク研究室のチーフなの。いちおうね」

ほええええ。

「じゃ、ナルはその研究員?」

「そうよ。ナルもリンも」言ってから森さんはちょっと複雑な笑みを浮かべる。「ユージンも」

……そうだったのか。

「それで、森さんがナルの師匠になるんだ」

あたしが言うと、

「そう、昔はね。カメラの扱い方から教えてあげたのに、いつの間にかあたしより熟達しちゃって。おかげで今は隠居みたいなもんよ。ナルが送ってくる書類を纏《まと》めて偉い人のところへ持って行くのがお仕事」

なるほどなあ。上司で師匠じゃ、頭が上がらないはずだわ。ナルもリンさんも。

「リンさんのおうちもイギリスにあるの? 香港じゃなくて?」

「そうよ。リンの家族は香港脱出組ね。もともと一族はイギリスにいて、リンの家族だけ残ってたみたい。あそこの家族は偏屈だから」

「偏屈?」

「日本人は嫌いだし、イギリス人も嫌い」

うーむ。日本人が嫌いだというのは聞いてたけど、イギリス人も嫌いだとは。アヘン戦争の怨《うら》みを引きずってるのかな? ……にしても、いちいち嫌いな国に行く破目になるなんて、リンさんってば不幸。

「やっぱ、ロンドン？」

……なんつっても、イギリスの街の名前なんて、ほかにいくらも知らないんだけど。

「リンの家族はね。リン自身はケンブリッジにいるけど」

それがどこだか、どういう街だか、あたしには分からない。

『SPR』はロンドンにあるんじゃなかったっけか」

ぼーさんが口を挟んで、森さんは頷く。

「そう。本部はロンドン。研究所がケンブリッジなのよね。リンは研究所の研究員で、ケンブリッジの大学院生だったから、それで」

「へええ。……ということは、ナルも？」

「そう。お父さんがケンブリッジの先生だしね」

ああ、ナルホロ。ケンブリッジ大学のあるケンブリッジか。

「ナルって、日本にいる間、学校はどうしてたの？　休学？」

「そう」

「高校生？」

「大学生。もっとも入学手続きをしたきり、一度も行ってないけど」

「ひょっとしてケンブリッジとか」

ケンブリッジ大学というのはすごーく賢い人の行く学校だ。そのくらいは知ってるぞ。

「そうよ。トリニティカレッジ。ウィトゲンシュタインの後輩」

「ふに？」

「ケンブリッジ大学というのは、三十以上のカレッジの総称なの」

「ふぇぇ。——十七で？　やっぱ、賢いんだねえ……」

森さんは軽く首を傾ける。

「向こうでは、いちおう満十七歳から大学に入れるのよ。確かに、大学の入学資格を取ったのは普通より少し早かったんだけど」

「へええ。さすがに、頭いいんだ」

だろーなー。うんうん。

しかし森さんは笑った。

「要は早く学校から自由になって好きな研究がしたかっただけでしょ。さすがに資格試験の前は猛勉強してたもん。教科書を読みながら研究所の廊下を歩いてて、壁にぶつかったりねー」

……ぶ。

「う、うそ」

森さんは悪戯《いたずら》っぽく片眼をつぶってみせる。

「あたしが言ったことは内緒」

「うん」

壁にぶつかるナルっ。うくくくく。

「怒って壁を粉砕しなくて、良かったね」

「あのぶんでは気がついてないと思うわ。壁に向かって謝ってたから」

「あの、無表情で？」

「無表情で」

だめだ、こりゃ。おかしーわ。

2

笑い転げてふと気がつくと、冷たーい視線を感じた。

……ふに？

冷たい視線を向けているのは、その他大勢で。

「どうかした？」

ぼーさんは胡坐《あぐら》をかいた膝に頬杖を突いたまま、

「仲良しさんだねえ……」

「うん。仲間に入りたい？」

「入りたい……」

よし。正直でよろしい。

「一つ訊きたいんだがね、お嬢さん」

「なんでしょう？」

「例のビデオで——」

「おじさんは、また、そうやって話を硬いところに持っていくっ」

ぷんぷん。

「麻衣の話が下世話なだけだろーが」

「べーだ。そんなだから、おっさん臭いんだぞ」

「お前がガキなのっ」

「ほほほ。あたしの若さを妬《ねた》んでいるのね」

「やかましいっ」言ってから、ぼーさんはふいに、「——そういや、お嬢さん。リンはいくつ？」

森さんは声を上げて笑った。

「滝川さんより上であることは確実ね」

「よかったー」

しみじみ言うところが、おっさんの証拠だな。最年長じゃなくて良かったね。

「——って、そんな話をしたいわけじゃなくて。例のビデオを撮影したときにはナル坊は倒れなかったのかね？　五十キロの物を吹き飛ばすといやあ、相当な消耗だろーに」

……やっぱり硬いところに持っていったな。年寄りはしつこいんだから。

森さんはちょっと言葉を探す。

「ああ……そっか、最近、倒れちゃったんだっけ。——そうね、以前はそんなに消耗する必要がなかったのよ。というのは、ユージンがアンプリファイアの働きをしていたから」

「——なんです、そりゃ」

「ごめんなさい。あたしにも分からないの。ただ、ナルが小さな気をジーンにトスすると、ジーンがそれを増幅して送り返す、そういう現象だったみたい。何度もトスを繰り返すうちに、気は成長していくわけ。だから、大して消耗する必要がなかったんだと思うの」

……ふうん。

「実際、よく分からないのよね。ナルはあまりサイ能力の実験をしなかったから。実験したところで、破格すぎて分析できないところがあったし。本人もサイ能力研究には興味がなかったし、ルエラ——お母さんが実験材料になるのを嫌がったから」

「へえ……。でも、警察には協力してた？」

「しぶしぶね。いろいろ逃れようのないツテってあるし。しかも、ナルのそばには依頼者に同情してのめり込むのが得意な片割れがついてたから」

……なるほろ。

悪戯っぽく笑ってから、森さんはちょっと真面目な顔をした。

「念のためにお願いしとくけど、このことは内緒にしてね。マスコミの耳に入ると困るから」

あたしは頷いた。

「……もちろんですけど、そうムキにならなくても」

ナルならマスコミの取材なんか、あの毒舌で切り捨ててしまうと思うけどなあ。

「万が一にもマスコミに写真が出たりしてほしくないの」

「どうして？　そりゃまあ、能力があってあの外見じゃあ、女の子が騒いであっという間に……」

アイドルになるだろうし、引っ張りだこになるだろうし。身辺が大騒ぎになるのは眼に見えてる気もするけど。思っていたら、森さんはきっぱりと、

「違うの」

うに？

「ジーンはこの国で死んだわけね。ナルは止《とど》めを刺された、と言っていた。それを信用するなら、殺されたと言ってもいい」

「……うん」

「おそらく、犯人はこの国の人よね。その犯人が、自分が殺した人間と同じ顔を見たらどうすると思う？」

……あ。

「犯人がどういう人間かにもよるし、そもそも犯人が気づかない可能性だってある。でも、逆にすごく危険なことになる可能性だってあるでしょ？　ナルが日本に行くって言ったとき、あたしたち――あたしや御両親が一番心配したのはそこだったの。だから、マスコミには秘密にしておきたい。注目されたくないの」

　そっか。そうだね。

　ぼーさんが、なるほど、と息を吐いた。

「それで、本人に偽名を使わせたり、事務所に偽名を使わせたりしたんだ」

……そっか。ナルの一存じゃないんだ。そりゃそうだよなあ。本家のSPRだって了解事項だよなあ。全員で一丸となってナルのプロフィールを隠そうとしてたんだ。……大変だなあ。

　ふっと降りた重い空気を浮上させるように、そういえば、と森さんはごく軽い口調で言ってぼーさんを見た。

「滝川さんはナルのファンなんですってー？」

――は？

　誰もが首を傾げてから、いっせいに爆笑した。

「そっか。ぼーさんはデイヴィス博士の大ファンだもんねーっ」

「やったー。良かったじゃない。いっぱいお話しできて」

「サイン貰わないんですか」

「お知り合いだもん、楽勝よぉ」

「博士にもファンだってバレてるよ。眼の前でずいぶん誉《ほ》めてたもんね」

「そうそう」

ぼーさんは頭を抱えた。

「頼むから、それを言うなって。……一生懸命考えねえようにしてんだから」

本当に情けなさそうで、大爆笑。

知らないほうが幸せなことって、あるよねー。うんうん。

バカ笑いしてたときだった。ノックの音がして、綾子が返事をする。ドアを開けたのはリンさんだった。

「まどかはいますか」

「いるわよー」

森さんが笑って手を挙げるより先に、リンさんが硬い声を上げた。

「――見つかりました」

全員が腰を浮かせた。

3

バンガローを飛び出すと、水辺には野次馬を含めて何人かの人々が集まっていた。

周囲には濃厚に夕暮れの気配が立ち籠《こ》めている。岸は山の影に入って翳《かげ》り、影のない湖上のボートのあたりが照明を当てたように鮮やかだった。西陽を浴びて水面が輝いている。

モーターボートのそばの水面にダイバーの黒い頭が浮かび出てきた。ボートから手が差し伸べられ、その手に水中からロープが渡される。ボート上の人物がロープを引くと、やがて水面にくすんだ灰色の布の塊のようなものが浮かび上がってきた。水中のダイバーがボートに上がり、ボートが動き出す。岸に向けて。

あたしたちは何かの儀式を見るような気分で、その光景を見ていた。

ボートが岸に着いた。水際に乗り上げて止まる。飛び降りたダイバーがロープを引くと、灰色の……いや、汚れた銀色のシートに包まれたものが手繰《たぐ》り寄せられてきた。それを水際に上げる。少し離れたところから見守っていた人の間から、一人の人影が水際に歩き始めて、それがナルだった。

お父さんとお母さんが引き留めようと手を伸ばしたけど、ナルが前に進み出るほうが早かった。ナルは水辺に近づき、引き上げられた布の塊のそばに屈《かが》み込む。手を伸ばして、それを中年のダイバーが制止するのが聞こえた。

「やめなさい」

「いえ、大丈夫ですから」

ナルの声は、感情が欠落したように平静で落ち着いている。

ナルはシートに向かって跪《ひざまず》く。白い手を伸ばしてシートをめくった。シートの包みの端からは、わずかに漆黒の髪が覗《のぞ》いて見える。そばにいたダイバーが眼を背けた。

ナルはじっとそれに眼を落とし……そうして落ち着いた手つきでシートを戻して、黙ったまま立ち上がると、水際伝いに歩き始めた。

涙も苦痛の色もない静かな横顔だった。

そこから大騒ぎになったわけだけど、あたしと綾子と真砂子、そして森さんは早々にその場を立ち去ってバンガローに戻った。ナルのお母さんを連れて。

戻る前に、あたしたちはお父さんお母さんに紹介された。お父さんはマーティン。お母さんは、ルエラと仰《おっしゃ》るそうだ。お父さんは森さんによると、博士号をもらっちゃったナルと区別して、デイヴィス教授と呼ぶらしい。年齢は分からないけど、あたしたちのお父さんやお母さんの年代よりいくらか年配だと思う。

そうして、デイヴィス教授は茶色がかった赤毛、デイヴィス夫人は見事な金髪をしていた。眼の色は教授がブルー、夫人が紫。ナルは養子だから当然なんだけど、本当にまるきり似ていない。

デイヴィス夫人はたくさん泣いた。可哀想で可哀想で、慰める言葉もなかったぐらいだ。今にもその場に頽《くずお》れそうになるのを支えてバンガローに連れ帰ったけれど、中に入るや否や森さんの肩に縋って泣き崩れてしまった。あたしも真砂子も、そして綾子も、黙って見守っているしかなかった。森さんが辛抱強く夫人の肩を叩いていた。

ずいぶん時間が経《た》って、窓の外が暗くなってから、夫人は森さんの肩に伏せていた顔をやっと上げた。

「どうも、すみません」

ちょっとたどたどしい感じの日本語だった。

「ごあいさつ、しないで、ごめんなさい」

誰もが首を横に振る。それを泣き腫《は》らした眼で見てから、

「わたしの日本語は、分かりますか？」

「とてもお上手ですわ」

真砂子が言うと、夫人はやっと微笑う。それでも微笑った口元が震えているのが痛々しかった。

「二人は、日本語で秘密の話をするので、日本語の勉強をしました。けれど、日本語は難しいです。うまく喋《しゃべ》れなくて、ごめんなさい」

二人、というのはナルとお兄さんのことだろう。

「ナルが、とてもお世話になって、ありがとうございます」

「とんでもありません。こちらこそ」

真砂子が会釈をして、綾子が立ち上がる。

「お茶を淹《い》れ直しますね。冷めてしまったから」

「あの……。御愁傷さまです」

　あたしが言うと、夫人は森さんを見る。森さんが何かを英語で話しかけて、それから夫人はあたしに微笑った。

「ありがとうございます。あなたは、谷山サンですか？」

「はい。そうです。どうぞよろしく」

「どうぞ、よろしく。ナルは気難しいので、大変です。どうも、ありがとうございます」

　そう仰ったから、あたしがオフィスでバイトしてることを御存じなんだろう。

「本当に、少し気難しいですね」

　言うと夫人は笑う。

「けれど、いい子です」

「分かります」

「わたしは、二人が、とても自慢です」

　言ってハンカチを握っていた手を開く。掌《てのひら》の中に名刺大の小さな写真立てが握られていた。それをそっと撫《な》でる。あたしが覗き込むようにすると、それを渡してくれた。

「とても、自慢です」

　写真の中には二人の少年が写っていた。同じ顔。同じ背丈。片方が一方よりも幾分顔つきが優しい。二人のナル。

「……ジーン？」

あたしは一方を指差す。夫人は頷いた。

本当に似ている。ジーンは微笑っていて、ナルはカメラを厭《いと》うみたいに、ちょっと眉をひそめてるけれど。

「ジーンが二人、いるみたいですわね」

横から覗き込んできた真砂子が言って、あたしは確かに、と思う。

ナルが二人というよりも、むしろその写真は二人のジーンを写しているように感じられた。理由はすぐに分かった。ナルが、ネイビーブルーのセーターを着ている。シャツはダンガリー。こんな服装をしているナルを初めて見た。

……ああ、そうか。

あたしは納得する。

あれは……喪服だったんだ。

真っ黒の服。ジーンのための。

——失われた半身のための。

ふいに涙が零《こぼ》れそうになって、慌てて堪《こら》えた。あたしには、お母さんを前にして泣く資格なんてない。この悲しみはまず、ジーンをよく知っていて、彼のことを好きだった人のものだ。

あたしは写真立てを夫人に返した。夫人は本当に大切そうにそれを掌の中に握り込む。

「ジーンが、可哀想です」

　夫人は言って、もう一度涙を浮かべた。

「ナルも、辛かったと思います。可哀想です」

「はい……」

「一緒に生まれてきたのに、こんなふうに別れるのはいけないです。本当に可哀想です」

「あたしも、そう思います」

　言ったら、涙が出てきて我慢できなかった。あたしは口の中で言い訳をしながら、その場を立ち上がって、外に向かって足早に出て行った。

4

「だらしないなあ……」

　あたしはバンガローを駆け出し、窓から見えない林の中に逃げ込んで、そのへんの木に背中を凭《もた》せかける。いつの間にか昇った月の光が降っていた。

　あたしが泣いてちゃいけないのに。あたしより辛い人がいるのに。慰めて、励ましてあげなきゃいけないというのに。

　それでも上を向いてないと、ボロボロ涙が零れてきそうだった。

すごく胸が痛いよ。……苦しい。どうしてこんなに辛いのか、よく分からない。

「ふみー」

泣きたい。でも、泣きたくない。

それで、声をかけられて、ほっとした。

「何をやってる」

呆《あき》れた調子の声はナルのもので。ごしごし顔をこすって、声のしたほうを見ると、すぐ近くの小道に本当に呆れた顔をしたナルがいた。

「月を食べるつもりか？　口を開けて待っていても月は落ちてこないが」

……まったく、口が悪いっ！

でも、おかげで涙が引っ込んだので、特別に許してあげよう。

「べつに食べたいわけじゃないよーだ」

「ルエラは？」

お母さんのことをそう呼ぶんだな、と思った。ナルのほうへ向かいながら、

「あたしたちのバンガローにいる。……お兄さんは？」

「警察が運んでいった」

「ふうん……」

どうしてこう淡々としてるんだろう。まったくいつも通りなのがちょっと腹立たしい。

「正直じゃないんだから……」

「何が？」

　バンガローの明かりのほうへ歩き始めていたナルが振り返る。

「ひねくれものっ！　ちょっとは正直に泣けば？」

「べつに泣くようなことじゃない」

「だって、悲しいでしょ？」

　ナルは皮肉っぽい笑みを浮かべる。

「あいにく僕は情感の機微が分からない馬鹿者なもので」

　こいつ、根に持ってやがんな。

「素直じゃない」

「人は誰でも死ぬんだ」

　声は静かだった。

「百年も経ったら、知り合いは一人も生きていない」

「そういう問題じゃないと思う」

「そういう問題だ」

　ほんとに朴念仁なんだから。溜息をつきながら、あたしは月を仰ぐ。

「ナルはイギリスに帰っちゃうんだ……」

「ああ」

　言ってもいいよね。いまさらだもんね。

「……あのね、好きだった」

「好意を持っていただけていることは、昼間に嫌というほどお聞きしましたが」

「馬鹿者。そういう意味じゃない」

あたしはナルを見る。不思議そうにあたしを見ているので、思わず笑った。

「鈍いなあ。……あのね。すごーく特別な意味で好きだったの」

ナルはあたしを見返す。漆黒の瞳《ひとみ》。ちょっと首を傾げるようにして、それから白い顔がほのかに微笑った。

「僕が？　――ジーンが？」

一瞬、ポカンとした。

何を言い出すんだ、こいつは。

「そんなの……」

そんなの、決まってるじゃない。そんなの。

帰ってしまうナル。だから伝えておこう、そう思ったのに。もう会えないから。もう。

……二度と会えない。

あの笑顔を見ることはない。二度とどんな夢の中にも、もう彼は現れない。

答えられなかった。悔しくて悲しくて涙が零れた。

「だって……っ。知らなかったんだもんっ」

知らなかった。あれがナルじゃないなんて。もうこの世にはいない人だなんて思わなかった。きっといつかナルがあんなふうに微笑ってくれるんだと思ってた。ナルは絶対にあんなふうには微笑わないのに。

「あたし、知らなかったから……っ。なんにも分かってなかったから」

いつも助けてくれたのに。励ましてくれたのにお礼も言わなかった。ずっと勘違いしたままで、最後まで間違えたままで。

「ずっと、ナル、って」

そんなふうにしか、彼を呼ばなかった。胸が痛い。死にたいぐらい苦しい。

その場に蹲《うずくま》って、声を上げて泣いた。

5

ずいぶん経ってから息が治まって、ようやく顔を上げられるようになった。

「どうせ……」

近くで声がして、驚いた。脇を見て、すぐ横に立っているナルを見つける。とっくにいないんだと思ってたので、ちょっとポカンとしてしまった。

「嫌でもまた会うことになる」

そっぽを向いたままの白い横顔。

「……百年ぐらいして……？」

「麻衣の場合は、二百年ぐらいあるかもしれないな」

「ふーんだ」

妙に力が抜けて、あたしはぺたんと土の上に坐り込んだ。

「あたしって、本当に長生きするわ。まぬけでお馬鹿で、呆れちゃう」

「だろうな」

「そこで否定してほしーんですけどぉ」

「真実は直視したほうがいいと思うが？」

煩いわ。

「……言ってくれればよかったのよ。最初からちゃんと事情を話してくれたら、こんな勘違いをしないで済んだんだから。怨んでやる」

「勘違いするほうがどうかしてる。僕があんな、お節介な性格か？」

「そうだよねえ……」笑ったら、また涙が零れた。「馬鹿みたい。……そうとは知らずにナルのすることに一喜一憂して」

「へえ？」

夜の林で、月の光が降ってて、虫が、か細い声で鳴いてて。

「ムード満点じゃないかあ」

「は？」

あたしは上を向いて舌を出した。

「ちょっと前までなら、絶対にわくわくした状況だよね」

「同意を求められても困るんだが」

「わくわくしたの。乙女心はそういうもんさ。……なのに、まったく別人だと思うと、ありがたみもなんにもないなあ」言ってから、自分を小突く。「……いけね。これってすごい失礼な言いぐさだね。ごめん」

「べつに。慣れてる」

素っ気ない声に振り仰ぐと、ナルはちょっと眉を上げる。

「顔も同じで才能も同程度。一方は性格が良くて、一方は悪い。——どちらを選ぶ？」

「性格のいいほう」

「そういうことだ」

……そっか。ていうか、本人も性格が悪い自覚があるのか。それもすごいな。

「ナルって、……結構哀れな人かも？」

ひょっとして周囲の女の子、ぜーんぶお兄さんに取られてたりして。

「同情いただく必要はありません。周囲が静かなのは望むところですから」

「学者馬鹿」

ナルがあたしを見るので、あたしは笑ってやった。

「単なる学者馬鹿だって、ジーンが言ってた」

ナルは溜息をつく。それを笑って立ち上がった。

「本当に外見は似てるのに、中身はぜんぜん違うのねー」

「御期待に添えず、申し訳ありません」

「うん。少しでも性格が似てたらヨロメクのになあ」

あたし、失礼なことをいっぱい言ってる。ごめんね。許してね。今はこうしないと立ち上がる元気が出ない。

「謹んで御辞退申し上げます」

あたしは笑う。

「ひょっとして、好きな人いたり？」

訊くと、ナルはちょっと驚いたようにする。

「僕が？」

「そう。……一瞬、イギリスに会いたい人がいたりして、と思ったんだけど」

そういうことだってあっても変じゃないよなあ。興味深く見守ると、ナルはちょっと首を傾げる。

「もう五年くらい追いかけてる女性ならいるが」

「うそ！　まじ？」

なんてこったい。これは真砂子に御注進だわ。

「——ウィンブルドンの女性で」

「あの、テニスのウィンブルドン？」

「そう。古い屋敷の屋根裏部屋に住んでいて」

「いくつぐらい？　綺麗《きれい》な人？」

「さあ。年は八十過ぎに見えるが」

……がっくり。

「生きてる人なんでしょうねえ？」

　ナルはちょっと笑う。

「非常にクリアなデータが取れるんだ。一年のうち、この時期しか現れないんで、帰ったら真っ先に会いに行こうとは思ってる」

……やれやれ。本当に楽しそうなんだもんなー。

「……そんなふうに、一年に一度でもいいから会えたらいいのにね」

　誰に、とは言わない。

「会えないほうが喜ぶべきことだろうな」

「……そうだね」

　月光に曝《さら》された横顔が本当に似てる。泣けてしまうぐらいに。

「笑顔が綺麗で、好きだったの……」

「そう」

「本当に、本当に、綺麗だったんだよ」

「ああ――」

あたしは頷く横顔から視線を逸《そ》らした。木立の合間に月光を浴びた斜面が見え、その向こうには銀色に水面が続いている。

そこにはもう、誰もいない。

風が吹いて、湖面に小さく小波《さざなみ》が立った。

6

「——麻衣、大丈夫？」

綾子に声をかけられて、目が覚めた。うーん、眩《まぶ》しい。光が痛い。

「おふぁよー……」

のろのろと布団の上に身を起こした。すっかり朝になってるようだ。眼がしょぼしょぼして見えづらいけど。

「大丈夫なの？」綾子が顔を覗き込んできた。「あんた、瞼《まぶた》が腫れちゃってるわよ」

「あやー……」

「冷やしたほうがよろしくてよ」

真砂子が濡れたタオルを渡してくれる。

「まいったなー。眼が開かないよー」

綾子が困ったように笑った。

「夜中にメソメソ泣いてたんでしょ」

「うん。夜中に起きたら、泣けちゃってー。ひょっとしたら、ゆうべの夢で会えるかな、って期待してたみたい」

昨夜、バンガローに帰ってから、あたしは綾子と真砂子に洗いざらい喋ってしまったんだな。なんか、黙ってられなくて。

「ほら、目薬。注《さ》しときなさい」

「ありがとー……」

うー。朝日と目薬がしみるよぉ。

手鏡を出して覗き込むと、本当に瞼が腫れちゃって、むくんじゃって悲惨な顔だ。

「うーん」

「ほら、ちゃんと冷やして」

「ねえ？　悲劇の大恋愛って、文字面《もじづら》は綺麗だけど現実はみっともないね」

「なに馬鹿なことをしみじみ言ってるの。その顔で一日過ごす気？」

はーい。

横になって濡れタオルを顔に載せる。冷やっこくて、すごく気持ち良かった。

「今日は、朝御飯は向こうにするわね。あんたのぶんはこっちに持ってきてあげるから、しばらく寝てなさい」

綾子の声が遠ざかりつつ玄関のドアが開く音がしたので、あたしはタオルを載せたまま手をひらひらさせた。

「ねえ、真砂子ー」

「なんですの？」

「ゆうべしみじみ思ったんだけど、真砂子は可能性、あるよ」

軽い溜息が聞こえた。

「何を言い出したのかと思えば……。御心配なく。自分でもそう思ってますわ」

「へえ？」

「会いに行けば済むことですもの。飛行機のチケットぐらい、買えないわけじゃありませんし。もっとも、会いに行っても相手にしてもらえるかどうかは分かりませんけど」

「大丈夫だよ」

「そうですかしら」

「うん。今まではさー、ナルも気持ちに余裕がなかったんだよ、きっと。ジーンを捜さなきゃ、ってそれでいっぱいで」

「だといいんですけど……」

うん。確かに疑問は残るけどね。

「望みあるって。ずーっと前に、真砂子、ナルと腕を組んでたじゃない。振り解《ほど》かないってことは、まんざらでもないんだよ、きっと」

真砂子の溜息が聞こえた。

「あれは違うと思いますわよ」

「違うって？」

「ナルはどうやら、そういう性格らしいんですもの」

「はあ？」

「ベタベタ触られるのがすごく苦手みたいですの」

……ほう。

「どうしていいのか分からなくなるんじゃないかしら。最初に腕を組んだとき、一分くらい硬直してましたもの」

あたしは起き上がった。タオルが落ちて真砂子が見える。

「……ほんとに？」

一分、ってとこがリアルだよな。

「本当に」

「……へええ。しかし、真砂子ってばよく自分から腕を組みに行くよな。意外に大胆」

真砂子はつん、とそっぽを向く。

「自分でもちょっと、はしたないかな、と思いましたけど。だって、ちっとも分かってくれないんですもの」

「あー。なるほど」

「これは苦手なんだな、と思って。あとはほんの嫌がらせですわ」

「そういう歪《ゆが》んだ好意の示し方はよくないぞー」

「分かってますわよ。だから最近はやってませんでしょ」

「えらいっ。がんばれー。急がないとあたしも参戦しちゃうぞ」

「どうぞ」

をを。余裕の発言。

「本気になってもいいのかにゃー？　どう考えたって顔は似てるんだもん」

「そういう不純な考えの人には譲りませんっ」

「あははは」

「参戦するつもりでしたら、その顔をなんとかしたほうがよろしくてよ」

ぺし、とタオルを目許《めもと》に押しつけられた。

「へーい」

「あたくしは向こうの手伝いに行きますけど、ちゃんと冷やしてること。さらに泣いたら、二目《ふため》と見られなくなりますわよ。もとがもとなんですから」

「よけーなお世話。どーせあたしは、真砂子ほど美人じゃないよっ」

「あら、そんな分かり切ったことをいまさら」

「にゃにおう」

タオルを外して殴ろうとしたら、すでに真砂子は射程外。

「お休みなさいませ」

艶《あで》やかな笑顔に手を振った。

「はいはい。お休みー」

……大丈夫、泣かないよ。

これ以上ないくらいのお別れだけど、気持ちを否定されたわけじゃない。しばらくは落ち込むと思うけど、そのうちちゃんと元気になる。

今は辛いけど、本当に辛いけど、人間てのは能天気なばっかりじゃいられないんだから、仕方ない。きっとみんなにもこういう辛いことがあって、それをちゃんと乗り越えてきたんだと思うから。人生ってそういうもんだよね。

……なんて、あたしが言うと生意気かなあ。

「言いたいこと、ってなんだったんだろう……」

それだけが、気がかり。

最後に会ったジーンのあの言葉。

――言っておきたいことがあったんだけど……。

謎のすべてが解かれるわけじゃない。それもまた、人生かもしれない。

エピローグ

去っていく人があれば、送別会なるものが催されるのが、日本では常識だ。

送別会をやろう、とバンガローで言い出したのが誰だか覚えていない。けれど、全員があっさり賛成したのは覚えてる。

彼の遺体は警察が持っていってしまった。戻ってくるのは翌々日になるという。戻ってきたらそのまま現地で茶毘《だび》に付され、御両親に抱えられて故国に帰ることになった。そのあとを追って身辺を整理してからナルとリンさんが帰国する。

はっきり言って、送られる二人はお祭り騒ぎが嫌いだ。だからこれは、親愛の情を込めた嫌がらせなんだな。本当なら「送別会をする」と言って引っ張り出せる相手ではないのだけど、今回は森さんがついているから強いのだ。本人たちが可否を言うまでもなく、あっさり森さんが「あら、素敵ね」と言って決定事項と化した。

なにしろ日程に余裕がないので、催されるのはナルとリンさん、そして森さんが帰国する当日のことだ。——そう約束して、遺体が見つかった翌日、あたしたちは一足先に帰京した（そして案の定、ぼーさんの車に乗り切れない真砂子が残った）。

思えば、奇妙な夏だった。いろんなことがあったなあ。

感慨に耽《ふけ》る間もなく、ほんの三日でその当日が来て。

あたしは約束の時間よりかなり早く新宿に向かった。森さんに訊《き》きたいことがあった、というのが表向き。じつは単に、秘密のナルちゃんが生活していた場所をちょっとだけ覗《のぞ》いてみようという魂胆だったり。

超高層ビルが建ち並ぶ、新宿西口側。いわゆる、新宿副都心。そこにあるホテルが目的の場所で、送別会の会場だ。

都庁のあたりから電話をして、森さんに訪ねてもいいか、訊いてみる。あっさり「時間までお茶でも飲みましょ」ということになって、あたしは気後れ半分、わくわく気分半分で豪華なホテルの玄関に向かった。

指定されたティールームを覗くと、すぐ正面に森さんが坐っていて顔を上げた。

「こんにちはー」

あいかわらずの笑顔で手を振ってくる。

「こんにちは。――出発の準備は済みました？」

「うん。あたしはどうせ、大した荷物はないしね」

「すみません、忙しいときに。特に用件があったわけじゃないんですけど、ちょっとどんな所か興味津々で」

　オーダーしながら言うと、森さんはころころと笑う。

「正直者ねえ」

「えへへへ。——ナルとリンさんは？」

「まだ時間があるから、荷物の整理をしてるんじゃないかな」

「大変だあ」

　なにしろ、長野から帰ってきたのが昨日だもんね。お父さんお母さんを送り出して、諸々《もろもろ》の事後処理を終えて。戻ってきて荷物を纏《まと》めて。たぶん寝る暇もなかったはず。

「とりあえず、送れるだけ送って、荷造りが間に合わなかったぶんは、また改めて発送するみたいよ」

「じゃあ、また戻ってくるんですか？」

　森さんは首を傾げた。

「んー。たぶん戻ってくるのはあたしだけだと思うけど」

「へええ。……じゃあ、そのときに、ってわけにもいかないなあ」

「どしたの？」

「ナルとリンさんの住所を知りたいんです。手紙くらい書けるといいな、と思って」

「あ、なるほど」

「住所を教えてもらうのが駄目なら、研究所の宛先を教えてもらおうと思って。そしたら、気付で手紙を出せるでしょ？」

森さんは笑った。

「駄目ってことはないと思うわよ。本人たちに訊いてみれば？」

「大丈夫かなあ」

「大丈夫よ、きっと。べつに根っから秘密主義ってわけじゃないんだから。——もっとも、返事を期待しないほうがいいとは思うけど」

「でしょうねえ」

あたしは溜息を一つ。森さんは苦笑して、

「リンは結構律儀なところがあるから、とりあえず返事ぐらい書くだろうけど。……ナルはねえ……」

ま、それは分かってたけどさ。

「そだ。オフィスはどうするか聞いてます？　合鍵も返してないし……」

オフィスはまったく開けてない。とりあえず閉めたまま。あたし個人の私物もあるけど、取りに行く暇がない。

「気になることは、本人に訊きなさい。ナルが言わなかったことは、あたしが教えてあげる」

そう笑って言って、森さんは上を示した。

「行ってらっしゃい。三二一二号室」

あたしは森さんの指を辿《たど》って天井を見上げた。

「……行ってもいいのかなあ」

なんだか、とっても邪険にされそう。

「遠慮をしたら負けよ」森さんはそう言って笑う。「ナルと付き合うコツは、とにかく強気になること。あの子、自分からは人と付き合おうとしないから、遠慮したら縁が切れちゃうの」

「でも、遠慮しないと、怒鳴られそう」

「それが、結構大丈夫だったりするのよ。オフィスに人が集まっても、べつに怒ったりはしないでしょ？」

……あ、そういえば。

「機嫌は悪くなるけど、怒ったことはないかなあ」

「多少、機嫌が悪くなっても気にしないことね。顔色を窺《うかが》ったら負け。本気で怒ったら取りつく島もなくなるから。皮肉を言われてる間は大丈夫なの」

「へええ」

「だから、強気に出た者の勝ち。文句を言われても無視。皮肉を言われても気にしない。そうすると、なんとか付き合っていけるわけ」

「こっちの忍耐が続く限りは？」

あたしが言うと、森さんはころころ笑う。

「そう。こっちに、付き合ってあげるつもりがある限りは」

「なるほどお」

「ナルってものすごく我が強く見えるけど、意外に最後の最後で押しが弱いのよね」

……言えてるかもしんない。

「そういえば、喧嘩《けんか》だって、結構勝てるもんなあ。こっちが引かない限り」

「でしょ？」

あたしは上を見上げる。

「ほんじゃ、強気になってみようかな」

森さんは笑って手を振った。

「行ってらっしゃい」

　長いエレベーターに乗って、ホテル独特の廊下を歩いて。三二一二号室の前で深呼吸。なんのかんの言いながら、チャイムを押すのには肝試し並みの勇気が必要だ。

　中でチャイムの音がして、すぐにドアが開いた。顔を出したナルはあたしを見るなり、腕時計に眼を落とす。

「もうそんな時間か？」

「ううん。だいぶ早いの。訊きたいことがあって森さんに会ったら、本人に訊いてごらん、って」

ナルはちょっと迷惑そうに眉をひそめる。

「あとにしてくれないか」

……やはりプライヴァシーに対するガードが固いなあ。

「左様で……」

すごすご。……と、引き下がっちゃいけないのね。

「何か手伝おうか？」

「必要ない」

「人の親切は素直に受けるものだよ」

「麻衣に手伝ってもらったら、片付くものも片付かない」

「そんなことないって。猫よりは役に立つから。まーかせて」

「だから、必要ない」

「楽できるときは、しとくもんだって。訊きたいこともあるし。片付けを手伝いながら訊けば合理的。ね？」

森さんを真似《まね》てニッコリ笑ったりなんかして。

……そして、ナルは溜息をついた。

をををを。勝った。そうか、こうすれば良かったのか。

ナルはドアを大きく開いて部屋の中を示した。

部屋はダブルの部屋で、広くて綺麗《きれい》だった。カーテンを開いた窓は大きくて、新宿中央公園が真下に見えた。きっと良い部屋なんだろうけど、殺風景な感じは否めない。こんなところに一年半以上も暮らしていたのかと思うと、ちょっと哀れを催しちゃう。

「リンさんの部屋は隣？」

「そう」

部屋の中には段ボール箱がいくつか積み上げてあった。

「服を詰めてくれるか？　適当に畳んでおけばいいから」

「うん」

扉が開いて半分片付けの済んでいるクローゼットを示される。黒い服ばかりが吊るされている光景は少しばかり笑えてしまう。ナルは机の上に積み上げてあったファイルを箱に詰めている。

「ナルの家って、ケンブリッジなんだよね」

「そう」

「住所、教えて？」

「聞いてどうする」

「手紙、書くの。他に考えられる？」

強気、強気。にっこり笑うと、ナルはさも意地悪そうに、

「……英語で宛名が書けるのか？」

なんだとー？

「そのくらい、できらい」

「それは、おみそれしました」

小馬鹿にしたように言うナルに拳を握りつつ、でも、やっぱりナルって変わらないなあ、と安心したり。お兄さんのことが応《こた》えたふうには見えなかったけど、そう見えるだけで、いろいろ思うところはあるだろうし（あると思いたい）、だから、本当にいつも通りだと、ちょっぴり安堵《あんど》する。

「……で？」

「で？」

「帰ってからどうするの？」

ナルは机の抽斗《ひきだし》を浚《さら》えつつ、

「葬式だけど」

誰がそんな至近の話をしておる。

「そうじゃなくて。ＳＰＲの研究員なんでしょ？　フィールドワークの研究室ってことは、ゴーストハントをやってるってことだよね？　やっぱりそれを続けるの？」

「無論、そのつもりだが」

そりゃそうだよなあ。筋金入りのワーカホリックだもんなあ。しかも、家に帰ったからといってそれを止められることもあるまい。たしか、ナルのお父さんも研究者だ。

「お父さんもやっぱりＳＰＲの人？」

「彼はＳＰＲの会員だけど、研究員じゃない」

「え？　でも超心理学の教授だって……」

ナルは呆《あき》れたように瞬《またた》く。

「ＳＰＲというのは学会みたいなものだから。四年前に研究所ができたけど、彼は研究員じゃないし、ＳＰＲには教授職なんかない。第一、マーティンの専門は法学で、心霊研究は彼の道楽だ」

……へええ。そうなんだあ。

服を箱に詰め終えて示すと、ナルがガムテープを放ってくる。それを受け止めて、箱を閉じて。

「それで、オフィスはどうするの？　いちおう合鍵を持ってきたけど」

「それは持っていていい」

――え？

あたしはナルを見る。

「まどかがすぐに戻ってくる」

「じゃ、オフィスは残るの⁉」

思わずガムテープを握りしめてしまう。

「バイト先を失くさずに済んで良かったな」

うんっ。──じゃなくって。

「どういう心境の変化？」

あんなにきっぱり、閉めるって言ってたのに。

「状況の変化。分室維持の許可が下りたんだ」

ひええ。

「……でも、ナルは戻ってこないんだよね？」

おそるおそる言うと、ナルは不思議そうにする。

「僕が申請をしたんだが？」

「そりゃまた、どーして」

「日本の心霊現象は面白い」

「……そうなの？」

「何か心霊現象のためにいい条件があるんだと思う。だからこのまま分室を残せればと思って申請をしてあったんだ」

……とことんワーカホリックな奴。

「でも、──だったら？」

あたしは周囲に積み上げた段ボール箱の山を見渡した。

「さすがにすぐには戻れない。ジーンの件の事後処理もあるし、分室維持に伴う手続きもあるし。他にも諸々雑用があるから、いったんは部屋を引き払わないと」

そっか、そうだよね。

「……しかも、すぐに戻っちゃったら、御両親が寂しがるよね」

だろうな、とナルは苦笑する。

「しばらくはついていてやらないと」

あたしは頷《うなず》いた。たった一人、手許《てもと》に残された双子の片割れだもんな。本来ならこんな遠くに置いておきたくなんかないだろう。

「ええと、本当の御両親じゃないって聞いた……」

「そう。養子」

「孤児だった、って」

言うと、ナルは軽く眉を上げる。

「麻衣と同じく、な」

……まさか。

「ひょっとして……それでバイトをさせてくれたの？」

あたしは、まじまじとナルの顔を見た。

「なんて言うんだっけ。——相身互い？　相憐《あいあわ》れむ？」

「同病相憐れむ」

「麻衣の学校の調査のとき、孤児だって話は聞いたしな。もっと酷《ひど》い生活をしていると思ったんだが」

「ナルは、酷かった？」

「孤児院？　酷かったな。おまけに僕は問題児だったし」

……そうでしょうとも。

「そっか。……ありがと。すごく助かったの、実際」

「それは結構なことで。——どうせ予算が余っていたんだ。本当に人手も欲しかったし」

をを。

「SPRって、お金持ちなんだ」

「研究機関の中ではべつに。僕は特別。とある人から、年間で約十万ポンドの研究予算が出てるから」

「へええ。……十万ポンドってどれくらい？」

うっかり訊いたら、露骨に見下げた眼で見られてしまった。

「そのくらいの計算もできないのか」

掛け算ぐらいできらい。一ポンドが円に換算していくらなのか知らないだけだ。普通の日本人は知らないと思うぞ。

「正確に言うと十五万米ドルだな」

ドルなら分かるぞ。百円におまけが付く。ふふん、それくらいは知ってるのさ。

「そう。……で？　十五万ということは……」

えーと、単純に百円だと考えると十五万にさらにゼロが二つ付いて……ってことは、万の百万の千万の……。

「お前は本当に頭が悪いな」

ナルは露骨に溜息をついた。

「やかましいっ」

言ってから、血の気が引く庶民の悲しさ。

「せ、せん、まんえんのケタ⁉」

「そんな大層な額じゃない」

「大層な額だよお」

「カメラを一つ買ったら終わり」

「あんたの金銭感覚は異常だ」

「僕の裁量で使っていいだけで、生活費になるわけじゃない」

「そら、そうだろうけどさ」言ってあたしは部屋を見廻す。「ここの滞在費は？」

ナルは極めて慇懃《いんぎん》に会釈をした。

「善意の寄付で賄われております」

「あんたに善意を湯水のごとく渡す人の顔が見たいわ」

「見る眼のある方というものはいらっしゃるもので」

「猫被《ねこかぶ》り」

「猫を被ったら、今の倍は取れるかもしれないな」

それが妙に真剣な口調で、あたしは思わず溜息をついてしまった。


時間までに荷造りを終わって、ホテルのレストランにある小部屋に飛び込むと、もう全員が揃っていた。軽食と飲み物が並んだテーブルの周囲に、みんなが集まっている。

よう、と真っ先に声を上げたのはぼーさんで。

「荷造り、終わったか？」

と、これはナルに。頷くナルに、ジョンと安原さんが声をかける。ちゃっかり真砂子も加わって、主賓の周囲に人垣ができてしまった。

その脇から、綾子があたしに手を振る。

「麻衣、聞いたわよ」

「にゃっ？」

「オフィス、残るんだってー？」

そうです、そうです。そうなんですー。

「良かったわねえ。生活の心配をしないで済んで」

「良かったねえ。あたしにたかられずに済んで」

「あんたみたいな小市民にたかられて困るほど、お財布は小さくないわよ」

……ほう。いいことを聞いた。たかってやるー。

森さんがグラスを渡してくれながら、

「あたしがしばらく所長代理よ。よろしくね」

「はいっ。こちらこそ」

ふふふ。こりゃ、和やかな職場になるぞー。

思っていると、背後から抱きつかれた。

「麻衣ぃ、良かったねえ」

おんぶお化けはタカだ。

「タカも良かったねえ」

「良かったー」

お互い、ものすごく割のいいバイトだもんなあ。良かった良かった、と手を握り合うあたしたちを、千《ち》秋《あき》先輩が笑って見ている。

「これで、ちょっとは元気出た？」

千秋先輩が小声で訊くので、あたしは頷いた。タカも千秋先輩もいっぱい心配してくれたから。なにしろあたし、戻ってきてすぐ二人に会って、諸々報告していて、途中でまたも大泣きしちゃったからなあ。

ファミレスの中で、周囲を困惑させるぐらい泣いちゃって（赤面）。あたしも穴掘って埋まりたいほど恥ずかしかったけど、二人だって居場所がなかったに違いない。んでも、ぜんぜん責めるでなく、いっぱい励ましてくれた。あたしが落ち込んでるんじゃないかと毎日電話してくれるし。

「元気。……もう、大丈夫だよ」

夢を見られない夜に少しずつ慣れてきたから。

「所長、いつ頃戻ってくるって？」

「分かんない。しばらくは無理みたい」

言ったところで、すぐそばにリンさんがいるのに気づいた。

「――リンさんはどうするの？」

訊くと、リンさんは無表情のまま、

「しばらくいて用事を済ませてから戻ります」

「そっか」

気をつけて戻ってきてね、と言いかけて、あたしは思い出した。そうだ。今のうちに訊いておきたいことがあったんだ。

「あのう……、前に日本人は嫌いだって話をしてたことがあったでしょ？」

「ありましたね」

「あのとき、あたしと同じことを言ったのって、ジーン？」

リンさんは少し瞬いてから、頷いた。

「……そうなんだ」

本当だ。あたしとジーンって、ちょっと思考回路が似てたんだなあ。へへへ。嬉しーや。

　キャンプ場にいる間、森さんに彼のことをいっぱい聞いて、前よりもっと好きになった。もう望みはないけど、振られることもないんだから、考えようによっちゃお得かも。

　へらへら笑ってるとナルと視線が合った。ちょっと、呆れたような顔つきだ。

「なんでござんしょう？」

「べつに」

「今、単純な奴、とか思ったでしょ」

「よくお分かりで」

　ふーんだ。どーせあたしは単細胞さ。いいんだ、こういう単純なところが役に立つことだってあると、今回の事件で学んだもんね。

　離れようとする背中にこっそり舌を出そうとしたら、ナルが唐突に足を止めた。

「――ああ、そうだ」

　呟《つぶや》くように言って、ジャケットの内ポケットから小さな包みを出し、あたしに向かって差し出した。

「これ」

　――ふに？

　男物のハンカチで包んであるそれは名刺大で、ちょっと厚みがあって硬い。受け取って開くと、ナルのお母さんが持ってた小さな写真立てだった。

中の写真に写っているのはナルと、微笑《わら》っている彼。

……胸が痛い。嬉しくて。悲しくて。

「……これが、どうしたの？」

ああ、あたし、彼の写真さえ持ってない。小さく写った集合写真でもいいから、手許にあればいいのに。

「ルエラが忘れていった。失くした、ということでもルエラは気にしないと思うけど？」

「……貰っていいの？」

ほんとに？

「捨てた。あとのことは知らない」

あたしの掌《てのひら》はゴミバコかっ。

去っていく背中に異議申し立てをしたいところだけど。

「ありがと……」

すごいや。信じられない。ナルがあたしに気を配ってくれるなんて。やっぱナルって、結構いい奴なのかもー。えへへへ。

「なーにをニヤニヤしてるのかなあ？」

がしっと、ぼーさんに首根っこを捕まえられて。

「内緒」

もったいないから、隠しちゃえ。

「ほう。それはぜひ聞きたい」

「言ったら減るから、やだもん」

「なにおう」

小突いてくる手から、笑いながら逃げ出して。

写真立てを忍ばせたポケットが、ほんのりと温かかった。

——一人でも恋はできるから、もう泣かない。

解説

巽《たつみ》 昌《まさ》 章《あき》（推理小説評論家）

大学ノートに小説を書く——それが当たり前だった、一九八〇年代初頭のことです。京都大学推理小説研究会、通称ミステリ研には、のちに綾辻行人《あやつじゆきと》、法月綸太郎《のりづきりんたろう》、我孫子《あびこ》武丸《たけまる》、麻耶雄嵩《まやゆたか》などと名乗ることになる連中が集って、殺風景な部室でミステリ談議に明け暮れ、犯人当てに知恵を絞り、夜の街をさまよい、ホラービデオに興じ、そして、こつこつと小説を書いていました。彼らは、やがて、ミステリの世界で次々にデビューし、新本格と呼ばれる潮流を作り上げるでしょう。そうした未来の作家のただ中に、小《お》野《の》不由美《ふゆみ》さんがいました。一癖も二癖もある後輩たちに慕われ、何かと世話を焼く姿から、ついたあだ名が「相撲部屋のおかみさん」。でも、敬愛されるわけは、人柄だけではなかったはずです。『霧越邸殺人事件』の原型、『頼子のために』の原型、『ディプロトドンティア・マクロプス』の原型、『翼ある闇』の原型——まだ磨かれない宝石がごろごろしているミステリ研の機関誌にあって、なお、まぎれようのない異彩を放っていたのが小野さんの文章でした。繊細でいながら凛とした、一種古典的なたたずまいは、小説を志す仲間にとって、どこかしら及び難いものを感じさせたのです。

　そのころから作家小野不由美の活躍を予想していた、などというつもりはありません。ただならない力量を痛感したのは、何年かにわたる模索期間ののち、「ゴーストハント」の第一作『旧校舎怪談』が、『悪霊がいっぱい!?』というタイトルで世に出されたときでした。『旧校舎怪談』は麻衣とナルの出会いを描く、シリーズのイントロに当たる作品で、それかあらぬか、怪奇現象の展開は比較的地味です。新シリーズ開幕なのだから、もっと人目を引くような趣向の方がよかったんじゃないかな、などと思いながら最後の場面にきたとき、鳥肌が立ちました。怪異の原因が解き明かされた後、唐突に、しかしあくまで静かにおとずれる破局の描写。文庫本にしてわずか半ページほどの空間に、かつて手書き原稿で見慣れた小野さんの筆力が、さらに凄みを増して宿っていたのです。続く『人形の檻』以降は、もう独壇場といってよいでしょう。息つく間もなく襲いかかる怪異を語る、簡潔でキレのいい文章から、ことさら心理描写などしていないのに、渦中におかれた人々の絶望感がひしひしと伝わってきます。「悪霊シリーズ」から「ゴーストハント」に生まれ変わるにあたって大幅に書き改められ、スタイルはいっそう洗練されたとはいえ、「悪霊」時代から凄いものは凄かったのです。

　このように文章の風格こそ独立独歩のものでしたが、小野さんにはやはり、新本格を代表する作家たちと揺籃《ようらん》期をともにしたひとらしい一面がありました。「ゴーストハント」は怪現象の論理的な謎解きを身上としていて、麻衣とナルたち渋谷サイキックリサーチ（ＳＰＲ）の面々は、ただ悪霊と闘うのではなく、霊の仕業だとしても、どのような霊が、なぜ怪現象を引き起こしているのかを突き止め、原因から解決していこうとするわけです。そこにトリックが仕掛けられ、『死霊遊戯』に代表される奇想に満ちた真相が用意されるのですが、これは、小野さんがミステリ研出身だからミステリの手法を応用しているということでしょうか？　いや、そんなうわべだけの関係ではなく、より深いところに、同時代を生きてきた作家としての共通点を見つけることができるはずです。

「ゴーストハント」を支えているのは、目に見える世界と見えない世界の連続性、あるいは、常識的な思考と神秘的な世界観の連続性です。このシリーズを読んでいると、他界が非常に身近に感じられるでしょう。あの世はいつも私たちの日常のそばにあり、誰も気づかないけれども、実は微妙なバランスを保って触れ合っている、そんな世界イメージが浮かび上がってきます。人々の悲しみや苦しみ、嫉妬、怨念、虚栄心、ちょっとした悪戯心、ときには無償の善意、そういったものが引き金になって、この世とあの世が干渉しあうとき、「怪奇現象」が現れるのです。

だから、ここでの謎解きとは、そうした世界のメカニズムを解明することにほかなりません。第一作『旧校舎怪談』以来、「真相」の絵柄は、霊の存在のような超自然的な原理と、人々のふるまいや想いが交錯して織りあげられてきました。大学で仏教学を学んだ小野さんなら、これを因縁と呼ぶかもしれません。逆に、題名は伏せておきますが、ある作品では、悪霊の正体を暴きながら、ＳＰＲのメンバーがなすすべもなく退散してしまいます。そいつが「この世に未練があるわけでも心残りがあるわけでもない」存在だったから。世界と縁を結ぼうとしない怪物には、彼らの力も通用しないというわけです。

新本格時代のミステリが踏み込もうとしていたのも、やはり、見える世界と見えない世界の交錯する場所での謎解きでした。目の前の殺人事件の真相を追うことが、「世界とは何か」という謎につながってゆくような小説を書くこと。常識的な利害関係だけで事件の真相を説明するのではなく、推理の糸を長く伸ばして、目に見えない世界の裂け目に届かせようとすること。かつての名探偵は、悪霊が引き起こしたかのような怪事件に直面しても、祟りなんて迷信だよ、とうそぶきながら、犯人のトリックを暴いてゆく人々でした。一見超自然的な現象を、推理の力で常識の大地に引き戻すのが本格ミステリだと考えられていたのです。ところが、新本格の時代には、逆に、論理的な推理の筋道をたどって、いつの間にかこの世ならぬ場所にたどり着いてしまう小説が次々に生まれています。たとえば、『霧越邸殺人事件』では、論理的な謎解きと運命の神秘が「館」という器の中で融合させられ、『頼子のために』の超人的犯人像は、神話めいた不気味さを湛えています。それは、論理的な推理の衰弱ではなく、むしろ、常識の枠がとっぱらわれた新たなフィールドに「推理」を連れ出すような試みであり、「ゴーストハント」の目指すところと共鳴するものだったのです。

世界観といえば、小野さんが構想していたシリーズに、「バグハンター」というのがあったと記憶します。実現はしなかったけれど、怪奇現象を世界に生じたバグとみなして解決する連作でした。ちょっと「ゴーストハント」と似てますね。似ているというより、おそらく、ここに小野さんの初心のようなものがある。バグとは、コンピュータ・プログラムに生じたエラーです。「ゴーストハント」に限らず、「十二国記」、『屍鬼』、『残穢』、『黒祠の島』、『営繕かるかや怪異譚』といった代表作には、世界とは全貌をはかりがたいプログラムであり、その複雑な網目に生じたエラーが「事件」として姿を現すのだという考えが底流していると思います。それゆえ、登場人物たちは、たんに目の前の「悪」と闘うのではなく、みずからも世界というプログラムに組み込まれた存在として、どのようにふるまうかを試される。「十二国記」は、異世界で冒険し、玉座に就き、神秘な麒麟にかしずかれる物語ですが、しかし、全編を通じて鳴り響いているのは、自分の振る舞いがこの世界を良くも悪くも変えるとしたら、あなたはどうするのか、という問いかけです。

「ゴーストハント」も同じです。この第七巻は大団円。謎めいたナルの正体は？　彼に寄せる麻衣のほのかな想いはどうなる？　彼女のうちに芽生えていた霊能力は開花するのか？——そんなファンの気がかりにも、ちゃんと答えが用意されています。内容は読んでのお楽しみですが、ひとつだけ言っておきましょう。これは、日常と霊界が一体となった世界の中で、麻衣が自分の位置を確認し、そこで自分がどう振る舞うべきかを学び、覚悟を決めてゆく物語なのだと。

本書は、二〇一一年十一月に小社より刊行された単行本を文庫化したものです。

ゴーストハント 7
扉《とびら》を開《あ》けて

小《お》野《の》不《ふ》由《ゆ》美《み》

令和3年 6月25日　初版発行

発行者●堀内大示

発行●株式会社KADOKAWA
〒102-8177　東京都千代田区富士見2-13-3
電話　0570-002-301（ナビダイヤル）

角川文庫 22706

印刷所●株式会社暁印刷
製本所●株式会社ビルディング・ブックセンター

表紙画●和田三造

●お問い合わせ
https://www.kadokawa.co.jp/（「お問い合わせ」へお進みください）
※内容によっては、お答えできない場合があります。
※サポートは日本国内のみとさせていただきます。
※Japanese text only

ISBN 978-4-04-110883-3　C0193

◇◇◇

角川文庫発刊に際して

角川源義

第二次世界大戦の敗北は、軍事力の敗北であった以上に、私たちの若い文化力の敗退であった。私たちの文化が戦争に対して如何に無力であり、単なるあだ花に過ぎなかったかを、私たちは身を以て体験し痛感した。西洋近代文化の摂取にとって、明治以後八十年の歳月は決して短かすぎたとは言えない。にもかかわらず、近代文化の伝統を確立し、自由な批判と柔軟な良識に富む文化層として自らを形成することに私たちは失敗して来た。そしてこれは、各層への文化の普及滲透を任務とする出版人の責任でもあった。

一九四五年以来、私たちは再び振出しに戻り、第一歩から踏み出すことを余儀なくされた。これは大きな不幸ではあるが、反面、これまでの混沌・未熟・歪曲の中にあった我が国の文化に秩序と確たる基礎を齎らすためには絶好の機会でもある。角川書店は、このような祖国の文化的危機にあたり、微力をも顧みず再建の礎石たるべき抱負と決意とをもって出発したが、ここに創立以来の念願を果すべく角川文庫を発刊する。これまで刊行されたあらゆる全集叢書文庫類の長所と短所とを検討し、古今東西の不朽の典籍を、良心的編集のもとに、廉価に、そして書架にふさわしい美本として、多くのひとびとに提供しようとする。しかし私たちは徒らに百科全書的な知識のジレッタントを作ることを目的とせず、あくまで祖国の文化に秩序と再建への道を示し、この文庫を角川書店の栄ある事業として、今後永久に継続発展せしめ、学芸と教養との殿堂として大成せんことを期したい。多くの読書子の愛情ある忠言と支持とによって、この希望と抱負とを完遂せしめられんことを願う。

一九四九年五月三日